矩阵之下
真相

真相

樊迦 著

中国工人出版社

目录

序章　跟踪

1

杨卫国跟着他。

已经是第七天了，除了总部发来的信息，杨卫国对他的调查仍毫无进展。

跟在他身后，视线隔着几名穿白袍的阿拉伯人以及一群来自越南的旅行团。他个子很高，后脑有个刀疤，延伸到颈部。

昨天下午，杨卫国在三里屯福楼咖啡，用一款老式间谍望远镜观察目标，发现他脑后的那个刀疤，刀口笔直，缝合得非常整齐，推测是手术造成的。

这时，日内瓦国际机场的播音器发出清脆的响声。

甜美女音以阿拉伯语、意大利语、法语、英语、日语还有中文，播报航班抵达的信息。目标不紧不慢地往前走，头也不回。这么多天以来，他从没注意到有人跟踪自己。

即使认为对方是外行，但小心起见，杨卫国昨天临上飞机前，还是在首都机场免税店将黑色休闲服换掉了。

现在的他，穿着一身艳丽的滑雪服，戴了顶黑色针织帽，背着一个蓝白红相间的背包。看起来像个热爱滑雪的游客。

海关对境外来的游客检查很严格。队伍很慢。杨卫国转向身旁一个同样穿运动装的女孩儿说道：“都已经是大数据时代了，办个手续怎么会用这么久？”他说话时，面带微笑，语调欢快，两人就像情侣。

女孩儿避开他热切的目光，但还是回应道：“出关嘛，总是要检查一下的。”

那个人已经站在出关口了。

杨卫国往前走了走。不理解总部为什么不直接逮捕对方。虽然他是个生于22世纪末的特工，但最原始的抓捕、跟踪、刑讯逼供依然没被淘汰。在特工学院里，他们教会了杨卫国如何使用酷刑逼迫对方招供。

他想只要我们逮住对方，总会有个结果的。

想起昨天自己犯的错，杨卫国并没察觉那个错误是致命的。当时他从福楼咖啡向下窥探，看到目标坐在斜对面二层的一间啤酒屋，面前放着一瓶1664。那是一种果香味的法国啤酒。目标很爱这个牌子，走到哪儿都会点它。

杨卫国刚想也给自己点一瓶，那个人突然转过脸。

那是一张棱角分明的脸，看似平和，却暗藏杀机。他面色黝黑，像个上岁数的陕北农民。眼睛不大，眼珠向外凸，嘴角有颗黑痣。这是几天来，杨卫国第一次观察到目标的正脸。

他当时很激动，眨了眨眼，启动隐形智能眼镜拍下他的照片，上传至数据网络检索。但是很奇怪，系统内竟没有关于这个人的任何信息。

杨卫国感到困惑，大数据依靠人工智能，实现的算法多元化，通过物联网监控世界已经有一百多年，在地球哪怕是南极一只企鹅的诞生都会被准确监测，怎么会有人没有任何信息？

随后他在这里犯下了第二个错：联系总部。

他给总部发了条信息：客户没有反应，是否加快联系（等同于逮捕）。

但总部没有回复。那个人低头不知道看了看什么，然后起身离开了酒吧。

杨卫国怀念起了以前在安全局做特工的日子。

那时候的他，面对任何意外，都可以根据自己的判断从容处置，就像《碟中谍》中的汤姆·克鲁斯，《007》里的詹姆斯·邦德，意气风发。

可现在……

自从三个月前，上级将他调至一个名为全球数据调查中心的机构，他的临时处置权被取消了，好日子就此结束。他被明确告知，一切行动，都必须等总部或中国中心局的命令。

他感到很憋屈，只好继续跟着。

现在，他们出了日内瓦国际机场。

杨卫国推测目标应该会租车，所以并没紧跟对方。而是前往停车场取了一辆切诺基。杨卫国供职的机构，在全球每个机场都有预先准备的车辆。他使劲踩下油门，途经租车中心，运气不错，目标正巧开了辆雪铁龙出来。

天阴下来，风呼啸着。路两侧的景色很美，有雪山，还有幽静的深林。

杨卫国故意放慢速度，任由别的车超过自己，和雪铁龙隔着几辆车。到现在为止，他都不知道目标叫什么名字，是什么人。

但杨卫国觉得对方不像别国特工，也不像恐怖分子。

正常特工不会留着这么显著的面部特征不管。他们会找个整容医院把它点掉，还有他那双向外凸出的鱼泡眼。情报机构不会招这种有明显身体特征的人。

总部还没回信。

杨卫国暗骂，这帮官僚，特工发信息都不回。

前方道路笔直，雪铁龙车速很快，时速估计超过一百八了。他已经把油门踩死了，但越野车的公路性能不敌雪铁龙，跑起来显得很是吃力。所幸目标因为要在一个向西的岔道左转，速度减慢了不少。

杨卫国连忙跟上，向西的岔道除了他们两个，一辆车都没有。杨卫国明白这样会暴露。对方会发现自己，触发之前几天的回忆。跟踪伪装的常识现在全都没用了，他明白，现在自己能做的就是跟紧对方。

接着他的视网膜中弹出一条信息，上面显示是他的信用卡账单，但翻译过来其实是总部的回信：请删除体内所有信息。

删除？

杨卫国气急败坏，狠砸方向盘，大骂："为什么不批准行动？"

他在发怒间，瞥见路边设计感十足的建筑，还有一些后现代风格的雕塑。一个双语路牌指向一条岔路，牌子上的文字是：欧洲核子研究组织（Conseil Europ é enn pour la Recherche Nucl é aire）。这里他犯了第三个错误——忘了删除信息。

不知为什么，一种不祥的预感涌上心头。

接着目标转弯了。

他急忙再次向总部发出信息：客户抵达欧洲核子研究组织。

这是他犯的第四个错误。

2

现在，目标把车子停下，两名荷枪实弹的士兵朝他走去。

杨卫国注意到，这里的安保措施十分严密。

隐形电网墙的击发装置与大自然融为一体。智能射击机器人深埋在草坪内，几个高位监控设施，配合着无人巡逻机，形成无死角监控。一队机器人和机械狗在墙外巡逻。一切都是因为科技恐怖主义，现在全世界的高能物理实验室都成了军管单位。

目标正在接受检查。运气好一点儿的话，也许不需要自己，那些士兵就能发现问题。

杨卫国想着。心里却希望他们需要自己。

这些年，随着科技恐怖主义兴起，大量犯罪开始从现实世界，转向虚拟脑机游戏。这一切，导致他们这种受过正式训练的特工越来越不吃香。

杨卫国看过一篇报道名叫《007 已死》，上面写道，就让 007 们深埋土里吧。

“他们永远只是影视故事里的传奇，永远不会在现实世界出现。科技发达的年代，人类不需要鲁莽肉体的拼搏者，人类只需要科技与创新。”——每当看到讥讽老式特工的文章，杨卫国都会大骂：没有我们，哪有你们安定幸福的生活。

可没人理解。迎面驶出来一辆军车，驾驶座里的军人面容冰冷。目标已接受完虹膜检查，看起来没事。士兵接过他的证件，杨卫国有一种直觉，士兵一定会放行。

他的直觉向来都很准。如果是以前……在他还有临时处置权时，他会立刻加速撞击目标，通过惊动所有人，逮捕目标。

但现在……

杨卫国把车停在目标车后，注意到对方接受检查时，从后视镜里看着自己。

他眼睛眯着，像在笑。是在对我笑吗？是的，杨卫国很肯定。随后他意识到，那目光是嘲笑。嘲笑他无能、无知，即使是发现对方要做的一切，也毫无办法。

他要做什么？

杨卫国问自己。

一座破败的球状建筑体出现在视野中，体积很大。上方是一个正在飞天的人形雕塑。雕塑有翅膀，但翅膀断裂了，人身涂着火焰图案。周边是模仿各种粒子形状的微型金属雕塑。杨卫国看过报道。知道球体建筑名叫“科技与创新”，与人形雕塑并非一个时代的产物。

三十年前，火星殖民地的分离主义分子，在被压缩至毫无空间后，将目标转向各个高能物理实验室。他们试图通过制造超微型黑洞毁灭地球。这座雕塑是为了纪念“筑波科学城惨案”。它象征人类因为科学，长出翅膀飞向天空，也因为科学饱受折磨的时代惨状。

他要制造超微型黑洞？当年筑波科学城，仅一个超微型黑洞便将整个日本吞噬，从土地到人仅仅几秒钟。冷汗从后脖颈处冒出。士兵这时将证件交还给目标。

中心这时回信了：请迅速撤离。

他相信中心并不了解这里发生的一切。

树林中的一队士兵远远站着，机器狗的红色电子眼，露出凶光。门岗的哨兵只有五个人——这些都好说，他只需要制造警报，整座园区就会被封锁。不过麻烦的是智能射击机器人和机器狗，他们一旦侦测到带有攻击性的目标，才不会管目的。

起风了，风来得很突然，吹得两侧树林哗哗作响。他给女儿打了个电话。女儿今年七岁了，这个时代，家家都有两三个孩子，但他和妻子只要了一个。杨卫国喜欢听她奶声奶气地叫爸爸，看她生气时嘟起的小嘴。电话无法接通……他这才注意到这里没信号，应该是军用屏蔽器导致的。

停车杆抬起来了，目标发动车子。

没时间了。

这里他犯了第五个错误。

他觉得自己了解那些官僚。他们一个个大腹便便、身居高位；话说得慢条斯理，动辄上纲上线，把屁大点事儿说得很大，又把很大的事说得很小。杨卫国狠狠踩下油门，他告诉自己，只要撞上雪铁龙，逼停目标就可以。

余光注意到几台射击机器人，已掉转枪口。

门岗士兵做出停车手势，杨卫国从倒车镜，看到身后有士兵追过来，一只机器狗跑在最前面。车轮越过三米警戒线，园区响起刺耳的警报声。枪响了，弹雨倾泻而下。

3

涟漪出现……

一道白色强光闪过，杨卫国忙用手去遮挡。

眼前一群蓝影来回晃动，犹如半透明的鬼魂。怎么回事？

杨卫国想着，只觉随着他的视线，蓝色人影拼命奔逃，见涟漪如鬼魂见光。

他不明白这是怎么了。

涟漪随着视线扩散，他看到大厅中竖着一个万象魔方。

很像他以前玩过的一款游戏，里面有不同阶段的宇宙。

一面蓝色的背景墙上，用英文写着：The global data survey center。杨卫国认出那正是自己供职的情报机构——全球数据调查中心。

他心下一惊。

眼前白光发出的紊乱闪烁，伴随涟漪的波动，犹如科幻片中的时空错乱场景。

蓝色人影从虚幻的鬼魅，变成身着蓝色制服的工作人员，他们惊讶地看着身体发生的变化，就如鬼魂看着肉体。目标这时已经跑上三楼。

警报声还在继续：外部观测者闯入！警报！

杨卫国跟上，涟漪随着视线扩散，变成一条走廊。

走廊两侧是一间间锁着的房门，他一个个踹开，但目标似乎消失了。

走廊尽头，最后一扇门，他想应该就是这里了，拿好手中的枪，刚要踹门，门却在这时开了。

目标就站在他面前。

“欢迎你到来，观测者。”目标从容地笑起来，看都没看枪口一眼。

目标语毕，转身往屋里走，杨卫国跟了进去。

办公室还坐着一个人，那男人岁数很大，有些驼背，头发发黄，他靠在椅背上，镜片泛着光。

男人身后的书架上，摆着一排形状各异的奖杯，其中一个是诺贝尔物理学奖。

杨卫国从上面的名字，认出这个人，他叫孙广灿。是十二年前获得诺贝尔奖的数学家。

当时曾经引起轩然大波，是因为他通过观测，证实人类其实是活在虚拟的幻境中。但这个观测结果，不为大众所接受，之后孙广灿便消失了。

他怎么会在这里？

杨卫国对孙广灿有印象，还记得《时代周刊》的封面文章写着："骗子还是疯子？"

屋里气氛不对。

孙广灿对目标说："你……你这是何必呢？发动自杀式袭击，有必要吗？不如告诉我，你想要什么？"他虽然看似平静，但冷汗不断从额头渗出。"这些年还不是我替你承担了疯子和骗子的角色，政府为了控制知情者，成立了这个狗屁中心……"

"够了！"目标打断他的话，提高嗓门："疯子和骗子的称号本该是我的！"

目标说着。就好像疯子和骗子是莫大的荣誉，还要拼命争抢。

杨卫国这时举枪道："够了，我不管什么疯子骗子，现在你们俩手抱头，趴在地上。尤其是你……"

他用枪指指目标。

但目标丝毫不在意，还把玩着手里的黑色遥控器。

"知道这是什么吗？这是数据炸弹的遥控器。它所带来的危害，不是物理上的，而是数据意义上的。它可以删除你在系统中的一切数据，就好像你从没出现过，你的双亲，你的儿女，还有你的朋友，没人会记得你。”目标对孙广灿说。

“你疯了吗？”孙广灿道，“你杀了我，你也会被删除的。”

“我早就制造了另外一个我，去了别的宇宙。至于这里的我，你觉得对于一个疯子来说，删除自己很可怕吗？”

杨卫国听不懂他说的话。人又不是游戏，怎么还有系统？还可以制造另外一个自己，并且可以删除别人？

“是不是听不懂我们说的话？”目标这时将视线转向杨卫国，露出诡异的笑，“说一个让你觉得疯狂的事。人类只是一群活在硬盘中的数据，物理只是相对深层的表现，这个宇宙的真正本质是一行行代码。”

杨卫国突然意识到，这一切都是目标安排好的。

“你给我发了第一条消息？”

“是的。”目标很平静，视线转向孙广灿道，“孙老师为了防我，巧用物理概念，制造了代码意义上的量子叠加态。使得普通物理攻击，对这座基地毫无意义——但这怎么拦得住我？别忘了我是骗子、是疯子啊！”

目标说着，尖声笑起来。

孙广灿看来真的怕了，他满头大汗，猛地起身。“思远，当初的事，不能全怨我，学校希望出一个诺贝尔奖，所以才把我推出来的，其实我也是受害者啊……”

杨卫国这才知道目标叫思远。或许还有个姓。

这时思远将目光转向他，说道：“我在外界设置了三个观测者节点，诱使你发出与总部联系的信息，这些信息同时启动了它们，令你成为那三台观测者的眼睛。你这双眼睛所观测的信息，形成了量子物理意义上的坍缩。所以，我需要感谢你的英雄主义，让我只需要轻轻一碰按钮，这里便……”

孙广灿怒拍桌子。“你这个疯子！变态！”

“谢谢夸奖！”思远说着，又道，“我手里的东西是遥控器，那么你猜炸弹是谁呢？”

未等思远说完。

杨卫国居然意识到，思远就是炸弹，那一刻他忽然觉得，也许还有一线生机。

他立刻扣动扳机。但晚了，思远已经按下按钮……

杨卫国看到飞出去的子弹瞬间消失。接着思远爆炸了。

第一章　谈判

1

倪烽今年二十三岁。面对死亡，他并不感到害怕。

他只是很想念晓菲。

坐在冰冷的牢椅上，他心不在焉。

鼻尖被冻红了，呼吸间白色哈气吐出来，顺着白炽灯的光，缓缓上升。

看守所会见室没装暖气，他双手按要求，放在冰块一样的不锈钢桌上。

身后本该有两名警察，但坐在对面的这个人，让他们出去了。

倪烽不喜欢对面这个人。

看他跷着二郎腿，指头轻叩桌子。

他外表光鲜，喷着香水，打着粉底，嘴唇涂着淡色口红。

脸很嫩，嫩到不像个男人。身材高挑，柔弱。脚上的漆皮皮鞋反着光，可以映出人影。

有点想不起他叫什么，倪烽仔细回想，好像是个女孩的名字，对——张文静。

但他是个男人。

一个夸夸其谈、居高临下的男人。他说着话，扶扶眼镜，镜片有点反光。

倪烽见过他这样的人。

他们本来出身低微，但因学业有成，飞出山窝。于是开始得意忘形，无时无刻不以居高临下的态度对人说话。

张文静说话时，总不经意露出腕上那块百达翡丽。

倪烽注意到，那是新世纪纪念款。

倪烽讨厌他那刀片样的薄唇，说话时目光轻蔑，频繁手指他人。

“你这种人，本该立刻执行死刑。”语毕，他收回手，摸摸无名指上那枚祖母绿戒指。

戒指反着白炽灯的光，像墓地出土的文物。

门外两名警察正聊天。

这不过是一种谈判技巧。先对你强调你糟糕的处境，然后再开出不怎么优厚的条件，逼你答应。

不过所有这些，对倪烽并没有用。

陈东明说过：对求死之人，强调处境是无意义的。

显然张文静并不懂，他还在继续：“只要替我去脑机游戏中杀一个智能程序，我不但可以免除你的死刑，还可以让你得到一百五十万通用币，在火星和小行星带都可以用……”

他得意扬扬。

就像倪烽现在应该跪地磕头，感谢他才可以。

可晓菲已经死了！无论什么条件都买不回她的生命！那些该死之人，有一个还活着！

但自己已经没机会了——倪烽沉默着。只是很想念晓菲，想念她的笑容、她生气的样子。

“现在你可以把这份文件签了，你就可以活下来，杀死那个家伙后，刑期可以再次拟定，我们可以把你送到小行星带，再用钱给你买个自由身。罪行就全都抹除了。”

我的罪行？在这些衣着光鲜的家伙心里，他们可以耍流氓，把一个反抗的女孩活活打死，却不需要负任何责任。但别人出来复仇，便是不可饶恕的罪行。

倪烽沉默着。视线越过张文静肩头，看着镜子里的自己。

他并没因为即将到来的死亡，变得苍老无力，身材依旧挺拔高大，眼神依旧锐利。

络腮胡子虽然有点白茬，看起来反倒更坚毅。可倪烽自己知道，晓菲走的那一刻，他的心已经碎掉了。

张文静把一台平板电脑推过来。

说来很奇怪，都已经 23 世纪了，监狱用的签名文本却依旧是 21 世纪的老款。

倪烽低头看，平板上显示的内容，是一些法律类声明。

张文静递给倪烽一支触控笔，指指空白的位置：“这几个地方都要签。”

他这么说，口气好像倪烽必须接过笔，然后像哈巴狗一样，迫不及待地签上自己的名字。

他跷着二郎腿，就差吹起快乐的口哨了。

可倪烽没动，冷冷地盯着那根触控笔。

那是根苹果笔，笔头坚硬，便于携带。

张文静有些不耐烦了，用手指头敲击桌子道：“我的时间很宝贵！”

他只是因为穿得很少，所以冻得够呛。

这种养尊处优的人，平时出入的场所，不需要穿那么厚，所以习惯了单衣单裤。

现在他的指头僵硬，鼻尖通红。屋外两名警察，还在暖洋洋的楼道聊天，倪烽忽然觉得不平衡，大喊起来：“警察，我要回屋！”

“不签字的话，明天就是你的死期！”张文静猛然起身，勃然大怒。

他显然没料到事情会进展得这么不顺利。

两名警察推门进屋，他们的体型都很壮硕，但和倪烽比，还差很多。

倪烽更像一名摔跤运动员，脸上的横肉，把满不在乎发挥到极致。

他们都戴着白手套，腰上配着电光枪。张文静一摆手，制止两名警察上前。

倪烽依旧坐着，他跷起二郎腿，脸上写满不屑。“你并不理解死亡的含义，那是种极为玄妙的感觉。活着的人觉得痛苦，所以挣扎。但将死之人，却知道那是解脱。”

“解脱什么？”

“你不会理解的，现在带上你的东西，滚吧！”倪烽又想起晓菲。

白炽灯有些晃眼。

张文静沉默着。

他身后是个双向审讯镜。真是奇怪，23 世纪已经过了大半，但审讯技术并没什么实质变化。双向玻璃背后，肯定站着一群人，他们当中有一个是老板。所以张文静不过是条狗。

但这和倪烽无关了。他起身要离开。

瞬间张文静那种居高临下的表情消失了，“你想要什么？”他问道。

倪烽回头看他，显然这是他老板问的。

倪烽冷笑一声，他还能想要什么，除了陈东明的死，他还会要什么？

所以他想到这里，一字一顿重复道：“我要杀陈东明。”

“你疯了吗？我们是法治社会，怎么可能纵容你去杀人？”张文静回复很迅速，显然这是他自己心里想的。

他说完这话，又嫌恶地说道：“你真是屡教不改！”

“你们的法律让陈东明这样的人还活着。”

“那是法律！”

“好吧！”倪烽没有力量再说话。

两名警察押着他要往外走，张文静追过一句话。“你只有这一次机会。”

倪烽冷笑一声，回道：“庆幸吧，我想杀的不是你。”

倪烽说完，继续往前走。

2

门在这时被推开，一个白发老头进来。

倪烽觉得他很眼熟，但没兴趣回忆。

老人很胖，肉垂下来，看起来像弥勒佛。他进来时只说了句：“滚！”张文静迅速离开。

接着他又说道："名叫《第二世界》的脑机游戏失控了，一个虚拟人物通过我们的互联网，今天操纵美俄核导弹对峙，明天抛售全球期货，后天又把所有人账户清零，纳斯达克股市受到重创，已经跌至4200点，欧洲核子中心网络遭到他的控制，整个日内瓦和法国边境小城被黑洞吞噬了……"

这和我有什么关系？倪烽对拯救世界没兴趣。

老人继续往前走，警察把门关上，以跨立姿势站好，腰上的泰瑟枪松松垮垮，随时可以被拿到。

他们大概以为，今天这里会气氛欢愉，毕竟将死的人突然获得了活下去的机会。

拥有权力的人，总是这样，把一场交易，说成是自己的施舍。

倪烽想，自己现在可以做些什么，但与他们无冤无仇……他只想杀陈东明。

"那个脑机游戏，我们查过，是你父亲以前的项目。"

"他已经失踪十几年了，我对他的历史没兴趣。"

灯光惨白，打在老人脸上，像电脑里的3D模具，立体的、单色的。

他目光犹疑，明显在权衡。倪烽意识到，自己需要给他加把劲，让他意识到自己的处境。

"这是你们的世界，你们的股市，你们的导弹……明天，我就要离开了，祝福你们。"

"我们不能有一份文件，任何一份文字性的东西，都会有问题。"老人妥协了，他双手扶着桌子，脸上的笑意消失了。

现在的他满腔怒火，冷冷地说道："那些钱，还有你杀死陈东明的刑期。”

倪烽笑了。

只要能杀死陈东明，他才不在乎死。

现在，他坐回到冰冷的椅子上，环视惨白的灯光，还有那两名警察诧异的目光。

几个世纪以来，权力没有改变，法律也没有。

甚至于连一间小小的会见室都没发生过改变。

他忽然笑起来，品评道：“文明精致的地方在于，它说什么就是什么。还让人觉得它充满正义感。”

自由是一种奇妙的体验。

很久之前，陈东明对倪烽说过这样的话：让你充满快乐与希望的自由，同时也会让你漫无目的，懒散成性，放弃对周围敌情的警戒。这一切的美好，最终会杀死你，让你死在自由的刀下。

所以在东明会中，纪律就是生死。

新人培训营里，陈东明告诉倪烽和其他新人：什么都不用担心，只要你们能遵守纪律。

不知道哪里来的轰鸣声，在耳边不断回响。

曾经的回忆，像老电影，一幕幕在脑中回放。

最后倪烽看到自己攥着老式签字笔，鲜血从笔尖滴到光秃秃的地板上。

陈东明惨叫着。

他再度挥舞起签字笔：“你说过，杀心一起，万物皆是武器。”这一次笔尖戳进陈东明的耳膜。

轰鸣声继续。

有人在拍他的脸颊，一下比一下重。

倪烽睡得并不深，但他不想从梦境逃离。

他站在一团迷雾中，告诉晓菲：我已经杀了那个浑蛋，为你报了仇，很快我就会去找你。

然而梦里，晓菲没回应。

不知为什么她的容颜，开始渐渐淡去。

倪烽大喊，不，不，晓菲不要让我忘了你……拍打脸颊的劲儿加大，蓝色灯光闪烁，他猛然醒过来。

习惯于脑机游戏与现实来回切换的倪烽，有时会分不清虚拟与真实。

他看着机舱里的人。

他们全副武装，头戴深色护目镜，而自己……他低头看看自己，依旧穿着沾满陈东明鲜血的灰色T恤，一双暗色的红翼靴子。

拍打他脸颊的人，全副武装——肩上背着一把改款21式步枪，短枪管，大口径，折叠枪托，双层弹夹，里面有最先进的电磁弹。

倪烽不喜欢这种新型步枪。他注意到这家伙腰间，还挂着一把“点四五”的勃朗宁1919，20世纪名枪。他笑起来，“我喜欢你的枪，火药味让人难忘。”

“你最好老实点！”那家伙后退了两步，发出警告，声调僵硬又坚决。

倪烽意识到，这是现实世界。

飞行器正载着自己，前往父亲曾经的研发基地。

机舱里的士兵都很紧张。

他们将目光投向他，就好像他随时准备反杀。但其实什么都不会发生……他是个说话算话的人。

老头说:“对你这样的败类，我本不该妥协，但为了人类。”

“也为了你自己的权势。”倪烽冷笑。

脸颊依然在疼。呼吸时肋骨像被尖刀猛刺。杨悬说得对，他不是陈东明的对手——即使老头安排得巧妙，又是在警察局。

“也许你可以无敌于天下，但永远不是我的对手！”眼见陈东明要以一根签字笔，反杀自己。身后传来砰的一声。老头单手插兜，手里是一把改装的泰瑟枪。

倪烽这才抢过签字笔，刺向陈东明，一下……两下……

“臭名昭著的东明会内讧，陈东明惨死警察局。这几天的头条，警察局全包了。”老头说话时，眉眼弯着，像在笑。

那一刻，倪烽想起一个奇怪的形容——弥勒佛的陷阱。

3

一阵失重感袭来，飞行器开始下降。

军用飞行器总这么野蛮，下降没有过渡。

很快从几千米高空，如坠机般，降到几百米。

虽然安全压杠把他们牢牢控制在座位上，但他们还是紧紧攥住扶手。隔着护目镜，倪烽感觉得到他们胃里的痛苦。

叫醒他的士兵，只是怕他吐得满地都是。

这一切他都经历过。只不过那是真正的坠机。

陈东明要求东明会所有杀手，必须在这种情况下，完成反杀和逃脱的连串动作。

一架飞行器，只能有一个人活。看了看那家伙腰间的枪，倪烽把目光又转向别处。

这是一架“运 4000”大型运输器，它的机身是全封闭的，除了驾驶舱，没任何可以观看蓝天白云等风景的地方。

几盏带着防弹网的蓝色灯盏，照亮机舱。舱内管线裸露在外，座位板直僵硬，没任何人体工程学的设计，一切只为性能。

倪烽挪动了下身子。

机身一颤，他意识到，应该是护航的战斗飞行器，从上方飞过——真的只是为消灭一个失控的程序吗？

倪烽想不明白。

之前他们从看守所出来，他就感到莫名其妙的紧张。

先是上百名装备外骨骼的特警，将他团团围住。

高楼间至少十名狙击手监视，六架无人飞行器巡逻；公路上，摩托开道，配备推土铲的装甲车紧随其后，四辆 6×6 轮式装甲车跟着。同型号另外三辆步兵车在队伍最中间，作为 VIP 车。所有车辆全部采用最先进的 V 型防雷设计。

这样的防卫固然有用，可真正的杀手，会耐心等猎物一点点睡去，再给他致命一击。

虽然陈东明已被自己杀死，但倪烽承认，那些训练内容，就像肌肉记忆，永远刻在脑中，无法消失。

元首级的保护措施，真有必要吗？他问道：“只是一个程序？”

“难道还不够吗？”老头冷声回应：“一切都是你父亲的原因。你作为他的儿子，理应把这件事处理好，杀死它。这不仅是赎罪，也是尽好你作为人类应尽的义务。”

倪烽不喜欢这话。

他不觉得自己欠这个世界什么。

但手上还沾着陈东明的鲜血。

满足于为晓菲复仇，又想起她的音容笑貌。

命运真是残酷，先把父母从他身边夺走，让他们一个失踪，一个死亡。

然后又让最爱的人被杀掉——他最后只是平淡地说了句："谢谢。"不仅是对命运，也是对老头。

现在，高速下降所带来的痛苦，在老头脸上显得尤为突出。

不过他没吐。飞行器晃了两下，短暂地震颤起来。

老头这时睁开眼，目光锐利，倪烽想：到了。

"不要让我们失望。"老头这时起身，语带威胁，"《第二世界》是你父亲的直属项目，在太北智能科技公司代号Second。十一年前因为事故，被政府接管，并且关闭。我们以为一切都结束了，直到上个月发生连续的攻击，我们才发现它在自行运转。"

没想到父亲在失踪十几年后，竟以这样的方式，让自己想起。

他和老头走下飞行器。

记忆像一台老式计算机，转得很慢，他很用力去回忆，但只想起，父亲不让自己玩任何脑机游戏。

一群人迎过来。

不是警察，而是士兵。

他们全副武装，配备外骨骼。

手里端的猎鹰突击步枪是法布里克生产的。双弹仓、长枪管。显然他们长期在山区活动。

倪烽用过这种枪，觉得它不适合近战。

军官用瞳孔检测仪，查验了他和老头的身份，倪烽注意到军官的臂章上绣着：全球数据调查中心。

数据调查中心？

他从未听过这么个机构。

机库很空旷，走起路来有回声。四面岩壁还没被开凿完，防弹网包裹的照明灯挂在上面——这应该是一个被挖空的山体。

年代久远。

“这个月，有一千五百架民航失事；一百七十九对高速列车相撞；九十二艘万吨轮，因为 CPU 参数，天气评估错误，遭遇沉船，股市一落千丈……真是糟糕……”老头将抱怨的目光投向倪烽，“我们失去了对世界的控制。”

“我以为你口中的糟糕，是为死难者。”倪烽说。

“人类的数量已经膨胀到一百九十亿。残渣们却还以文明的名义，拒绝迁出地球。所以必要的死亡，我们是可以接受的。”老头冷冷地说，他的话冰冷至极。倪烽发现他比自己还厌恶这世界。

“但不可以接受失控的死亡。”倪烽说。

“死亡是有效调节宏观经济的机器，但既然是机器，就该被控制。”老头抱怨起来。“这真是个该死的世界。”

“我同意。”

“同意什么？”

“该死的世界。”

倪烽语毕，他阴郁地想，这样的抱怨，人人都有。

活在现实中的人，抱怨科技带来的改变，却又享受着它的福利。

经典物理的巅峰时期早已过去，大航行时代留下的火星与土卫六殖民地，正慢慢死去。

星际探索成为历史……人类已经没有理想。

他们每天委身于一个个脑机游戏，那里有五颜六色，那里有他们心中的完美世界……

很久以前，《环球科学》的一位记者向社科院著名哲学家林博思提问：人类历史，是否出现过这样的局面——我们停止向外探索，将全部心思用于虚幻的游戏世界，所有精英，也认为这是正确的？

林博思没做出回应。

倪烽想，他大概不知道怎么回应。

4

廊壁涂着军绿色的油漆，两侧士兵站得笔直。

军官在前面领路。

倪烽与老头并行。

脑机游戏22世纪就普及了，有什么必要把研发基地放在这里？

倪烽再次注意到士兵的肩章：全球数据调查中心。显然，这是个他不知道的机构。

电梯开了。是部手摇的老家伙，外面用铁栅栏门锁着，里面的墙壁与地面是木制的，一盏暖色日光灯，让倪烽觉得回到了旧时代的电影中。

它启动时，发出隆隆的响声，显然不是基地的原有设备。

“为了安全，我们只好把所有设备都换成机械的。”老头感慨，“还是那个时代好。”

他不像之前那么冷酷了，话语稍微有了些温度。

倪烽觉得，这大概是因为，他和自己都认同这是个该死的世界。

“如果你不介意，现在可以告诉我名字了吗？”倪烽岔开话题。

老头看着他。

眼神中冷酷的笑意消失了，倪烽注意到他的神情，变得犹豫和踌躇。

“在看守所时，我们本该互相交流一下。但你一直逃避这个问题，是因为我的身份，还是怕我报复你？”

老头面容恢复了冷冰，不说话，保持沉默。

电梯在继续，很慢，估计这里有很多层。

大概得有二十秒，电梯咯噔一下停下来。

老头终于说道：“我只是忘了自己的名字，不太记得原先供职的机构了，现在大家都管我叫 K 先生。”

“也就是姓金？”

看得出他很痛苦，倪烽觉得他没撒谎。脑机游戏对人脑的伤害，有科学依据。

“不，是函数。”

“系统与控制理论中的 K 类函数？”

“是的。”

“好名字。”

“好名字？”K 先生一声冷笑，反问中带着深深敌意。

他瞬间恢复冷酷。

军官将铁闸门拽开，看到他的臂章。

K 先生再次说话。

“和这个机构的名字一样好吗？”他指指军官，倪烽意识到他是在说，全球数据调查中心。

“一个隐秘的调查机构？”

“我也不知道……所有人对它的记忆，就像对我的名字那样。这些军人根本不知道自己为何供职于这个机构。好像所有人都失忆了，我们初步判断也是那个病毒搞的。它利用脑机，反向删除了我们的记忆！”

倪烽没说话。

门开了。

K 先生边往外走，边冷冷地说道：“你很喜欢做这种事吧？”他话说的是疑问，但口气是肯定。

倪烽不喜欢他的态度。

这个时代，通过脑机游戏，对目标实施意识病毒攻击，造成脑死亡，是职业杀手的常见手段。

但东明会坚持传统：先定位目标所在地，再去现实中杀死对方。

陈东明说：可触摸的死亡，才会让人对暴力上瘾。

是的，倪烽喜欢真实。

又是条向下的长廊。

尽头是扇厚重的闸门。这里很热，倪烽开始出汗。

士兵查验过他们的身份，转动门闩。

门扇两侧的墙壁，墙皮已破损，掉落，线缆裸露在外。

估计以前装载过查验身份的设备，虹膜扫描，指纹识别，或者诸如此类的。

现在被迫全部换成机械式的了。

就连控制台的设备也如此。机械质感，原始的操作按钮，敲上去发出清脆的响声。

科研人员在操作台前，或站或坐，穿着夏天的衣服。

设备涂成军绿色，没有先进的全息投影，只有厚重的机械阵列显示器。

这是种早就淘汰的设备，倪烽上次用，还是在一款模拟三战的游戏中。

他记得，它每次变化，都会发出唰唰的响声。

K 先生说："所有这些设备都经过改造。"

倪烽点点头。

视线穿过控制台的防辐射玻璃。

他发现，这里位于基地中位段，嵌在实验井的岩壁内。

岩壁全部用反光板遮住，估计是防止岩石的灰尘。

整个实验井，用特殊材料支撑，每隔几米就有一排测量器。

很深，呈桶状。

上方穹顶的表面，铺满光电增倍管。

井底有个万象魔方。环绕魔方的各个角度，有很多光学测量器和摄像头。

什么样的脑机游戏，需要这么复杂？

倪烽不理解。

他从未到过父亲的实验室。

成长过程中，父亲很少出现。

妈妈又去世了，保姆反倒是印象最深的人。

她常常对他说："你爸爸很忙……"年幼的他听不懂"很忙"

这个词。

只记得，有一次父亲很晚回来，他站在门口问：叔叔你找谁？

父亲到底在研究什么？

走在前方的军官，打开控制台另一边的门。

那里通向实验井底部。顺着旋转楼梯往下。

楼梯有点窄，倪烽走在K先生身后。他执行过很多任务，对各型号的脑机都很了解。

但没见过这样的……忍不住发问："你们怎么确认，他在研发脑机游戏？"

"遗留文件。"他话说得简短。

军官推开井底大门，那是个双层的活盖门，由两名士兵把守。

门上贴着禁止一切电子设备的图标。

军官留在门口，他和K先生走进去。

控制台打开一部分灯照明。

现在倪烽看清楚了，井底的实验层，反向也铺满光电增倍管，每个增倍管，都被制成反射抛物线状，和穹顶的增倍管对标。

光学测量器和摄像头，对准穹顶。

"如果遗留资料没问题。这台设备，会把你的身体投入虚幻的世界，而不是简单的意识投射。你会进入一个真正的宇宙，我们认为这比脑机游戏更进一步。我们观测，我们创造的虚幻世界，并且进入……"K先生说："你能明白吗？量子物理。"

"不错的创意。"倪烽若有所思，又道，"所以我是那个小白鼠？”

“父债子偿。”K 先生目光又回到最初的蔑视。

“倒也是个不错的说法。”

倪烽无所畏惧。

穹顶的光电增倍管打开，白光刺眼。

照在魔方上，泛着绚烂的光晕。

倪烽觉得有点像自己小时候玩的一款 AR 游戏。测量器这时打开了。

K 先生站在他身旁，说道：“那个世界，会有另一个全球数据调查中心的人接你。”

“全球数据调查中心？”倪烽一怔，回身看他。

“是的，我们这几天得到的消息一个比一个糟。现在可以确认的是，第二世界不是一个顽石失控，而是整个世界。”K 先生语毕，蔑视的神情再度消失，他突然显得很无力，“全球数据调查中心的存在，可能和这些有关。”

脚下的光电增倍管也亮起来。

测量器以多种射线和穹顶观测器发出的光线交错，倪烽觉得自己被白光包裹住，K 先生不知什么时候已经退到门口。

他问：“可以开始了吗？”

倪烽点头，门被关上。

过了一会儿，控制台传来声音：空气质检完毕，启动测量器完毕……

白光刺眼，万象魔方忽然解体，模块分离，飘浮在空中，显现出宇宙的不同时段。

接着，美丽的星云浮现在倪烽眼前，他不由自主地想去触碰，却被一股强大的吸力，拽向虚空。

绚烂的光波如潮水般涌来，就像电影中的时空隧道。

数据传输的嗡嗡声，令人头疼。

冷汗消失，只剩冰冷。几股射线穿过视野。

他努力想象那个世界的样子。

如果他是那个病毒，他一定会趁着传输时袭击自己。

不知为什么，晓菲临死时的样子在脑海中浮现，不停打断他的思路。

接着魔方开始重组，宇宙变得清晰，现实世界消失了。

第二章　像你这样的人

1

读取是一种痛苦的体验。

脑机扫描大脑皮层过程中，会将人试图埋葬的痛苦经历、悲伤往事，从潜意识里挖出来。

如老电影的片段，不断在脑海中重现。

杀手训练营第一课，面对受训的新人。

陈东明淡然地说：“对往事，我们不要痛哭流涕，悲伤抑郁，要知道一切都是命运……仅此而已……”多年以后，当他就要被倪烽杀死时，也依然能够坦然面对，微笑着说，“ 切都是命运……”

默念这句话。

眼前的光，如时光隧道。晓菲临死躺在怀里微笑的片段，不肯远去。

人人都以为悲伤会随时间消逝，但现在看来，不过是自欺欺人。

否则心理辅导就不会成为这世界最热门的职业。

倪烽想起来，陈东明最初也是一名心理辅导师。

眼前一片模糊，四溢的彩色流光像被糊上了一层纱。

倪烽以手拭眼时，发现自己在落泪。

每个游戏的读取环境不一样。

有自然风景，有战争，还有魔法门与星际旅行。但不管是什么，他都厌恶这个让人情绪崩溃的环节。

晓菲依旧在怀里。他很想大声对她说……

说些什么。

可最终却只是张了张嘴，竟然什么都没说出来。

身体忽然变得很重，虚空宇宙开始消失。斑驳的金属墙面，弧形光电增倍管，照耀眼瞳，身体穿过测量器发出的射线。不能把意识导入，设置得轻缓一些吗?

产品经理真是疯了！倪烽抱怨。

一个女声传来:“像你这样的人，还会流泪?”她的腔调，带着不可思议。

终于睁开眼，倪烽先看到一副冰冷僵硬的脸。可能做过整容，很漂亮，但不自然。

光电增倍管亮着，让倪烽看清了细节。

四面墙壁是金属板铺的，斑驳并非锈渍，而是一块块奇怪的图案。没有控制台，也没穹顶，更没魔方。

一扇普普通通的木门，通向外部。

倪烽有点头晕，估计是意识投射太过粗暴的原因。

女人站在他身边。

她又高又大，快赶上他了。穿着蓝色大褂，名牌上的文字写着:数据传输局。

接待员而已。

忍着不适。倪烽想起，K 先生说：不是一个顽石失控，而是整个世界。

认真审视她，看她深不见底的淡蓝色眸子，略微翘起的嘴角，露出一点儿高傲。

回味她刚才的话，意识到她和真人一样。

倪烽问："这是哪？"

"太北世界的发源地，西京。以前是西盟中心城市，现在……"她话说了半截，忽然止住。

明显是想起什么，所以不愿意再多说，又或者故意想隐瞒什么。

"我带你去消毒。"最后她这样说，然后推门领倪烽向外走。

她步伐轻盈，手里拿着一个黑色夹子，夹子内有些纸质文件。

"你们这里还用纸张记录信息？"跟着她，倪烽感到好奇，他以为这是个电子化的世界。

她没回答他的话，走在前面，自顾自地说："这几天，你会有不适反应。别担心，这没什么。我们的世界不是简单的脑机意识投射，而是将整个身体投射进来，所以有反应是正常的。"

这话说得像例行公事。不过倪烽无所谓。

走廊很旧，很长，墙皮已经掉了。

灯光幽暗，非常安静，像日式鬼片里的过道。

想起基地早被政府接管，倪烽意识到这是个封闭的世界。

没有玩家，所以传输中心是空的。

消毒间终于到了，女人推开门，止住脚步，她说道："穿着衣服消毒。”

真是一句废话。倪烽很有礼貌，微笑着回：“我知道。”

由于有犯罪分子用意识投射制造病毒，政府规定，所有的游戏必须设置杀毒环节，确保安全。

和别的游戏不一样，这里的杀毒间，只有六面光秃秃的镜子和几盏射线消毒器，没有淋浴。

“意识放松，不要乱动。”女人强调。

不过例行公事，倪烽懒得做出回应。

他走进去时，女人又追加了一句：“我和调查中心的主任，在一楼办公室等你。”

估计是全球数据调查中心，倪烽关上门。

在虚拟幻境，审视镜中的自己，是一件很奇怪的事。

因为它会让潜意识发生转变，认为自己真是镜中模样：英俊潇洒，高大威武，没有一丝瑕疵。可倪烽不会——认清自己，是杀手的基本职业素养。

现在，看着自己，倪烽知道那不是潜意识投射，而是真实的自我——一张看似经过无数世事的脸，如刀削般，棱角分明。单眼皮眼睛，发出锐利的光，黑色头发间，有零星的银发点缀。

消毒射线器启动，照在他和镜中的自己身上。

衣物渐渐被射线剥离，裸露的他，腹部和胸部的刀疤明显，发达的肌肉块表层，血管突出。

倪烽并不喜欢照镜子，因为意识投射，会让人忘记自己活在虚幻中。

消毒完成，他选了件藏灰色西服，一双漆皮皮鞋。

换衣间的衣服，都是现实世界 20 世纪初的风格。

在他能接受的范围，回忆起在布拉格的行动，他喜欢厚重呢子大衣下，那把冰冷的汤普森冲锋枪。

走出去，长廊尽头有楼梯，扶手是红木的，光洁亮丽。

阳光从拐角处的几个拱形窗户照进来，被彩色窗花改变成别的颜色。

一楼是办公大厅。

控制台在那里，监测着传输中心的数据。看起来设备不多且简陋。但对一个封闭世界来说，足够了。

几名工作人员正收拾东西回家。

倪烽穿过那里，来到办公室。

2

女接待员身旁坐了个胖子，有三百多斤。

那家伙留着络腮胡子，个儿不高，眼窝深陷，眼白比较多，看起来不太好打交道。

他陷在沙发中。

一件老式燕尾服，扣子扣不紧，露出肉来。

女接待员给倪烽介绍："这是我们调查中心的主任叶克辉。"

"你好。"倪烽点头示意。

叶克辉没回应，以一种不礼貌的目光打量他，从头到脚，像审视犯人。

倪烽觉得，他那双眼睛眼白实在多，又往外凸着，血丝明显，看来有晚睡的习惯。

过了一会儿，叶克辉收回目光，把桌上的黑色文件夹打开。

里面是一支签字笔和一份文件。

“把这些东西签了。”笔是老款的圆盖笔，圆盖镶着金边，笔尾还有根羽毛。

倪烽看到，窗外有一架飞行器降落，像现实世界的老式轿车。

“都是什么？”倪烽问。

“放弃一切调查权，禁止使用枪支。保证随时联系得到。不对媒体，公众发表任何不恰当言论。你的一切都会有记录，如果违反了其中任何一条，我们或者将你遣返，或者按照我们的法律来，解释权在我们这里。”他语速很慢，每说完一句，都要喘口气，看起来很费力。

“我有什么权利？”

“哦……”叶克辉不耐烦地白他一眼，拿起黑色文件夹，翻翻内容，煞有介事。“协助调查权、建议权。”他把文件夹放回桌子，呼哧呼哧喘了一会儿，指指空白处，“在这里，一式三份。”

是标准的制式声明。

这种东西，倪烽签了不知道多少份：保证不犯罪，保证不这个、不那个。

不就是个文档吗？看都懒得看，直接找到空白处，痛快地签上自己的名字。

倪烽把笔放下，问叶克辉：“还要签什么？”

叶克辉拿上三份文件，一份交给接待员，一份自己拿着，最后一份是倪烽的。

倪烽把它随手塞进上衣口袋，想出门扔掉。

叶克辉看穿他的想法，目光如刀，冷声道：“对于你这样的人，任何法律声明都毫无意义。但我们还是要做，因为我们是文明世界。文明的人喜欢先礼后兵。”

“接下来我们去哪？”

叶克辉费劲地起身。喘了口气：“跟我回总部。”

“全球数据调查中心？”倪烽问。

“我们这里叫数据调查局。”他语毕，朝屋外走。

“那调查中心是指？”倪烽敏锐地发现中心和局是不一样的地方。

“调查局中，最有权力的部门。”

接待员忙给他开门，他侧身出去。

和其他游戏的传输中心不一样。

这里破旧不堪，加上地下，也只有三层。

它很像20世纪欧洲的老式火车站，但没长长的木头座椅，也没吊灯。

大厅的拱形玻璃窗框，被风吹得来回晃动。冷风裹挟着湿气从门外进来。

倪烽裹紧衣服。

一切都是命运，仅此而已……跟在叶克辉身后。

想想自己本该被处死，去和晓菲会合。现在却被派到这个失控的世界，寻找一个失控的病毒。

他们不给自己任何权利。

建议权……这是什么狗屁……鬼才会遵守，双手插兜，倪烽不管不顾的，吹起欢快的口哨。

叶克辉瞪他。

但没用。

走向停机坪，远眺这座城。

调查局在郊区高地。

倪烽觉得，它如一幅油画，色彩斑斓，凹凸有致，像欧洲的城市。

不同时代的建筑混杂，形状不一，颜色各异。夸张的钢筋混凝土建筑，用连续的弯绕曲线，赢得注意力；冷冰的老式摩天大楼，矗立在中心区，一言不发，无须他人关注；低矮的平房，连绵百里；一座山峰横亘远端，像巨墙，隔开视野另一端；又像巨人，俯视众生，冷冰冰，不带一丝感情。

如果晓菲在，一定会把这景色画下来。

闪电劈开天幕，雷声在耳边响，山雨欲来的样子。

停机坪上，叶克辉的飞行器最大，最耀眼。

警用涂装的镀铬车身，锃亮发光。款式很老，像20世纪的老爷车，尾部造型像火箭，车子比一艘小船还长。

风挡玻璃下是警灯，灯是黄色的卤素灯泡。

但没那么简单。

倪烽注意到，火箭屁股两侧，是涡轴引擎伸出来的喷气道，有红外抑制的降温作用。

两个用来通信协调的椭圆天线，在驾驶舱两侧。

车顶竖着一个光电探头。

车头两侧的四个孔，装着机枪。

装备不错，可惜雷达吸波面积太大，车身过长，行动起来一定不便。

倪烽想着，坐进去，舱门这时关闭。

“不要让我失望。”

叶克辉说话了，喘着气。

操纵杆与他的大肚子摩擦，就像小玩具。

他的胖手打开辅助进气道拉杆，调整进气量的百分比。飞行器盘旋上升。

闪电继续，雷声跟上，但无雨。

倪烽不说话，叶克辉又道：“我可是力排众议，选择了你，而不是我们这里的调查员……知遇之恩……用你们现实世界的话说，你懂吗？”他看似软化的语气，带着冷酷。

×的！他以为自己是福音会的人吗？

不喜欢叶克辉这话，倪烽沉默，觉得这像绑架。

视线转向窗外。

停机坪只剩一架紫色飞行器。

云在这时遮住最后的光。俯视数据调查局，它就像一艘小船在巨浪中飘摇。

一种说不清的预感，在倪烽心头盘旋。

叶克辉这时问：“你有什么计划？”

“没有。”倪烽简单地回答，语调冰冷。

他的注意力还执着于那个念头。焦躁感笼罩全身。一道闪电发出白光，雷声像斧子，劈开阻碍思路的障碍，他如坐针毡，在座位上挪动身体。

忽然可怕的念头从嘴里冒出来：“但如果是我……”

“是你会怎么样？”

“我会现在发动袭击。”

3

话音未落，二人对视。白光状若闪电，照亮天幕。

一声巨响，他们还以为是雷，但接着又是一声。

倪烽和叶克辉的视线追出去，没有耀眼的焰火，升天的蘑菇云。也没浓浓黑烟和冲击波。

只有裹挟湿气的微风，轻拂调查局低矮的三层小楼。

楼如烟灰，瞬间坍塌，然后消散。

有人往外跑，是那个接待员。

她只跑了两步，身体便和三层小楼一样，被风吹逝，灰飞烟灭。

数据炸弹。

一种被法律禁止的病毒，系统层级的索引删除程序。

它会伪装管理员，删除与目标有关的一切信息，让人忘记目标曾存在。

调查局被删除，意味着与意识投射有关的事实，会被第二世界的人忘记。

倪烽敏锐地意识到，这会令自己无法回传现实，好的话，孤老在此。

坏的话……

他还记得那些往事。数据炸弹带来的恶果。

四散的粉末被风卷起。

叶克辉骂了句脏话，拉升飞行器。

他很从容，在操作面板上，摁下一个蓝色按钮。按钮是圆形的，上面印着个白色的 R。

不知什么意思，倪烽看到显示屏，出现一组跳动的数据。

叶克辉这时说道："顽石袭击调查局，重复！顽石袭击调查局！"

他喘了口气，屏幕上出现一组动画，数据变成一个人形木偶，跳进掀开盖子的纸盒。

这时状如闪电的白光，从已消失的调查局闪现，直冲暗灰色的天空，在天顶分出枝杈，如发光的珊瑚树。

这是信息索引，与调查局相关的记忆数据，马上都会被删除。

“坐好了！”

叶克辉立刻大吼，紧握操纵杆。

白光在眼前闪过，他的后脑随即冒出一缕如青烟的粉末。

飞行器剧烈摇晃了两下，失去控制。

删除记忆，会有短时失控。

天旋地转，高度计的数值越来越低，飞机轮盘不停旋转，座舱响起“拉起”“拉起”的警报。

倪烽没动，依旧坐着，红色警报灯亮起。

调查局不见踪迹。

那里变成一个深坑。坑内黑乎乎的，没有丝毫光亮，深不见底。

两侧坑壁，是数据碎片凝固成的石子。

再往下，便是暗黑深渊，一旦坠落，便永无返回的可能。

倪烽松开扶手，任由光明消失，没有接过操纵杆的意思。

叶克辉在这时恢复了正常。

红灯闪烁中，他猛然瞪大双眼，冷汗迭出，如从噩梦中惊醒，连忙猛拉操纵杆。

一时间因为用力过度，他整张脸都变得惨白，不停喘着粗气。

飞行器旋转着，红色警报灯，配合着语音，不断重复：过载2G！过载3G！……

过载造成的大脑供血不足，让倪烽眼底涌起的黑暗，不断与红色警报灯交替。

他感到身体沉重，像在火星，执行任务的飞行器，被萨默尔克堡的守军击中，不断盘旋下坠。

那时他想一头跃进深渊，摆脱这种痛苦。

飞行器在旋转数圈后，终于停止下坠。

叶克辉这才重新调整飞行姿态，让它扬起笨重的机头。轰鸣着向上飞去。

天空此时已经恢复正常，白光与巨响退去。

大雨滂沱而至，打在驾驶舱玻璃上。

索引无法删除刚进入世界的玩家，所以倪烽什么都记得。

飞行器重回天空。雨淋湿整座城，隔着舷窗，像糊上一层纱。

斜阳初露，余晖转瞬即逝。楼宇间的霓虹灯闪烁起来，浮躁中带着一丝孤独。

“我们遭到袭击了？”穿梭在高楼间，叶克辉忽然问。

“一颗数据炸弹。”倪烽还在回味那黑暗，尽管痛苦，却令他向往。

“什么没了？”叶克辉追问。

“调查局。”

望着舷窗映出的倒影，倪烽看见遗忘的困惑，在叶克辉脸上一闪而过。

他耸耸肩，显然已经习惯了这样的事。

一座摩天大楼进入视野，巨大的广告牌，用夸张的字体写着：腾飞公司欢迎你。

“现实世界，没这东西吧？”他问。

倪烽沉默，不想回答。

一次行动后，杨悬在酒吧，试图让虚拟伴侣回忆起自己，回忆起他们的点点滴滴。

但所有的努力，最后都只是无力的解释。

杨悬最后坐下，垂头丧气。

他说：“她就那么忘了我。”目光中透着伤心。

倪烽有时候在想，也许虚幻并不如想得那般美好，有时还可能更加残忍。

“你怎么看顽石？”片刻后，叶克辉再次发问。

倪烽本想回：不了解。

飞行器继续飞，穿行于一栋栋摩天大楼之间，霓虹灯不断晃过他那张刀砍斧劈般的脸庞，他在座椅上伸了个懒腰。忽然觉得顽石就在眼前，露出无所谓的笑。

他也跟着笑起来。

“他和我一样。”

叶克辉的胖手在操作面板，连续敲击几个按钮，然后转身，盯着倪烽。

“如果抓住他，你怎么办？”他问。

飞过横亘城市远端的山峰。俯瞰下方，那里郁郁葱葱，古树成荫，几座庙堂外的山间小路，排着如蚂蚁般的长队。

他们在大雨中匍匐于地。

叶克辉目光追过来。

倪烽当然不想在此孤老。

他简短地回应："同归于尽。"

这是他所能想到的最坏结局。

也是最好的结果。

山的另一端，依旧是城市，沿江而建的高楼，灯火通明。

一架架飞行器穿梭于天空，像银河中的繁星。

雨中落日早逝，倪烽明白，黑暗登场了——是他喜欢的那种黑暗。

第三章　调查官关晨

1

大雨中，阴冷的城市，吹起凉风。

飞行器在天空中穿行，霓虹灯于楼群中闪烁。

数据调查局如巨石阵，由一座座线条冰冷、粗暴的钢筋混凝土建筑组成，像没有墓志铭的墓碑。

倪烽向下俯视，注意到这些建筑连窗户都没有。

它们排列成圆环状，矗立在深不见底的水中。

水底泛起蓝光，映衬着它们，透出阴森。

所有建筑，空荡荡的，无人值守。

飞行器盘旋下降至正中央的大楼。

从楼顶坐电梯，跟叶克辉走出去。

大厅幽深，挑高三四十米，廊壁由粗犷的大理石制成。

天顶射下冰冷的蓝光。没有警卫，也没有其他人。脚步声，在长廊内不停回响。

紧贴廊壁，是一排高大的人物雕像，底座上铭刻着一行行公式以及生平简介。

以倪烽的角度看，应该是科学发展史。

从古典主义到经典大厦，从近代至今，每一个节点，从数学到物理，还有哲学……与现实并无二致。

看起来这里亦经历了中世纪的黑暗停滞，然后是大飞跃带来的繁荣与迷茫。

不知道他们有没有令人恐惧的分离主义分子。

最后的雕像是个男人，穿着黑色的呢子大衣，头戴礼帽，一张圆脸，留着一撇小胡子，目光尖锐凶狠。

铭文写着：滕翰。

投射反应还没过，又是一阵头晕恶心，倪烽停下脚步。

总觉得在哪见过这个人，搜罗记忆，看背景介绍：数学家、物理学家、宇宙算法发现者、系统学开创者……

实在想不起来了。

叶克辉本已向前，见他驻足，又不得不返回。

滕翰发现了真相。

推翻了千百年来，人类凭实证和观测，得出的客观世界——第一个推翻科学物质主义的数学家，真相发现者。

“你知道这个吗？”叶克辉的视线，跟着倪烽，停在雕像上。

蓝光映着他的脸，苍白冰冷。倪烽发现，他尽管腔调傲慢，目光却敏锐。

“有些过时的学派——毕竟宇宙是复杂的，物理现实并非至高无上。”

“你还懂这些？我还以为……”

“懂这些，改变不了命运，最多满足下好奇心。”倪烽的话，其实是说给自己的。

“有人说他是英雄。”叶克辉说着，高高在上的面具被换下。“如果不是他发现宇宙真相，人还活在自认为的现实中。神还在，理想还在，信仰还在。我们的世界，也不会如此混乱。”他扬起一股激情，像脱口秀演员在抱怨。

倪烽无感，平静地总结：“他改变了你们。”

“但不是往好的方向。”叶克辉语毕，又问，“你怎么看真相？”

“我不关心。”倪烽简短地答。

叶克辉本想继续说，但倪烽的回应，截住了他。

他只好把高高在上的面具戴回去：“我们走吧。”

于是继续向前。

长廊尽头左转，又是电梯。

一直向上。电梯很老，内壁有些泛黄，一盏朴素的日光灯从上而下，照亮狭小的空间。

很安静，倪烽和叶克辉都保持沉默。偶尔闪过的楼层，漏进一丝冷光。

黑底白字的楼层按钮，是金属质感的，亮起时泛出暖光，电梯轰隆隆地响，充满物理现实的机械质感。

没有任何数字设备。

以倪烽多年穿梭于各个虚幻世界的经验，他早具备改造整个世界的能力。

为什么不升级换代呢？

想起叶克辉说的真相，他的抱怨……

可能基于传统吧。

不管虚幻，还是现实。总有些人，认为没有物理现实，一切都没有灵魂。

倪烽不喜欢这种传统。

电梯停了，他跟叶克辉走出去。

是一座挑高十几米的大厅。

偶尔有人走过，是穿黑色制服的调查局官员。

他发现他们以一种异样的目光，审视着他。

就像走在小行星带的独立军军营，有人看到投诚的人。依旧很难相信对方。

有人对叶克辉打招呼，说：主任好。还有……机器人？

一种有头有脚，身体方正的金属大家伙，抱着文件穿梭于大厅间。

这种风格，像极了倪烽幼年，一款名为《我的世界》的游戏。

方块脑袋，方块身体。皮肤用铁皮制成，以铆钉连接，眼睛乌突突的，仔细看，会发现射线传感器。

叶克辉说："待会儿你要见的人，不太好打交道。"

"所以我的处境不妙？"他微笑着问。

"我已经为你争取一切。"叶克辉的语气有些抱怨。

倪烽问他："是因为传统的排外吗？"

"你自己慢慢体会吧。"

叶克辉语毕。

从周围人的目光，倪烽察觉到不悦。

又想起火星。

他刚到那里的时候，感受到的不友好。

绝不是因为坐过牢。

以他的经验看，这是种刻板偏见，类似某种不可理喻的宗教传统，但是无所谓。

因为面对我，该小心的是他们……

继续跟着叶克辉。

两侧是办公室，滑动的磨砂质感玻璃门，大多紧闭。

室内，冷蓝色的光，将一个个人影，投射在玻璃门上，有点走形，像一个个笼中怪兽。

那间办公室在大厅末端，叶克辉礼貌地敲了敲。

里面传来女音，声音很好听，干净利索，让他们进去。

推门，冷光袭来。

一个女人在办公桌前，身后的光营造出她的轮廓：白色职业装，黑色双排扣，褐色短发露耳，面容干净，黑框金边眼镜，涂女王色口红。

看起来是个追求完美、心细如针、让人望而却步的女人。

2

“小关，这就是倪烽先生。”叶克辉介绍，声调降了一些。

倪烽仔细观察，这间办公室很高，足有两三层楼。

两侧冰冷的混凝土墙壁，空荡荡的，渗出幽光。

女人身后的石架上，放着几排奖杯，光照在上面，令它们很显眼。

屋里有股烟味，但倪烽没看到烟灰缸。

女人的办公桌很大，摆着精致的金属桌牌，上面的文字是：第二调查官——关晨。

她看都不看倪烽一眼，目光如剑，朝向叶克辉。

“你到底把现实世界的人找来了。”话听着像责备，很明显这其中有些故事，关晨感到不满。

倪烽这时审视叶克辉，想知道他的反应。

和面对自己不一样，叶克辉这时不再傲慢，变得很有礼貌，露出了愚蠢的笑，解释起来。

“这些都经过你哥哥和议会的允许。”他这个神情很难看，还不如高高在上的好，倪烽想。

关晨这时才将目光转向倪烽，“我们并不欢迎你，倪烽先生。”她用敬语，以先生这个词结尾，但腔调冰冷生硬。

显然她受过良好的教育，但刻板偏见带来的反感，无法掩盖心中涌起的敌意。

她自始至终没离开过座位。

倪烽耸耸肩，对这样的看法，他无所谓。

他保持沉默。

叶克辉这时说道：“小关，你们先聊案情，我一会儿过来。”他语毕，往外走，这明显是在逃避。

玻璃门向两侧滑开，站在门口。他显然不放心，于是又转回头嘱咐了一句：“你哥哥，和上面的人，都等着呢。”

叶克辉说完离开，留下倪烽一个人，应对充满敌意的女调查官。

他只好沉默。

办公室内，寂静，悄无声息的寂静。

光成了主角，有些刺眼。

关晨双臂交叉，抱在胸前。

她的视线随冷光，射向倪烽。一种防御性的进攻。

倪烽没和她对视。

目光越过她的肩头，看着石架上摆放的奖杯。

她每年都获得最佳调查官的称号，还有最佳数据分析师、科学家调查员……

倪烽忽然想到一个词：优秀员工。

“倪先生，我想你该知道，这是我们的事情。”她终于开口了。

“你这个说法，在我们那个世界，叫作狭隘民族主义。以一种孤立的、保守的、排外的心态，维护一个短时的局部利益。”倪烽说着，未经她允许便坐下来。

她办公室的转椅不错，扶手宽大，支撑力十足。

稍微转动两下，转轴润滑。

他轻拍扶手，又道：“没有谁是一座孤岛，南美的一只蝴蝶扇动翅膀，却会在亚洲形成风暴。你的偏见，会挡住自己的视线。”

“你是老师吗？”

“特级教师。”

“不要和我抖机灵，我不需要这种幽默。”

她的红唇不满地翘起，话说得直截了当，但依然保持礼节性的声调平稳。

投射的反应还没消散。

倪烽终于有点不耐烦了，他摆摆手。

“关女士，我来这里还不到两小时，本该先休息。现在却在这里和你对接，还要忍耐投射带来的反应。所以你要么说出点高水准的话，谈谈具体的案情，要么就放过我，让我去找个安静的地方休息。”

突然间，所有的礼节消失。

那股防御性，也消散了。

只剩敌对的进攻，她板起脸。

一副令人生厌的调查官模样，和那群警察一样，满是威严与冷酷。

他们认为自己掌握着其他人的生死，所有人都该向他们妥协。

有那么一刻，倪烽觉得，自己还是更喜欢契卡，喜欢直面死亡，至少不虚伪做作。

她这时说道："你和顽石是一样的罪犯，让罪犯调查罪犯，我从未见过。"

"又不是我要来的！你们交给我这样没头绪的任务，却给我一个狭隘的搭档。是对我不放心吗？我可以不干！现在，你出这个门，找你们上层，说清楚！"倪烽回她，一字一顿。

他能感到自己的火正往上涌。扬起脸，心想：去你 × 的妥协。

"我并不狭隘！"她争辩起来，对这个词很在意。

"是吗？"

倪烽跷起二郎腿，转动转椅，无所谓地笑笑。

她皱了皱眉，抿了抿女王红的嘴唇。脸跟着红了，仿佛在反省错误。

接着，她退缩了。

不是因为倪烽拿上层威胁她，而是狭隘那个词，刺激到了她。

她的态度终于稍微好转，说："这里的人认为，虽然你们是造物主，但这个世界，现在属于我们。造物主不能干涉。尤其是我们的司法。这是尊严，我们有属于自己的自由。"

逆着光，倪烽凝视她。

她说得有道理，有些事，并不能孤立地看。很多正常行为，会被误认为是退让，然后引来严重后果。

陈东明曾教育他们：世间的所有冲突，都源于最初的退让——他同意这话。

又是一阵沉默。

关晨放下环抱着的手臂。

倪烽这时说道："还有，我要纠正你一个观念。"

"什么？"

"我不是罪犯，是艺术家。"

"艺术家？"她瞪大眼睛。

"一种活在光明与黑暗之间的艺术家。面对满是淤泥的污水河，里面的肮脏阴谋、腐烂的死尸、权力的勾结。我们处在其中，为光明和黑暗两边做事，让他们之间达成某种妥协。我把这样的行为，称为艺术。一个全世界都需要的艺术。因为光明不可能照射到每个角落，黑暗也不可能吞噬光明。"

"那么你属于光明，还是黑暗呢？"关晨忽然发问。

倪烽没回答。

他说道："现在，我们可以进入正题了吗？"

3

烟味还未散去，她的红唇翘着，一声不吭。

想象她抽烟的样子，瘾品在任何一个虚幻世界都存在。

但她应该不是因为瘾。在训练营里，陈东明曾说：一个烟头可以是线索，也可以是杀机。

倪烽同意。

一个机器人推着设备箱进屋。

箱体很厚重，金属外壳，半人高。

打开后，里面展开一部倪烽不认识的设备。像老掉牙的台式计算机。

机器人把一张黑色碟片塞进去，按下开关，空气中出现一行启动欢迎语：腾飞公司欢迎你。

是全息投影仪。机器人弯腰操作时，倪烽在它脖颈和躯干连接处，看到同样的标志。

看来是个大公司。

进入界面，空气中呈现出一组组可供选择的立体图像。

机器人完成操作，退到他身后，背靠墙。

倪烽转头看它，那双红色电子眼熄灭，进入待机状态。

“不用担心，”关晨很敏锐地发现了他的担忧，“它是利用大数据服务的机器人。我们有立法，每台方块头，都加装了硬件防火墙。”

画蛇添足的解释，倪烽注意到，她嘴角闪过一丝不满。

其实现实世界和其他游戏，也有这样的设置。

但……基本没用，因为生命是蓬勃的——米开朗琪罗说的。

倪烽忽然反常地对她抛出一个灿烂的笑。“了不起！”他称赞起来，自己都觉得自己虚伪。

初来乍到，先混个好人缘，再行动。这是训练营第一课的内容，他牢记在心。

但关晨不领情。

她依旧板着脸：“倪烽先生，我知道你们现实世界的人对人工智能怀有深深的敌意。但请注意，这里是我们的世界。作为自由的、已摆脱控制的智能生命，我们有自己的准则。对待人工智能有手段和办法。请你在未来的行动中，不要盲目揣测！”

她眼有怒火，说起话来像宣誓。看来还在生气。

倪烽不置可否，伸了个懒腰。

如 K 先生所说，这是个失控的世界，不，应该叫蓬勃！

每个角色，已不是最初设定。

他们不仅发展出自己的技术，还有自己的价值观，这没什么不好。

只是对于顽石……他猛地收回笑容，清清嗓子道：“其实，在你们内部，应该还存在着另外一种声音吧？”

“什么声音？”

“有人认为，顽石的行为并不构成犯罪，所以有人想阻止调查，而有人在坚持。”

倪烽如此说。

她突然沉默。惊讶在脸上一闪而过，随即又恢复正常。

继续操作全息投影仪。

空气中，投射画面不太清晰，估计是把监控的单个数据解析后，后期进行合成的结果。

质感很差，噪点极多。

以前《坠落星球》那个游戏，可以通过后期的数据分析合成元凶的影像。这里显然落后了。

说中了，倪烽判断。

关晨继续操作，但心不在焉。

倪烽决定追问：“所以你是哪派的？”

她忽然停止，将视线转向倪烽。

“倪烽先生，我痛恨那些认为顽石没触犯法律的家伙。那是一种幼稚的、毫无原则性的判断。顽石不仅给你们，也给我们带来了巨大的伤害。数据炸弹造成的逻辑坏道，正摧毁这个世界，可没人意识到……”她这话像已经憋了很久，“这些是我们世界的问题，但我们的事情，难道不该我们自己解决吗？”

她还有这么可爱的一面。倪烽耸耸肩，只要不是敌人就好。

他没了多余的话，把手插在兜里。

这时关晨道：“现在，可以开始了吗？”

作案记录的画面不断呈现。

那家伙手段并不新鲜。

都是使用代码作为攻击方式，传统恐怖主义套路，用暴力、破坏、恐吓，制造恐慌。

只是不专业。倪烽见过无数比他专业的家伙，用更血腥的方式，刺激造物主。

他们知道，那些神圣的造物主，其实只是一群胆怯、贪婪的懦夫。

审视关晨。

现在，她像博物馆讲解员，声音清晰干脆，客观公正。

倪烽揣摩她会怎么想。

画面中，顽石变成一名穿米色风衣的男子，站在博物馆中央，盯着一件有年头的宗教文物。

过了一会儿，他转过身。

他的穿着，周围人的打扮，还有关晨。

第二世界与现实，看起来只是年代感不同，它没有遍地耸入云霄的高楼，没有形状怪异的后现代建筑，更没有流线型的飞行器。

不知父亲如何塑造了这里，显然他们拥有自己的历史——这个博物馆便是见证。

他在看什么？倪烽想。

过了一会儿，顽石转头仰脸，视线与倪烽对上。

刹那间，他忽然觉得，顽石在审视他，揣摩他。

人工智能他见得多了，但像这样穿透时间和空间的目光，倪烽还是第一次见。

他能看见我？穿过时间和空间？

虚幻世界什么事都有，但倪烽不信这个。

关晨说："这里是我们与现实世界的交汇点，你们大量数据在这里集中，爆炸导致数据混乱，发生多宗空难。"她腔调里带着遗憾，又有抱歉，原以为她不关心现实世界人的死活。

倪烽礼貌地微笑，装模作样叹口气，他像真的在为死难者感到难过。

他觉得自己的同情很假，像鳄鱼的眼泪。

不过关晨看起来是真难过。她没注意倪烽的同情很假。

下一个画面是爆炸。

她手里的资料，基本上 K 先生都给过倪烽。

从这些来看，顽石的每次行动，背后都有人支持，显然这里失控得很严重。

但他并非病毒。倪烽认为，他是第二世界发展到一定程度的产物——仇恨，或者别的什么，塑造了他。

就像火星恐怖主义。到一定时间会爆发，然后又会在某个周期内消失。

失控的人工智能，在这个时代就像街上的细菌——遍地都是。

这样的事，算不上什么。

他只是不理解，第二世界是怎么记录下这些的。

用手指指空气投影仪，倪烽提出疑问："你知道数据炸弹的特性，与目标相关的一切都会被系统删除，所以你们用什么手段，拍下这些呢？"

听他这么问，关晨开始很诧异，但很快理解，现实世界并无这样的设备。

她脸上闪过一丝得意，很快又恢复平静，解释起来，"数据复现机——腾飞公司根据我们这个世界的本质，以撤回删除文件为原理，创造了这种机器，可以还原犯罪现场。"

原理没什么新鲜的。

现实世界很多公司，就是这样恢复数据的。

但倪烽没在任何一个虚幻世界，看到人工智能审视自己所处的宇宙，探究自身奥秘。

他虽然不是计算机专家，却也好奇这一切是如何产生的。

有那么一瞬，倪烽觉得，顽石那穿透时间与空间的双眼，凝视着自己的灵魂……

他随即说出他的判断："我想顽石并非单纯制造恐慌，他有更深层的目的。"

"比如呢？"关晨诧异地问。

"还没发现，只是直觉！"

"直觉？"

"难道没证据吗？"

倪烽摇摇头，没多解释。

关晨道："我不这样认为。虽然他是个恶棍，制造恐慌，杀戮他人，这样的行为必须得到严惩。可我不认为他有什么深层的目的，他的事，只是简单的个案，就像你们世界一桩普通杀人案那样简单。"

"在现实世界，那些火星恐怖主义分子，通过暴力、破坏、恐吓等手段，试图制造社会恐慌，是为了达到政治目的或者意识形态主张的。就算杀人，他也得有个动机，为了达到什么目的。"

"他的目的，我认为是单纯对造物主的恨。"

"恨？"

"在我们这个世界普遍存在一种思想。人们认为自己时运不济，是造物主一开始写代码造成的。你们没给他们公平的起点。所以恨意涌上心头，做出这样的事，不为别的，只为恨。"

这当然是不错的理由。

可倪烽觉得并非如此。他知道关晨有无数种理由反驳，但他的直觉就是如此。他没再争辩什么，关晨又继续调出画面。想到他们的报警系统，刚刚数据传输局的爆炸，似乎还未被发现。

他问道："警报系统如何通知你们案发呢？"

"系统中心监控室会通知我们。"

"它能监控系统信息？"

"是的，但要延后三个小时。"

倪烽低头看表，还有二十五秒，数据传输局的案件，就会传过来。

他沉默，等着。

直到刺耳的警报声传来。

第四章　袭击

1

刺耳的警报准时响了。

桌上的显示设备弹出文字。倪烽探身，见数据传输局这个词。

对面的关晨皱眉，明显很犹豫，在考虑是否允许他一同前往。

当然，最终还是允许了，只是在警告倪烽时，她的音调中涌起一阵激情，像面对强权在反抗什么。

“倪烽先生，我希望你牢记自己的承诺，你的签字。意味着法律已经生效，若违反，后果有多严重你该明白。所以，你最好还是老实点，拿捏好自己的建议权，不要擅自行动。”

她一本正经威胁人的模样，像个年幼的孩子对大人攥起小拳头示威。

倪烽微笑点头，戴上好好先生的面具，点头称是。

当然会有后果，但那重要吗？吹起口哨，双手插兜，和她往外走。

他这才注意到关晨很高，即使穿着一双平底鞋，也依然显得比多数男人要高。

她的腿很长，裹在一条白色裤子里。昂首挺胸，步速很快。

晚间办公区，人还没走完。他们穿过去，有人在看他们两个人，目光不善。

倪烽回头去看，像多数种族主义分子一样，他们眼中的目光只有空洞的仇怨。

坐电梯上楼，雨在这个时候已经停了，但因为有风，出门的瞬间还是觉得有些凉。

关晨稍微裹紧衣服，停机坪另一端出现一个女人。

花白头发，身材瘦小，穿白色小碎花连衣裙，看起来岁数很大了。

与她的目光对上，倪烽忽然感到一种与众不同的热切，与这里的人全不一样。

女人朝他们快步走来。

关晨用手捂住嘴巴，看起来很震惊。

接着她让倪烽稍等，自己迎着女人跑去。

夜晚风声挺大，她把女人截住说着什么，具体的听不太清，只听到她叫了声妈就把女人打发进电梯。

起飞后，隔着舷窗，倪烽看见女人追出来，站在停机坪上，迎着风，抬头仰望他们，目光中有失望。

和叶克辉的飞行器相比，关晨这架飞行器更加笨重，圆鼓鼓的，像20世纪60年代美国的皮卡车。

它足有八个涡轮，咆哮起来犹如一头巨兽。

飞行器很新，虽然有常规的警用设备与雷达吸波涂装，但能看出来是后改装的。

它的内饰用的是真皮和纯木，做工精细，一看便价格不菲，不是警用设备。

倪烽坐在副驾驶座位，皮椅的包裹性非常好。

月光已驱散阴云，光照进驾驶舱。

他没问她刚才怎么了。

雨后的城市非常漂亮，灯火连成片，像发光的河流。

远远望见那座横亘在城市中央的山峰，像从中央截断这条河流，伴随明晃晃的火烛，传来整齐划一的吟诵经文声。

倪烽望过去，见到山上全都是手执火烛的人。

“现实世界也这样？到处都是骗子。”关晨这时问，指了指山上的众人。

“你怎么知道他是骗子？”倪烽向下看。

“到处宣传自己能和造物主沟通，利用这个敛财无数，不是骗子还能是什么？”

“人们为什么会信他？”

“大概是因为得知世界的真相后，所有认知都被推翻，信仰崩塌，只好寻求新的，难以证伪的寄托吧。”关晨说，腔调里带着无奈，“都是真相惹的祸，多数人在面对真相时，都会迷失——你怎么看真相？”和叶克辉一样，她提出同样的问题。

倪烽耸耸肩，对这类话题，他其实没兴趣，“这山叫什么？”他问。

“德山。”

关晨说着，控制着飞行器飞过它。

前方大厦的楼体广告，腾飞公司欢迎你几个大字，闪亮耀眼。

驾驶舱内陷入沉默的寂静。她像有什么心事，过了一会儿说道：“你还没回答我的问题。”

“什么问题？”

“你们那里也到处是这种骗子吗？”她把问题重复了一遍，语气有所加重，明显对他逃避问话感到不满。

倪烽本想回：不关心。最终却反问她一句：“有什么不妥吗？”

她被问得一愣。态度随即恢复之前的冰冷。

“没有。”她说道。

案发地点很危险。

数据炸弹袭击过的地方，会在几小时内，被系统认定为损毁数据，删除整理。

所以他们时间不多了。飞行器盘旋下降，那里已经站满警卫，拉起隔离带。

十几个方块头在外围收集资料。爆炸造成的深坑随时会塌陷或者崩碎成烟尘。如果陷进去，便会被当成损毁数据……

猛然想起，四年前同组的 名杀手就是这么死的。

这时警卫帮他们撩开隔离带。

2

关晨走在前面。

踩一双棕色牛皮靴，背一把短管霰弹枪，霰弹经过改造，在弹带里半藏着，反射着光。

枪柄有猎鹰图案。

她像个牛仔。倪烽跟上去。

技术型方块头在深坑中分析出一条暂时不会被整理的小道。

小道狭窄，一侧是深渊，另一侧紧贴坑壁。

坑壁都是数据的结晶体。沿小道下去，这里已和倪烽与叶克辉失控那会儿不一样了。

结晶体已经彻底硬化，不再有数据特征，全部变成黑色，像一块块烧黑的焦炭。

找到数据爆发点，看见关晨拿出了复现机。

这机器有手掌大小，是个不规则体的金属块。关晨把它随手扔到凹凸不平的坑壁上，它像没人要的破石头，在上面任意滚落，发出刺眼的红色光波。

光波如同水中的涟漪，扫过废墟，令已坍塌的区域如视频倒放，恢复成爆炸前的样子。

传输局的小楼再次出现，几名已被删除的工作人员，随着红光恢复回到了原本的位置。

知道这是数据复现，眼前的一切都只是影像。

可倪烽还是有些问题，问道："这些设备都是腾飞公司的吗？"

"是的。"关晨简单回答，观察着复原的影像。

复原的数据调查局，倪烽和叶克辉走出办公室，一切看起来很正常。

坑壁有震动，一些晶体碎成了粉末——是系统正整理它们。

这时他和叶克辉走出大门，一架紫色飞行器降落，一个方块头迎面走进大厅。

倪烽不记得见过它。飞行器起飞瞬间，方块头引爆数据炸弹。

“我怎么不记得有方块头出现。”倪烽皱眉。

“也许没太注意吧。”关晨紧盯数据复现机，看都没看他一眼。

“这机器复原有问题。”

关晨这才猛回头瞪他，她强调：“数据不会说谎。”

“可复现机是人造的，任何数据都有可能被操纵。”

“腾飞公司不可能操纵数据。”关晨语气肯定，瞪着他。那眼神，倪烽在一个抓捕过自己的女警眼里看到过。

深坑继续震颤，一些不结实的晶体崩塌，成了碎末。

时间不多，但复现机还在继续工作，红色光波扫描过的地方，出现三个正在工作的技术型方块头。

复现机继续，泛出刺眼的红光，涟漪向暗黑的深渊扩散。

深渊被点亮，警报器这时候响起。关晨看了一眼与复现机相连的显示设备。

“有没被删干净的东西。”她语毕。

顺着红光的涟漪，倪烽发现深渊处有个节点不断发出提示用的闪烁光。

他们立刻朝那里走。

未被删干净的东西，在倪烽的专业术语里叫：线索。

它是数据炸弹，与系统纠错造成的。

在其他虚幻世界中，失控的程序和人为躲避追杀或追捕会自己炸自己，然后再利用线索复原身体，换个身份，继续自由自在地生活。

当年倪烽受委托，根据线索，把一个诈骗别人几十亿元的家伙堵在了床上。

但顽石很傻吗？有些隐忧，倪烽没说。

路过三个技术型方块头，它们还在工作，红色电子眼泛出光亮。

倪烽心里有防御准备，但什么都没发生。关晨低头看地面，根本没在意它们。

那个没被删干净的东西，是制造爆炸的方块头，被埋在晶体堆中。

脑袋和腿露在外面，半个身体已变成粉末。

关晨毫不犹豫，蹲下身，将盖着它身体的晶体拨开，有的晶体瞬间变成粉末。

它剩下的半个身子露出线缆和各种液压装置。

地面这时再次震颤起来，那是系统又在做整理。

倪烽抬头，见坑口距离自己越来越远，数不清的晶体崩塌成粉末，扬在空中，像流动的黑云遮住月光。

复现机的红光，终于在这时停止扫描。

倪烽看到爆炸的那一刻，女接待员正拼命向上跑。

关晨拿出工具，倪烽发现她的工具很全，从螺丝刀到钢丝钳，还有工具刀和解锁器。

但那家伙胸腔保护罩损毁了，根本打不开。

她试了好几次都不行，动作突然停住。

像在想什么，过了片刻，她猛然抬头，瞪着倪烽道："看什么看！还不过来帮忙？"

被她说后，倪烽这才走上前。发现是数据锁死的原因，无法打开胸腔保护罩。

他本来想说，这需要大型计算机，但看看关晨那副样子，一种如果你打不开你就是白痴的意思。

想起叶克辉的话——要忍。

那一刻，他猛拽起方块头的手臂，拖着它，向上走去。

3

关晨收起数据复现机，红光随即消失。

眼前一片漆黑，她打开手电筒，跟在他身后。

坑口在缩小，不断崩塌的晶体，增强了紧迫感，令他俩加快了脚步。

三个方块头还在原位并未撤出，一个家伙迎着它们走来。

红色电子眼，红色的光。

就像在红色的火星，萨默尔克堡内，独立军制造的红色机器人。

倪烽瞬间条件反射式的，先以左臂格挡，防止它突袭，同时松开抓方块头手臂的手，以重拳击打它。

那家伙被打得后退几步，站稳后，声音却依然平板，毫无情绪："请交给我好了。"

"就这点胆量吗？"关晨走上来，命令它帮倪烽。然后毫不掩藏厌恶之情，一字一顿："请记住，它们是我们的伙伴，这里不是现实世界！"她的目光像刀子，腔调严厉。

你真是没见过危险！倪烽暗想。

这时方块头接到指令，走上前。

红色电子眼，闪着红色亮光，倪烽视线紧跟它。

片刻之后，它忽然猛起一脚，将那半个身体，踢下暗黑的深渊。

另外两个方块头，随后朝他扑上来。

大地在颤抖，地面马上要合拢。

这是顽石的策略，他故意留下那半个身子，把自己拖在这里，然后被系统删除。

这种局面，倪烽见过。

只是时间不等人，空气中的粉末有点呛鼻，倪烽让关晨先走。

与此同时，他向正对自己的方块头，猛出一拳。

这是虚招，拳出到一半，倪烽的身子已转向左侧的方块头，一脚把它踹下暗黑深渊。

另外两个方块头，对视片刻，朝他扑来。

倪烽左躲右闪，几次还击。

其中一个方块头，被他拽断脖颈线缆，跪倒在地，失去行动力。

接着他用余光，见那个刚刚被自己踹下深渊的方块头，正爬上来。

他忙对关晨喊："小心！"

但没用，方块头已冲到近前。

关晨虽然及时举枪，却并没扣动扳机。

显然她被这突如其来的袭击惊呆了。

直到方块头一拳打得自己连连后退摔在地上，她才结束惊讶与犹豫。

方块头这时再上前。

枪响了。

大口径霰弹枪枪口在黑漆漆的天色中冒着白烟。

关晨不再犹豫。

方块头顿了一下身子，向前又走了两步，然后踉跄着跪地。

看来白色职业装包裹的，不只有窈窕的身材，还有一颗牛仔的心。

接着又是一枪。

最后一个方块头倒在地上。

她快步上前，想从那两个方块头的胸腔里找出芯片和记忆储存器。

“还说会很费力，没想到有送的。”她说着话，倪烽看到两个方块头的胸腔冒出蓝色光亮。

顽石会犯这种错误吗？

那一瞬，倪烽来不及大喊，猛然扑向她。

她大惊。

刚要掉转枪口，爆炸了！火焰瞬间点亮深渊，冲击波喷薄而出，这次不是数据炸弹。

倪烽的后背顿时被烧得刺痛起来。

火光照亮她的脸，他们对视，她似乎为自己刚才的举动感到羞愧。

大地此时继续颤抖，晶体不断崩塌，夜的风，吹散它们。

寂静，寂静的夜，却有风声陪伴。

那一刻，倪烽起身，他们同时向上奔逃。

城市的夜很美，霓虹灯闪烁，远处德山的诵经声，听起来就像唱歌。

他们在最后一刻逃出。

四周的调查员发现他俩，都大吃一惊。

关晨抿抿嘴，审视倪烽，用了好半天，才终于把谢谢说出口。

接着她自责起来："只是好不容易有的线索就这么没了。都是我的错。"

"还会再有的。"倪烽回。

"是的，他会来找你的。"她看向倪烽，"那时你怎么办？"

"我会对他倾诉衷肠。"倪烽语毕，吹起口哨。

关晨被他这话逗笑了。

第五章　滕泰

1

方块头爆炸的火焰，不断在脑中重复。

顽石为什么会突然换攻击方式？倪烽问自己。

入夜的城市，依然喧闹。

关晨送他到酒店门口。经过简单办理入住手续，十几分钟后，他躺在柔软宽大的床上，投射带来的反应还没完全消失。

他努力去想顽石，想自己才来半天，便两次遭遇袭击。

他竟然笑出声来。

眼前升腾起一团浓雾，没有光亮。

寂静，死一般的寂静。他笑着笑着，发现环境变化，立刻警觉起来。

晓菲的声音这时出现，从四面八方传来："千万小心啊！"她一如既往的温柔，倪烽差点哭出声。

"放心吧！"他说，环视四周，废墟被黑暗笼罩，投射出令人焦虑的恐惧。

他找不到她的身影。

低头注意到自己的打扮，一身破破烂烂的军服，一双沾满泥土的胶靴。

气温很低，低到他不停地打哆嗦。

那个念头又固执地冒出来，他问自己：为什么不是数据炸弹？为什么换了攻击方式？

晓菲没回应。

她似乎消失了。

天空在这时渐渐有了血色，浓雾开始散去，远方边缘泛出冷蓝色的光亮。

看得出来太阳正从黑暗中升起。

一栋栋残缺的大楼，在暗影下，犹如一头头形状怪异的巨兽，吞噬着人的生命。

因为战争和寒冷，这里的人都死了。

尸体躺在建筑物里，倒在废弃的装甲车旁，在干涸的小河沟中，慢慢腐烂。

这里是列宁格勒，1942 年 1 月的列宁格勒。

尽管寒冷，空气中，却依旧充满尸体的腐臭。

目标就在不远处。苏德战争题材的脑机游戏，已经允许上传意识，永久移民。

不理解为什么有人，宁愿活在炮火隆隆、艰苦的虚幻世界，也不愿再回到真实的温柔乡。

“到底是图什么？”杨悬双手抱着枪，不解地发问。

他们要杀的目标，藏在残垣断壁中，配合电脑控制的士兵，狙杀倪烽和他的伙伴。

C 组全部阵亡了，尸体在不远处。有背靠坦克履带，少了一条腿的家伙；还有半边脸都被炸没了的冲锋者。

虽然是物理炸弹，但因为携带了病毒，所以还是会伤及脑神经。

倪烽知道，现实世界的队友，已经脑死亡了。

四周都是对方的人。

杨悬的枪管从碎砖的缝隙中，悄悄露出。

瞄准镜缠着足以融进城市颜色的碎布条。

他不是死了吗？

倪烽问自己。周围有隆隆的炮火声，一些德语和俄语，不断互喊。

就剩我们两个了。倪烽无奈地想。

心里那个念头，在脑海中徘徊。

履带车的声音传来，有碎砖粒掉下来，落在脑袋上。

杨悬一动不动，看着倪烽，像看白痴。

他强调："不是我们两个，是你自己。"声音穿过废墟，压过炮声，很费力才来到倪烽耳边。

"只有我自己？"

"对。"杨悬回应，"到处都是敌人，明枪暗箭。兄弟，你处境危险。不要只看数据炸弹，一定还有别人盯着你。这里每个人都对造物主心怀不满。"

他说着，从废墟中走出来，站在大街上。远方天空升起一轮红日。

远处闪过一道亮光，是瞄准镜在反光，倪烽想喊："快躲起来！"

来不及了。

红日下，钟声响起。废墟般的城市被金光笼罩。

炸毁的教堂，时钟倒地还在嘀嗒嘀嗒地转动，表针指向七点整。

倪烽总算找到钟声源头。

想继续睡会儿。

心里却不断重复：敌人不止一个。

钟声阵阵，他在这时睁开眼睛。发现，那不过是一场梦。

眼前挂着漂亮的壁画，像维也纳分离画派的作品。

一种抽象的表现形式，很简洁，富有创造力的几何线条，拼出一张宇宙的全息景象图。

左右各矗立一男一女，两座立体主义雕塑。

看起来他们的审美还停留在现实世界的20世纪。

关晨这时打电话来说，要去腾飞公司。

他这才极力把那个梦赶出脑海。

穿上衣服，出门前，在镜子前停下脚步。

投射带来的不适渐渐褪去。

现在他觉得自己的表情，自然了许多。

肌肉的线条在衣服的遮盖下不那么明显了，但只要稍微动动，依然可以感到力量的存在。

意识似乎适应了这个虚幻的世界，他这才走出房间。

天气不错。昨夜的雨水还没干，地面湿着，反射着灿烂的阳光。

两侧三四层的小楼中，不时传来吵闹声。

建筑都是混凝土的，一户户住宅由爱奥尼式的廊柱分隔，柱头风格有些粗犷。

马路并不宽，四车道，两条有轨电车缓慢行驶，不时响起悦耳的铃声。

天上的飞行器不断飞过，阳光在这时，把这里照得一片金黄。

2

过来接他的飞行器像朵巨大的积雨云。

还未到，便将阴影投向整条街道，倪烽在阴影中如被黑暗中的恐怖巨兽吞噬。

抬头望，看它周身炫彩，在阳光下反射出不同光晕。

十二部巨大的涡轮，驱动庞大的臃肿身躯。发出的轰响声震彻整条街道，覆盖一切喧嚣。

但进去后，便是与世隔绝的宁静。

高雅的小提琴声传来，带着一点空旷的感觉，就像在五星级酒店的大堂。

座椅宽大舒适，舷窗落地，可以看到外面的景色。

外舱恭敬地站着一名穿高领衬衫的服务员，随叫随到。

两名驾驶员，在被隔离的驾驶舱。

内舱只有他和关晨，豪华吧台上亮着灯，摆满各种品牌的酒。

倪烽觉得一切都挺好。只是有哪里不对。

关晨坐在沙发上，仪态端正，像贵妇人。

她今天依旧穿着白色职业装，衣服一尘不染，没有昨天危机时留下的尘土。

可能她有两件同样的衣服。

她换了一双鞋，一双黑色尖嘴高跟鞋。

有那么一刻倪烽意识到，关晨与这架价格不菲的飞行器不符，这里没有烟味，没有她抿起嘴唇时那种冲动力，尽管它无比奢华。

他显露出疑惑。

在任何时代，这种大型天空之城都属于价格高昂、普通人买不起的产品。

他虽然没发问，但关晨显然看出他的疑惑，率先解释起来："是腾飞公司首席执行官——滕泰，邀请我们，前往他们公司。"她的话，解释了这艘飞行器的主人。

倪烽点点头，这些关联的信息，他记下了。

飞行器在继续攀升，他慵懒地在沙发上跷起二郎腿。

和夜晚不一样，白天再俯瞰这座城市。倪烽发现它很像印象派的画作，全部是大块的色彩，赤橙黄绿青蓝紫。

只是有点缺少修饰，但依旧达到了色彩和光的极致美感。

"觉得我们的世界如何？"关晨扬起脸提问。

虽然经历了昨天的事，他们关系稍微好了一些，但倪烽发现，她对现实世界来人依旧抱有强烈的刻板偏见。

这不是好现象。

倪烽将目光从落地窗收回来，露出淡淡的笑容，问道："你想让我怎么回答呢？"

关晨的表情瞬间僵住，阳光在她脸上闪过。

她马上又回到女调查员的岗位，很有尊严地一笑。"非常抱歉，我不该这样说话。"她无比真诚，起身走进吧台："喝点什么？这里有现实世界的一切，滕泰喜欢这样的生活。"

“白水就好。”倪烽回。

“只是白水？”她诧异地问。

“是的。”

倪烽点点头，再度环视飞行器，他这时提问道：“你好像和滕泰很熟？”

“是的。”关晨回答得很自然。

“所以你们的关系是？”

“从小一起长大的朋友。”关晨说道。

“哦——”倪烽这时伸了个懒腰，他把一句“难怪”吞回到肚子里。但故意露出恍然大悟的表情，似乎不信任。

“他听说昨天的事，所以早早到我家，要我去他公司调查。本来我想从小供应商查起，现在这个样子……”关晨说到这里，停住话头，能看出来，她语带解释，没有昨天那种自信了。

“所以这飞行器是他的？”倪烽问。

“是的。”关晨回道，“请相信我，这不会妨碍调查。”她语气恢复肯定。

倪烽笑起来：“我相信你。”

“谢谢你。”可能没想到倪烽会这样说，关晨回应得很真切。

钟声在这时传来，倪烽再次将视线转向舷窗。

向下望，飞行器已飞至德山峰顶的上空，它在那里转了个弯，向西飞。

倪烽望见，德山的小径，从山脚到峰顶排满跪地祷告的人。

峰顶的庙堂不大，四周矗立着十二根柱子，柱子上盘着金色的龙。

烟雾缭绕，有人在庙堂门口的红色案台坐着，一身道袍，下面是跪着的人。

教主吗？倪烽继续看。

关晨这时像有感而发，提问道："倪烽先生，造物主是神吗？"

"是否是神，取决于被造者的观察，而不是造物主本身对自己的定义。"不知自己怎么会说出这句话，倪烽很惊讶。

但下个瞬间，他想起来，这是父亲日记中的句子。多少年前，他摘抄下来，只是怀念父子间的感情。

"那个人声称自己是造物主的代理人，可以改变别人的基础代码，让他们的人生得到升华。一开始没人信，但随着不断地应验一些事情，他所创造的理教，竟然成了我们这世界最大的宗教。"

"礼教？"

"对，理论的理，不是礼貌的意思。它原意是说，理清思路，弄清楚自己和造物主之间关系的意思。"

"你相信那些很灵验的事吗？"倪烽问。

"不！我相信，我们是自由的，我们，应该有我们自己的生活。"

关晨说着，倪烽朝她露出灿烂的笑。他同意这话。

吟诵经文的声音，渐渐消失。

飞行器继续向西，远端的群山渐渐消失。

一望无际的荒原峡谷之上，太阳高悬，光照射进舱内。

倪烽看到，迎着光，一群动物在那儿狂奔，卷起烟尘。

关晨此时说道："看这世界多美。"她说着，发出感叹，道："如果没发现世界的本质，找到真相，没那些骗子，也许我们的世界还会更美，你说是吗？"

倪烽耸耸肩，不置可否。他端起水杯，喝了一口。

一时间，他们的关系似乎拉近了一些。

本想警告自己忍住，不要表态。

但他没忍住，最终还是回了她一句：“所以活在虚妄的谎言中才好，对吗？”

关晨一下愣住。

沉默。

过了一会儿，她把目光从倪烽身上移开，显然不喜欢这种争论。

3

臃肿庞大的飞行器继续在荒原上空发出轰鸣。

以无情的阴暗驱逐光明，笼罩途经的每一寸土地。

令刚露头的土拨鼠，魂飞魄散，钻回洞中；成群结队的野马，夺命狂奔；舷窗外，远方出现了无数不规则的巨石。

内舱监视系统的高度计，显示这里海拔远超德山。

倪烽诧异自己为何没感觉，但随即想起，这不是战斗飞行器。

一排自动射击的火炮，藏在灌木丛中。

倪烽注意到，火炮旁边，有伪装成灌木的感应器。

这里四周再无动物。

天空中巡逻的无人机，与现实世界不一样，像老鹰在扇动翅膀；一切似乎都在伪装，除了驾驶老式吉普巡逻的安保人员。

这种老式防御措施，有很多协同作战的优点，但过于依靠中央大脑的指令信息，容易把优势变为劣势。

第二道安保设施，是腾飞公司欢迎你的全息投影。

那是隐藏的扫描，会侦测具有攻击性的目标。

很久之前，倪烽的小组，在卡尔德隆基地陷入危机，就是因为轻视它。

终于飞抵园区上空。

倪烽发现，那些不规则的巨石，其实是腾飞公司的办公楼。

它们高度不一，多数不超过七层。墙身没有花纹，也没任何廊柱，所以远看就是一块块巨石。

一些窗格，搭配透明的玻璃通道，给倪烽一种熟悉的感觉。

老式的包豪斯——他突然想起，父亲喜欢的风格。当年家中的装修，便是这样。

园区内安保更加隐蔽，只有穿灰色保安制服的人，在小径巡逻。

但是没见到方块头。

飞行器此时开始下降，倪烽注意到停机坪旁的办公楼和园区其他建筑很不一样。

它像被解剖的万象魔方，拆散的零件色彩斑斓，由一条条透明的玻璃管道串联起来，在一片灰黄色为主色调的建筑群中尤为突出。

瞬间被它吸引，倪烽想起幼年时某个片段，那个蕴含宇宙奥秘的万象魔方。

一支排列整齐的队伍从这栋建筑中走出。有男有女，像老旧科幻片中星际舰队的船员，穿蓝白相间的制服。最后走出的男子，和其他人不一样，一身炫彩燕尾服，阳光下，面料不停变换颜色。

男子扬起头，以跨立姿态站好。

队伍分成两列，立于他左右。

“这个家伙！”关晨打断他的思路。

“怎么了？”倪烽问。他注意到关晨面带尴尬，似乎浑身不自然。

她张了张口，估计在衡量该不该说。

但片刻后，她还是忍不住，说道：“倪烽先生，麻烦你待会儿克制一下脾气。我们是来查案子的。”

“他脾气很不好吗？”

“像不定时炸弹。”

“不定时？有意思。”倪烽笑笑，顺着舷窗，再次望出去。

一瞬间，两人目光相汇。倪烽发现，那是类似刀子的寒光，带着嚣张，还有别的什么。

他在心里寻找一个词，不知怎么回事，想到自负这个词。

他们对视不到一秒，倪烽知道，那就是滕泰。

内舱舱门在这时打开，涡轮引擎关闭的余音，灌进舱室。

他和关晨走出去。

因为海拔的关系，这里的风更凉。

眼前那栋建筑，显得更加巨大。倪烽仰头看它，觉得它真像被拆散的万象魔方。

滕泰走过来，刀子似的寒光被刻意收起来。但嚣张并未消失，像刻印在脸上。

他目光越过倪烽，朝向关晨，温柔地笑起来。

倪烽觉得，至少他对关晨的笑很真实。身后的队伍，悄无声息，每个人都挂着同样的笑。

但却明显是职业性的。

不知道怎么回事，忽然想起那个梦，杨悬对他说——只有你一个人。

“滕泰，这就是……”

“我知道。倪烽先生，对吧？”滕泰截住关晨的话，率先伸手，紧握住倪烽的手，很是激动，“昨晚，你真幸运，救了毛毛。谢谢，我非常感谢你。”他把重点放在“我非常感谢你”，似乎自己的感谢很贵重，别人必须当皇帝的御匾，挂在门头，昭告四方，传承百代。

“不用。”倪烽冷冰冰地回答。

“放心吧，这件事我会一查到底。差点害死毛毛，这件事……”

“毛毛？”

“对不起，是关调查官。”

难得他这种人，还会说对不起。

看他朝关晨露出抱歉的笑，倪烽认为，不过是走过场。

这种超级富豪，从心底傲慢自大。即使装出平易近人，潜意识却觉得自己礼贤下士。看似客气，却不给别人说话的机会。

要从这种人嘴里套取信息，最好的办法，就是让他不停地说。

滕泰有点像现实世界的混血儿，一双棕色眼眸，但稍显混浊，让人难以看清内心。

他的鼻梁高挺，眼窝深陷得厉害，扬着下颌。虽然没倪烽高，但站姿笔挺，永远扬着下巴，像个古代的傲慢爵士。

“怎么样，我们的世界，是不是很了不起？”他接着说。

“还不错。”

倪烽看向关晨。

刚才她的脸瞬间一红，但现在恢复正常了。

4

“你猜我今天都叫了什么人，来配合你们的调查？”滕泰微笑着，语速像连珠炮，“我们公司所有技术高管，今天都在这里，有什么问题尽管问，所有技术设施全部开放。在毛毛面前，我没秘密。”

不等倪烽同意，滕泰便轻推他的肩膀：“来，我为你们介绍，这位是我们公司首席科学家。”

首席科学家是个嘴唇很厚、宽额头、戴圆框眼镜的中年男子。

他叫常明。

滕泰介绍，他是腾飞公司代码基础的保障。

与他握手时，倪烽感到他的手很嫩，像女人，左手有枚蓝宝石戒指，戴在小拇指，以示是个不婚主义者。

“请问，您是科学家吗？”他看着倪烽，腔调呆板地提出自己的问题。

“不，当然不是。”倪烽发现他说话声音细腻，像女人。

“造物主不是科学家？”他瞪大眼睛，显得很诧异。

“我是艺术家。”

“艺术？”常明瞬间显得很吃惊，喃喃自语起来，“制造了如此精妙宇宙的人，不应该是科学家吗？”他像个好奇宝宝，追问起来：“具体是什么艺术门类呢？音乐？美术？还是文学，或者是别的。”

“行为艺术。”

“行为艺术？”常明显然不知这是门什么艺术。

他想继续追问，幸好滕泰将话题终止，解释起来：“一种当代艺术，没什么新鲜。”

接着滕泰继续热情介绍，众人微笑，挨个与倪烽握手。

有那么一瞬，他觉得这里每个人，都像《焰火冷战》中，背后拿枪的特工。

想起杨悬的话——只有你一个人。

他回身看关晨，发现她表情僵硬，估计是不知该站在哪儿。

总算等到介绍完毕了，关晨立刻说道：“好了，现在，我们该进去了吧？”

“那我们就开始吧。”

滕泰语毕。

众人往里走。

大厅空旷明亮，除了穿蓝白相间工作服的前台人员，没有其他人。白色的墙，白色的地。

前台旁边标志性的雕塑，吸引了倪烽的视线。它像这栋建筑的缩小版，不同的是，里面有个凝神思考的人。

那人身材不高，有点胖，留着八字胡。

穿米色风衣，双手插兜，凝望展开的魔方。倪烽觉得他很眼熟，像是在哪见过。

滕泰这时敏锐地发现他的目光，在一旁解释起来：“我父亲相信，这世界的本质是一套有算法的程序，就像魔方。人类的每个学科，都代表一个模块，我们正通过观测，一个个解开。但最核心的那个轴，则是系统，他一直想找到它，然后逃出虚幻。”

“所以，这是你父亲？”倪烽指指雕像。

“当然。”滕泰说。

不知怎么的，倪烽从他的得意中，体味到一丝别的。但无法形容。

只好再次审视雕塑，想起小时候，父亲让自己看的一部动画片中的警察局长，他还记得那个局长的名字：目暮十三。

“他是我们这个世界最伟大的科学家，是他发现了世界的本质。”首席科学家常明画蛇添足。

倪烽不想听这个，问道：“你父亲创办了这间公司？”

“怎么可能？”像关晨说的，这家伙是个不定时炸弹。滕泰忽然拉下脸，就像倪烽撬了他老婆一样。

不过这样的神情，只出现不到一秒便恢复正常。

接着是一张经过精心修饰的笑脸，工工整整，非常职业：“我父亲是被一颗数据炸弹毁掉了，关于他的线索信息，一夜间消失得无影无踪。是我从系统文件中，找到了他的存在。”

“哦？”倪烽发现，滕泰说话时，脸上不仅没悲伤，甚至还闪过一丝自豪。

“行了，那是另外一个故事了。”关晨打断他们。

众人于是走进电梯。

关门前，再看那座雕塑，散开的魔方零件。

倪烽想起小时候那个探索宇宙奥秘的游戏，随口问道：“这栋建筑是谁设计的？”

“还不错吧？”滕泰得意扬扬的问话，说明一切。

“和雕塑的含义不一样。我们的执行官认为，观测带来灾难，就如现在的世界，文明分崩离析都是当初观测产生的结果。所以他设计这样的建筑是在告诉我们，不要试图再去寻找真相，活在当下才是最好的……”常明又在一旁解释。

“没那么多含义，我只不过是想告诉别人，我能。”

“你还真伟大啊。”倪烽强迫自己露出虚伪的笑。自从晓菲死，他便厌恶起虚幻的美好。

也许是听出弦外之音，滕泰僵住，笑容戛然而止。不过没爆炸。

之后自动门关闭，电梯上升。

倪烽从光滑的门板缝隙中，看到关晨有些尴尬，挂着一丝怒容的脸，眼睛瞪着倪烽。显然她也不喜欢弦外之音。

管她呢！倪烽像没看到她，双手插兜，就差在寂静的电梯中吹起口哨了。

滕泰这时突然发问：“倪烽先生怎么看顽石？”像是随口一问。但倪烽知道，他这话琢磨很久了。

“从我来到这里，你们就不停地问我这个问题。”

“我很想听。”滕泰强调。

“我不关心。”

“那你关心什么。”

“他什么时候来找我。”

“然后呢？”

“同归于尽。”

有那么一刻，滕泰愣住。

好像整部电梯间的人都在沉默。

关晨脸色变了，估计是担心引起滕泰不满。但这时滕泰却笑出声，说道：“看，我就说我们都一样，是艺术家。”

他语毕，电梯停下。

门开了。

5

白光倾泻进来，如科幻电影中的外星神殿。

狭长的走廊，两侧白墙圆润光滑，挑高到五层。

众人的脚步声，在廊道中回响。

尽头的门也是白色的，没有花纹。两个方块头在两侧矗立。

方块头并不是街面上常见的那种。

走近看，才发现是展示解剖体。身体没有金属构件，也没有人造肌肉。

所有的零件都由不同颜色的代码组成，又由透明支架连接起来。

“我们的监测中心和现实世界不一样，并不需要任何卫星以及任何数据网络。只要一份全球代码地图，一个系统内相同的两组数据就足够了。”滕泰语带炫耀，估计是被自己的解说迷倒了，他觉得这种检测手段简直完美。

没见识的表现。倪烽想着，朝他露出虚伪的笑，像是很赞同。

在现实和其他虚幻世界，有几百种方法，可以让人工智能逃离这种监控。

他抿抿嘴。

下一刻，他毫不客气地说出原理：“量子纠缠。”

“你还懂这个？”滕泰略显惊讶，把目光投向他。

“情报不太详细啊。”倪烽平静地解释，“在个体，植入两组相同的核心数据，让它们互相作用，形成整体，然后通过其中一个监测另一个。”

“好吧。”滕泰简单回应，脸上写着愤恨。显然对倪烽抢自己的话感到不满。

走进安检门。

全副武装的安保人员，做例行检查。

扫描光亮起来，毫无异常。

他迈步过去，展开双臂，保安又用手持的危险代码探测器，扫过他身体的每个角落。

倪烽视线停在两个方块头身上。

一段久远的记忆，从脑中闪过。

技术课上，陈东明在魔兽星球召来初代巫妖王后。只用一根教鞭便挡住它的进攻，接着他轻松捅穿了它的铠甲，倪烽看到那里露出的横截面，是一行行不断变幻、流淌的代码。

陈东明按下暂停键。

他说：“我们和上帝不一样。上帝按照自己的结构创造了人类。而我们却用另外一种办法创造出新世界。它基于算法和代码，任何物理表现都只是外在形式。”

检查完毕后，大门向两侧滑开。

金色阳光涌出，倪烽以手遮住光和众人走进去。

如在宙斯神庙，无数矩形柱体矗立其中，顶天立地。

柱身由成百上千个方形玻璃体组成，内部显出不同颜色的代码。

代码不断跳动变化，每个和每个都不同频。

倪烽意识到，从本质上方块头和自己的造物主一样，都由代码组成。就像是克隆人和人。

“它们和你们相同？”他恍然大悟，望向滕泰。

“不完全。”滕泰扬起下颌，倨傲写在脸上，“就像你们和黑猩猩，虽然拥有进化的共同祖先，但发展方向却并不相同。我们和它们也是。不过，我们在它们进化的过程中，对其做出相应的干扰，让一切可控，就变成了今天的样子。”

这在现实世界是重罪。

就像畸形西瓜，从生长伊始，便被套上奇形怪状的玻璃壳。

当年火星独立势力，因缺少劳动力。便干扰人类基因，将克隆人恢复成早期的智人，经过培训，进行无偿劳动。

瞬间，眼前涌现出无数的邪恶科学家。

倪烽觉得滕泰也差不多。

但这和自己有什么关系？

下个瞬间，一个问题在脑海中闪现，倪烽忽然发问：“你了解我们？”

“谈不上，但我毕竟是发现……”滕泰话说一半忙改口，“毕竟，我父亲是发现宇宙本质的人，了解一些造物主的秘密，好像没什么。”

倪烽觉得这可不是什么好事，他沉默下来。

“这就是我们的世界，虽然是你们创造的，但现在掌握一切的却是我们。”滕泰一口气说了好几个我们，又拍拍倪烽的肩膀，好像自己才是造物主。

眼前不断变换频率的代码。让倪烽想起，大自然中无数流向各自路径的小河。

不知道父亲看到这里会怎么想。

他难道能接受一个完全失控的世界吗？

“我们对个体进行实时监控，不管它们在哪里，在做什么。”滕泰继续解说，“如果它们有问题，原则上说，我们可以控制它们的所有行为。”

“但你们不会这么做？”倪烽忽然意识到，这才是问题所在。

“正规的方块头从没出过问题。”旁边，首席科学家常明插话。

“是的。”滕泰点点头，很满意常明这么说。

“所以昨晚出事的方块头……”

“严格意义上说，它们不是我们的产品。”滕泰说着，好像对这种事并不感到丝毫的奇怪。

“不是？”倪烽感到错愕，但随即明白原因，“有人破解了你们的权限？”

“可能我们理解得不一样。在我们看来，生命是自由的，不该被限制。所以权限是公开的。一些人改造它们做了些扩展，导致脱离管控，并没什么。”滕泰一副救世主的样子，继续解说，“就像上帝创造你们，给你们自由，你们又创造另一个世界。我们更乐于赋予生命自由，让它们自由发挥。”

倪烽本想回：我们尊重上帝。

但他最终选择闭上嘴巴。

除了东明会能把犯罪说得如此冠冕堂皇的，恐怕也只有这家伙了。

他喜欢滕泰的风格。

他转头看看关晨。

她看样子，并不认同自己的朋友，也不认同这个世界。

她是个聪明人。

在现实世界，失控机器人制造的伤害性案件，比比皆是。

倪烽发现，滕泰和陈东明一样，对生命缺少敬畏。

“那现在失控的数据，你们有具体统计吗？”关晨突然提出一个问题。

现场瞬间沉默。

没人说话了，静静的监测中心，只有数据的流淌声。

滕泰脸色很不好。

他盯着关晨，温柔在脸上消失了片刻，随即又恢复正常：“具体的数据，本来是保密的，但今天毛毛你来了，我不能让你空手回去……”

滕泰转身回看，腾飞公司法务副总裁张宁。

他五大三粗，和倪烽差不多高，但比倪烽胖不少，完全不像个律师。

张宁立刻明白滕泰的意思，点头道：“你们要签一份保密协议，这份协议在任何时间被公开，都不会成为法律意义上的证据。”

“很多吗？”倪烽问。

“想不想看？”滕泰得意地笑。

张宁拿来文件，倪烽毫不犹豫地签上大名。

但关晨没有，她凝视滕泰，先是惊愕，然后面露失望。

她显然不知道这件事，所以发问：“很严重吗？”

“别担心，你哥哥和上层很清楚。”滕泰满不在乎，“而且这也不违法。”

“不违法，不代表正确。”

关晨说着，最终还是签了字。

她的字工工整整，像字帖。

随后，他们穿过监测中心，坐电梯，又向下走。

底下很深，高速电梯用了足足两分多钟。他们才走出轿厢。

这里没有长廊，只有一个窄小的安全检察间。

简单检查后。密封门向两侧滑动，走进去，虽然灯光很昏暗，但视野豁然开朗。

倪烽和关晨目瞪口呆，被眼前的画面震撼到了。

因为它远比监测中心高大空旷，像《星辰世纪》中的诺萨岩洞，两侧是没开凿完的岩壁，数不清的矩形柱体，呈烟灰色。

它们全都不再流淌，死一般的沉寂。

从左数，从右数，根本数不清有多少失控体。

没想到是这么大范围。

即使在《纳坦主星》这个游戏中，倪烽也没见过如此严重的失控。

真令人瞠目结舌！他暗暗感慨。但腾飞公司的人，并无所谓。他们依旧面带笑容，引倪烽和关晨向里走。

“你们统计过失控总量吗？”关晨看上去在努力控制自己的情绪。

“当然！精准计算的话，截至昨天，共有七千零四十一万具失控体。”滕泰看着她，依旧满不在乎，“但出问题，还是第一次。”

“这么多具失控体，你还一副无所谓的样子？”关晨终于发怒了，嗓音明显提高。

“嘿！毛毛，别这样。”滕泰慵懒地摊开手，抱怨起来，好像自己很委屈，“它们伤害你的事，我一定会追查到底。但七千万分之一的失控率，真的不算什么。”

“每个病毒都有个开始，由小及大。顽石也属这部分。”关晨看着他，眼神满是失望。

她的话，突然触动了倪烽作为犯罪分子敏感的心。

一个想法慢慢成形。他没说具体的，露出虚伪的笑，感叹道:“真他 × 太过瘾了，七千万具失控体。”

“当着女士的面，你语言太过下流了。”滕泰忽然将目光转向倪烽，腔调虽然僵硬，但掩盖不了他想转移话题的事实。

倪烽才不想放过他。

他先恶狠狠地说了句，闭嘴!

然后发出警告:“别以为签份文件，我就不敢公开今天看到的。告诉你，我是艺术家，行为艺术……”他目带杀气。

刹那间，不定时炸弹哑火。

倪烽看关晨露出一脸吃惊的表情。接着，他们继续向前走。

6

饭店叫海之滨。

一间听名字便知是一家临海的餐厅。

倪烽之所以接受滕泰之邀，只为获得更多的信息。

关晨貌似并不想去，滕泰却用她表哥也来的理由说服了她。

飞行器内，倪烽抬手看表，现在是十一点二十五分，他们已离开腾飞公司三十三分钟。

途经荒漠，接着是大面积的喀斯特地貌，嶙峋的可溶性岩石矗立其中。

远端有座荒弃之城，滕泰说："这里是黑客为逃避抓捕经常出没的地方。"

倪烽眺望那座城。沙尘包裹住它，沙丘慢慢吞噬它四周的灌木，风沙呼啸。

一看便知它曾经历过巨大的繁荣。

摩天大楼如群山般耸立，破损的广告牌横矗在道路中央，各式汽车和飞行器随意停放。

关晨解释："它是科技大飞跃时代的产物，人们称它卫星城，后来因真相披露，人们失去探索宇宙奥秘的动力，政府不再拨款，便成了这般模样。"

"你们这里也有科技大飞跃？"倪烽诧异地问。

现实世界的大飞跃时代，并不是好词。

因为那之间，产生了脑机游戏，从此人类沉溺于虚幻，再不向往神秘的宇宙。

滕泰这时说道："那个时代的人通常比较虚妄，相信无稽之谈，还好我父亲发现了真相。"

关晨此时端起水杯，将目光转向别处。

倪烽认为她并不同意这话。

一片绿洲出现，远端蔚蓝的海随之显现出来。

海边有栋三层的建筑，也都是包豪斯风格。

混凝土加红色钢铁管道，方正的窗格，框体配合周围环境，美丽悦目。

滕泰说，这是他三年前开的，那时很多人不信他能开饭店。

"不到二十六天，他们就后悔了。"滕泰扬起下颌，做出第一的手势，问倪烽，"你猜我做了什么能让它迅速成为世上第一餐厅？并且别人永远做不到。”

倪烽才懒得回答这种问题。

他很清楚滕泰会继续，所以保持沉默，等着。

但滕泰此时没有继续，而是换了个话题：“因为你救了毛毛，才能来这里。”

他那副嘴脸，和现实中的亿万富豪一样，以为谁都喜欢他们施舍的一顿饭。

接着滕泰望向关晨。

关晨避开他的目光，仰望天花板，像没听到他说什么一样。

餐厅背光，由镜面玻璃，反射阳光组成，如时光隧道，泛出七种颜色。

走进去，石灰绿的水磨石地面，与挑高三层的银色拱形天花板搭配，形成工业时代的生硬质感。

吧台的玻璃橱窗、柳条家具、黄金和栗色的花卉图案面料。

倪烽想起20世纪的德国。

在《焰火冷战》，他用一瓶昂贵的杜松子酒，撬开逃亡者嘴巴，知晓了目标的位置。

有人出来引路，是一名白发的领班，六十多岁，个子不高，消瘦，身姿笔挺。每个动作、每句话都很职业。

这里除了停机坪管理员是方块头，其余都是人在服务。

他们在临海的餐位落座，这里距离其他座位都远，隔着紫色帘子。

帘子由紫水晶坠组成，外面只能隐约看到里面。

餐桌按20世纪风格摆布：从左到右，包括叉子、纸巾、餐盘、餐刀、餐勺。

左上角有专门放甜点的盘子和黄油刀，右上角是酒杯。刀刃全都朝向盘碟。

瞬间，倪烽饿了。

想起了德国香肠。

他的肚子在叫。虽身处虚幻，但因投射完整，饥饿还是会让他渴望美食。

可他故作镇静，望向窗外，澎湃的海浪不断拍击岩石，迸溅起水花。

海鸥在飞，发出清脆的叫声。温柔的阳光照在肩头。

关晨表哥来得晚。

但一进门，便被倪烽敏锐地捕捉到。

他被服务生领位，走向这里。途中，不停和其他桌打招呼，偶尔多聊片刻。

见自己的妹妹撩起帘子，他忙止住话头，走过来。

“哥，我给您介绍，这位是……”

“我知道。”他打断关晨的话，看都不看倪烽一眼。金丝框眼镜中，眉毛又黄又薄，眼睛很小。

法令纹很深。圆寸短发，鬓角泛白。看起来像个小公务员，四十多岁。

“昨天，幸亏有倪先生。”关晨继续道。

“毛毛，你没事最重要。”

他把所有关切给了自己妹妹。然后坐下，喘了口气，好像很疲劳。然后他对滕泰无奈地笑，解释自己刚才和一位大人物喝茶，对方如何尊敬自己令他无法脱身。

滕泰的视线停在菜单上，不时抬头，表示自己听到了。

一名身着深蓝色制服的高个男子路过，关晨表哥主动撩开帘子和对方打招呼。

简单寒暄，倪烽知晓了，她表哥名叫言森，是司法部一司司长，主要负责数据安全。

身着深蓝色制服的男子是他的政治竞争对手。

“听说刘明林搞得真相开放工程很受欢迎？”男子走后，滕泰问道。

“受上面的欢迎。但我相信大多数人，不会这样认为。”看男子走远了，言森面带失望，低声抱怨，“乡巴佬的视野，看不到很远，他们以为真相会为世界带来美好，但结果我们都知道，真相只会让人忘记长幼尊卑，礼义廉耻。”

“我同意。”滕泰率先肯定，然后又道，“多数人并没接纳真相的能力。所以政府有责任将它控制在一定范围。”

“但如果控制不住，就会像我们现在的社会。”言森说，“还不如彻底封锁。”

“那真相应该由谁掌握呢？”关晨插话，将目光转向自己哥哥。

“由聪明的人。”言森指指自己的妹妹，像大人教育小孩，“你是女人中的特例。多数女人，天生就蠢，她们没有脑子。知道真相后便会像无头苍蝇乱撞，为社会增添无穷的麻烦。所以知晓真相的权利该交给贵族，交给聪明的人，而不是刘明林那种乡巴佬。”

他说得头头是道，丝毫没注意自己的妹妹僵住。

接着言森又继续：“这世上没人配得上我妹妹……”他拍拍滕泰的肩膀，“小伙子，你要成功的话，还需要努力。”

滕泰笑起来，看向关晨，服务员开始倒开胃酒。

关晨红着脸，显然不知如何回应。

她这时突然问倪烽：“倪先生，怎么看真相？”

倪烽本想回不关心，但他意识到，这是尴尬的关晨在向自己求助。

为了后面的合作，他耸耸肩，伸了个懒腰道：“这一切取决于观察，没有所谓客观。真相也一样，每个人都站在不同位置得出自己的结论。”

言森瞪倪烽一眼，目光转向窗外。

菜终于上来了。

第一道是糅合鱼子酱质感的蔬菜，薯类食物做成的泡沫状开胃糕点，以开胃酒点缀。

之后便是金枪鱼佐鱼子酱的果冻，入口即化的培根，洋葱蘑菇松露汤以及鲜嫩多汁的龙虾。

一般而言，虚幻世界的美食，或多或少都有自己的特色。

但倪烽觉得，这里仿佛让自己置身现实。

滕泰这时将一片龙虾肉，放进嘴里做陶醉状：“想想造物主在品尝美食时，会想些什么？”他望向言森。

“他看着这世界一天天糟下去，想拿回属于自己的权力，惩罚那些庸众，然后让它重回荣光。每个人都该在他原定的位置，老老实实，该是什么人，就是什么人。”

“你那套天罚的念头，太恶毒了。”滕泰笑起来，转向倪烽，“倪先生？”

“杀人！”倪烽端详着餐刀。

“不错的想法。”滕泰笑起来，盯着倪烽，“杀顽石吗？”

这次言森终于正面看向倪烽，发出警告：“不管顽石犯了什么错，我希望你注意，我们是法制社会，不会让犯罪分子滥杀无辜。”他说着，似乎忘了自己刚才的话。

倪烽耸耸肩，懒得多说。

“倪先生才是真正造物主的心思——艺术家。”滕泰竖起大拇指，接着说，“他只用两个字，就说明了一切。很具体，但又抽象。”他做出掌控全场的手势，“我创造这里，也是为了让人们体会造物主。想知道造物主怎么想，就来体会他们的美食，灵感一触即发，像毒品。”

现在倪烽觉得，滕泰真的是艺术家。

他把一块金枪鱼刺身放进嘴里，口腔感到淡淡的海水咸味，估计是腹部顶级鱼腩，肥嫩无比。

倪烽心里怀疑，自己是否真的身处虚幻。不知道滕泰怎么会如此了解现实。

见关晨把酒杯放在唇边，假笑。

他判断出，关晨不喜欢滕泰和自己哥哥的交谈。

门口进来一群人，稍微有点吵。

隔着帘子，倪烽望过去，发现是一群穿长袍的宗教人士。

一名头发乌黑鼻梁有点塌的长者被众星捧月般往餐厅深处走。

他个子很高，比倪烽还高不少。

总觉得他有些眼熟，倪烽想起在飞行器上俯瞰德山祈祷。

关晨给自己解释，那人是理教创始人王近思，其余人都是他的信徒。

滕泰这时说道：“我觉得真相最大的问题，就是不该被骗子利用。”

“恰恰相反……”言森耸耸肩，对滕泰道，“我倒是认为，只有宗教，才会让我们恢复秩序。让人明白贵族是天生的，造物主给的。人不该对现状不满，去追逐那些虚妄的、不属于自己的权利。”

“腐朽！”滕泰笑。他随后打了个响指，服务生走来。餐厅保安队长也跟过来。

滕泰让他们撵走王近思。

片刻，那边起了争执。理教的人语带威胁。

身材高大的保安随后加入。

最终，王近思主动结束争执，拂袖离开。

路过他们的时候，隔着帘子，言森主动向对方点头示好。

王近思一怔，像想到了什么，突然停下脚步。

倪烽还是觉得他很眼熟，好像是在某个时间见过这个人。

片刻后，帘子被理教小信徒撩开，王近思露出一张冰冷的脸，本来是要和言森打招呼。

但无意间瞥见倪烽，像想起什么，惊呼起来：“你，你是？你就是来自造物主世界的人？”

没等倪烽回话，言森便替倪烽说：“他不是造物主。”

“你怎么知道我来自现实？”倪烽开口了。

“一切都在造物主计划内，所以并不是我知道您。”王近思恢复平静，“而是得到您父亲的指示，才碰到您。”

“我父亲？”倪烽发出疑问。

“倪兵。”

“我很多年没见过他……”

“如果我能让你们相见，您能成为理教信徒吗？”

倪烽沉默。他们互相审视。倪烽盘算，他怎么知道自己父亲的名字。

“别幼稚了，这世界是人都知道造物主的名字。”滕泰笑着说，他终于按捺不住性子，威胁王近思道，“快点滚！不要让我采取措施。”

“是你要我离开的，对吗？”王近思瞪着他，冷静发问，几名保安走来。

“不，”滕泰满不在乎，笑着调侃，“是倪兵。”

不再理他，王近思盯着倪烽，“相信我，你们还会见到，因为这是造物主的规划。”他语毕，头也不回地离开。

这时关晨若有所思，从口袋取出一支女士香烟。

滕泰微微皱眉。

言森说：“小妹……”

不等言森说完，服务生拿出打火机。

火光亮起，倪烽注意到关晨吐出白烟，陶醉之至。

第六章　线索

1

代理商名叫张晓明。

一个听起来无比庸俗且能让人瞬间想到其长相的名字。

看来虚幻世界也无法免俗，什么名字都有。

作为腾飞公司的代理，张晓明承包了数据调查局的智能业务。这点和现实及其他虚幻世界一样，大公司会把利益让出一部分给分包商，他们自己则专注于创造和制造。

“这样出了问题，可以由分包商承担。”这是关晨原话，倪烽不置可否。

午后日头有点晒。他把外套搭在臂弯，要去的地方在市中心。那里高楼林立，建筑师以妥协的姿态，处理历史至上主义和节俭实用性。以钢铁、玻璃、混凝土为主。横平竖直的结构，在垂直线内设置阳台，打破连续的窗带，制造立体感。

不知这是他们设计的，还是父亲最初的设定，倪烽摁住想起父亲的念头。

飞行器这时候降落。

和现实世界一样，市中心寸土寸金。

所以停机坪是立体的，由三个方块头管理。

倪烽注意到，停机坪井然有序，至少停着几百架飞行器，都是大中型的，但还有空位。

关晨关掉广播。刚才一个谈话节目，几名嘉宾在讨论顽石是否有罪。

看起来，这里多数人，都认为他无罪。

法律专家在其中，没代表专业，而是代表多数人。

关晨不支持这种观点。她问倪烽怎么看。倪烽很是随意，说出那句“我不关心”。

进了电梯便知，这里工作的是什么人。他们穿着精致，不管首饰还是包，都有十足设计感。

电梯内无人说话，每个人都仰着脸，轿厢镜面把他们映衬得精致漂亮，高不可攀。

如现实世界金融中心的精英。

倪烽在其中格格不入，但关晨挺合适，她比他们更高不可攀，而且是骨子里的。

代理商的公司在最中间的楼层——七十二楼。一个倪烽认为不太吉利的数字。上次他碰见这个数，身边死了三名重要的伙伴。整个行动泡汤，目标逃脱。

和他们合作的人工智能说：在它们的世界，七十二代表地狱与魔鬼。

倪烽为伙伴惋惜，但挺喜欢这个说法。

电梯停了，他和关晨走出去。代理商公司名为卓越数据。

门面光鲜整洁，两个方块头于左右服务。

偶尔有进出的，穿着一样精致。关晨亮出工作证，推门进去。

前台背景墙是淡蓝色的，LOGO 不突出，嵌进墙面，十分精致。左右两侧磨砂玻璃门，隐约能看得到办公区。

“请问，您找谁？”一名像做过整容的女子起身，她表情僵硬，看似温柔的语气，藏着一丝轻蔑。

“张晓明。”关晨亮出证件。

女子看都不看，问：“有预约吗？”

“我们数据调查局找谁还要预约吗？”关晨反问。

“如果没有，就对不起了。”她坐下，直接把不客气和傲慢写在脸上。

其实她只是个看门的。倪烽不说话，看旁边的方块头，知道这俩大家伙不是摆设。

办公区的门被推开。

一名穿格子衫、佩戴工作证的男子走出。

关晨往里走。前台立刻起身。

两名方块头上前，倪烽正准备动手，关晨的证件让它们停下了脚步。

估计和现实世界一样，是司法协议的缘故，方块头扫描到调查官的证件，便会自动停止攻击行为。

办公区很热，里面的人穿得很少。

女子想再阻拦，被关晨推到一边。其实他们有预约，不过是在明天。

他们从滕泰口中得知张晓明中午应该在单位。

两人故意提前。出其不意，会给人很大压力，这是刑警的惯用手段。

倪烽耸耸肩，对前台礼貌地笑笑。

穿过办公区的一条被射灯包围的走廊。两侧的玻璃门很安静。正走着，廊道内唯一的双开扇大门被推开，两名面相凶狠、身强力壮的男子走出。

其中一个人腰间别着枪，个头不亚于倪烽，至少有一米九，高颧骨，小眼睛，短发。有点像蒙古利亚人。

“嘿！你们……”

“找张晓明。”

“张总没……”

他们话没说完，关晨已推开门。

“业余。”倪烽抿抿嘴。这种人在现实世界，只配在四线城市的小夜总会做打手。

他们和整个办公区格格不入，有些令人意外。

屋内的一个矮个平头男子，听到动静回身。

估计太突然，那家伙吓得一怔，本来正在操作机器，差点没从椅子上摔下来。

慌乱中，他扯过一块布，盖住显示屏。屋里有些没被激活的方块头。

关晨说：“张晓明，我是数据调查局的。”她亮出证件。

那家伙伸出舌头，舔舔嘴唇，看着就是一副不诚实的样子。圆脸，小眼睛，塌鼻梁。

眼袋很深，一看便知酒色过度。“昨天出事的调查员？”隔着桌子，他畏畏缩缩地问，然后朝两名保镖摆摆手，他们随即退到门口。

“它们被删除，但不是数据炸弹造成的，你该有操作日志备份吧。”关晨问。

她语气很肯定，张晓明面露慌张。

倪烽注意到，他不停看向刚才操作的机器。

过了片刻才恢复正常，冒出一句废话：“我们对昨天的事很抱歉，也在找腾飞公司核实一些事，关小姐，您放心，我们一定会彻查的。”

“别废话！”关晨以指节敲敲桌子施压。

两名保镖瞪着眼，外强中干。

倪烽没说话，环视整个办公间。它面积很大，风格像现实世界的夜总会豪华包房，庸俗但金碧辉煌。

至少有两百平方米。里面的方块头，有的是整体，有的是零件，散在地上，一些工具零零碎碎的，像临时挪进来的。

“我很想帮你，要是那些改造的家伙被我抓住，我肯定弄死他们，为你报仇。”他摆出一副黑道态度，可倪烽认为他根本没杀过人，“但您也知道，能做数据调查局的分包商，我们也是有关系的，从您出事，这些备份就……”

“就怎么了？”关晨仰起脸问。

“我和言司长关系很好。”他笑起来，不像搞技术的人。

倪烽注意到他的手很粗糙，再看他操作的机器，几条线散乱地连接在一些方块头身上。

一些疑点在头脑中升温。

关晨这时发出一声冷笑：“言森是我哥，你不知道吗？”她说着，再敲桌面，“别废话，备份！否则，我以阻碍调查罪拘你！”

“嘿！你刚才在干什么？”

倪烽终于发话了。他指指张晓明手边的机器，做出用手去掀机器蒙布的动作。

张晓明瞬间起身，伸手阻止。倪烽打开他的手，扯掉蒙布，显示器暴露出来。

“你就是那个现实世界来的浑蛋吧？”他恍然大悟，手指倪烽，“你在这里没执法权，最好……”他用手去扯那块布。

倪烽突然动手，攥住他的手指，直接掰折。

张晓明发出哀号，趴在桌面上，冷汗瞬间冒出。

两名保镖不知什么时候到了身后。一人伸手去抓倪烽的肩，另一人掏枪。

倪烽往前一拽张晓明，把他拖过桌面，砸得其中一人踉跄退后。

接着，他松开张晓明，又以势大力沉的手掌，猛砍持枪保镖的脖颈。那家伙瞬间倒地，枪成了倪烽的。

踉跄的保镖这时再想上前，却被枪口逼得退后。

张晓明倒地，倪烽用枪口指指屏幕，两人都看到，屏幕正中是进度条，已经走到百分之九十五。

“你在删除操作日志备份？”关晨脸色突变，想阻止，却发现无法暂停。进度条已经走到百分之九十七。她忙走近几个方块头，一个个拔掉连接它们的数据线，一个方块头的眼睛突然亮起来。

“小心！”

倪烽来不及出声，那个方块头已一拳打在关晨小腹。接着另外两个方块头也被激活，扑向她。

张晓明的保镖又要冲过来，被倪烽一枪击中，惨叫着倒地。

关晨这时猛踹方块头胸口，同时拔枪。他们几乎是同时扣动扳机。子弹不断从枪膛射出，三个方块头最终倒在地上。

倪烽把枪托在手里。这枪后坐力不小，金属有质感，就是缺少点威力。他冷冷地想。

屋中突然安静了。

惨叫声都停止了。隔着磨砂玻璃，外面有人在徘徊，不敢进来。

张晓明还不服输，想挣扎起身。但倪烽踩住他的小腿，稍微一用力，他便再度惨叫起来：“你们不能这样，我要投诉！我要去告你们！”

“再喊，我打烂你的头！”倪烽信誓旦旦，“我可不是什么执法人员。”他扣动扳机，子弹打在张晓明脸旁的大理石地面，迸溅起碎屑。那家伙立刻沉默下来。

倪烽问：“谁让你删除的？”

“没……”他看向关晨，“没人，真没人，是我自己要删除的。”他用谎言求饶。

“我再问一句，如果还这么说，我先打折你的腿，然后宰了你。”倪烽发出威胁。

关晨走来，把枪拿在手里：“行了，把他带回局里。”她这样还挺好看。有那么一刻，倪烽是准备同意的。

但那个梦再度出现，杨悬说：只有你一个。

他犹豫了，没挪开脚，枪口继续指着张晓明：“快点说！”

“我要进去！我要进去交代……”

手软一次，就会让人知晓你在虚张声势。陈东明说，给对手最有力的回击就是毫不犹豫。

下一刻，倪烽扣动扳机。枪声响了，张晓明膝盖被打碎，鲜血喷出来，溅在白色大理石地面上，反着灯光。

惨叫声、谩骂声如期而至。

关晨大惊。立刻将枪对准倪烽，“你这浑蛋！”她态度大变，“我只说一遍，放下枪！”

倪烽不理会，盯着张晓明。

张晓明疼得流出眼泪，瞪着倪烽，咬牙切齿：“你这个王八蛋！”他语毕，最终露出满脸的恐惧，面色苍白，倪烽没说谢谢夸奖，等他继续。“你根本不知道自己惹的是谁！现在我告诉你，你会后悔的……”他无奈地苦笑出声，刚要坦白，枪声在这时响起。

下一个瞬间，张晓明的脑袋被打爆，鲜血喷溅了倪烽一身。

倪烽与关晨一怔，他们迅速趴下，用已倒地的方块头当掩体，躲向墙角。

室内，又是一阵寂静。只有风声在破损的玻璃窗前呼啸，他对关晨做了个不要动的手势。

狙击手。

他在心里骂了句脏话。最讨厌这些阴险的家伙。只一枪，根本无法确认对方的水准和方位。

目光扫向周围，倪烽找了一段方块头的手臂，把上衣支撑起来，一点点露出窗框。

从外面看，像个侧身张望的人。

不知是否会咬钩？

他没把握。念头闪过的瞬间，枪声又响了。他立刻闪出，只用了不到一秒，便找到了敌人。

枪法不错却是个外行。

在对面大楼天台。一个黑乎乎的影子，应该是帽衫遮光的缘故，还戴着墨镜。

顾不上多观察，倪烽举枪射击。

几枪过后，对方明显踉跄了一下，被击中了！

他和关晨立刻去追，但等他们到了那里只剩下了血迹。血迹消失在楼梯间门口，很显然已被隐去。

空旷的大街，风在耳旁吹。大楼间不断有飞行器呼啸而过。

关晨瞪着他。不知怎么回事，倪烽感到那眼神，带着坚决和冰冷。

接着，她掏出手铐。倪烽一怔。

她说："我告诉过你，把他带到局里。"

2

没有光，四周是黑暗的。

有点冷。

手表已被收走，少了嘀嗒声，时间凝固了。

盘腿坐于水泥床上，冰冷生硬，没有被褥。

他们给了他一个单间，不是出于好心。而是担心有不长眼的家伙惹他。

单间很小，不到七平方米，一个简易蹲便器和一个水龙头。

倪烽觉得这样最好，没有人打扰。

环境还不错。至少没有老鼠，没有虫子，没有无知的浑蛋来烦他。

倪烽背靠墙。这不是他第一次被抓起来了。

在《焰火冷战》，他住过契卡在北越设的牢房。那里不仅环境差，看守的态度也差，冬天没有暖气，夏天还要面对各种稀奇古怪的寄生虫。一个简易蹲便，和其他牢房坑底是贯通的，泛出恶臭。

不知道几点了，倪烽闭目养神。黑暗他见得多了。

这是刑罚体系中一种精神迫害的手段。它会让你忘记时间，陷入重复思考，循环心中的恐惧。

当门打开，一束光亮照射进来，你会立刻暴露自己的软弱，急速寻找坦白从宽的机会。

幼稚，倪烽笑了。

同样的训练，他不知经受过多少次。

为了配合实战氛围，陈东明常给他们放恐怖声效、恶心的动物。

他说：黑暗会让人忘却时间，专注思考。不要怕它，要爱它，只有爱，才能让你摆脱恐惧。

陈东明说得对。

倪烽闭目养神，他懒得对关晨解释把那家伙带进调查局的后果。

和现实世界一样，这种人只要进来，不超过一小时便会有大人物打电话。

他们会放了他，于是问题回到最初，是谁让他删除操作日志的？

那个杀手他们没抓到。关晨却把他铐起来。

好像他才是凶手。

门被推开，光照射进来，有些刺眼。一个庞大的身躯站在了门口随后投下阴影——是叶克辉。

他走进来，臂弯夹着个文件夹。

现在的他比刚见倪烽时更冷酷，更不近人情。看出了他的轻蔑，倪烽没挪位置，依旧盘腿坐着。

“倪先生，你还记得自己之前签的协议吧？”他说着，想把文件夹甩给倪烽。

这是废话，叶克辉无非是要施压才这么说。倪烽没接文件夹，过去的行动中，他常面对比这残酷得多的威胁。不只精神折磨，还有酷刑。

他沉默，叶克辉的阴影笼罩着他的身体。

叶克辉继续：“在你来之前，我们就知道会发生不愉快。像你这样的人，怎么可能规规矩矩的。但我没想到你如此得胆大妄为，不仅让我们损失了一条重要线索，还让上面责问我，你造成的破坏和坏处。”他说完话，像要死人似的，费劲地喘了几口气。

“这才刚开始。”倪烽说。

“你觉得你还会有下次吗？按照这份协议……”

倪烽挥手打断他，“行了吧，别跟我来这套。你以为我不知道，你们为什么找现实世界的人吗？”倪烽声音陡然提高八度，让走廊里的看守，和其他牢房的人，也听得清楚，“你们这里已经烂透了。从我过来就发现，顽石是不是一个人，谁和顽石是一伙儿的，你们也没把握。所以你才需要一个现实世界的浑蛋，来处理这事……”

倪烽气急败坏。

这里只有他自己，没有同伴，不需要狗屁的纳什均衡。只有策略性恼羞成怒。

他大声说，然后又安静下来，硬生生地威胁："走着瞧，看顽石会不会反噬你们。"

"你想让我违反法律。"叶克辉说。

"不！我是告诉你，你随便！"

迎着叶克辉的目光，倪烽想如果是以前，他一定会手撕了这帮官僚。但现在，他只希望能尽快找到顽石，然后跟他同归于尽。默念晓菲的名字，他压制住自己的脾气。

最后叶克辉的目光，终于柔和下来。

这是倪烽见他以来，第一次见他态度变软。

接着他陷入沉思，语气变得温和不少，说："我动用了各种资源还有金钱，来为你处理这件事。"

"你应该的。"

"好吧。"叶克辉耸耸肩，他承认这是个无可奈何的事实，"张晓明的家人不会去告你，因为方块头没删除完的操作日志证实了他的罪责。还有狙杀他的人也是大问题，所以没人会追究你。"

虽然点点头，可倪烽才不在乎这些。

叶克辉又继续："但我不能保证，他们会不会采取别的报复措施。要知道，能垄断数据调查局设备的公司，背景是什么，你该明白。"

"关晨的哥哥是其中一个吧？"

"这我就不知道了。"叶克辉很谨慎，"但我可以负责任地告诉你，至少关晨不是。"

"哼……"倪烽冷笑，"她不过是教条主义培育下的温室花朵。"

"不，你不了解她。"叶克辉说。

他说得对。倪烽耸耸肩，没告诉叶克辉自己才没兴趣了解这些。

现在，冰冷的水泥床显得有点硬了，他挪动位置。想起陈东明说过，去了解你的对手，了解你的伙伴。只有那样，你们才能做得更好，才可以达到目的。

他这才抬头，目光变得柔和："好吧。"

可能是哪里在下雨，夜晚的风很冷，走到停机坪，倪烽不由得缩紧肩。

月亮在天边，半隐在白色的流云内。

城市中，招揽游客的大型广告泛着光，把天空映衬得多姿多彩。重新走出监狱的感觉很舒适，倪烽觉得呼吸舒畅，身体已与这世界融为一体。他抬头看天，飞吻月空。

这是出狱的惯例，一种必要的迷信，东明会的人都在意这个细节。

是关晨送他回的酒店。现在，她换回自己的飞行器，直视前方。

没等倪烽坐稳，舱门合拢，便操纵起它。她一言不发，冷着脸，像个生气的小孩子。

冷风灌进了温暖的舱室，倪烽的目光望向窗外。

外面是泛着七色光的楼群，偶尔有歌声传来。这里和现实一样，一到夜晚便光怪陆离，变幻无常。

关晨忘了开广播，轰鸣声与外面的光，无法遮蔽两人的尴尬。

最后还是关晨清了清嗓子，将视线转向他率先开口："你真打算杀死他吗？"

"他的同伴会知道，错过的坦白不再来。"倪烽以教育的口吻回应。

“你知道我用了多久才说服我哥哥，说服他和司法部的高层，向他们证明，一切都在可控的范围，法律依然有意义。”关晨说。她瞪着他，倪烽想，她才是优秀教师。

本想像回复叶克辉那样，简单说：这都是你应该的。

最终倪烽却选择了辩解：“照你那一套，我怕你永远也问不出个所以然，甚至等你发现，一切都晚了，可能我们都被删除了，顽石赢了。”

“你这样的人，永远不会明白法律对社会到底意味着什么！”她说着，目光冷得，让倪烽不由得打了个寒战，“你也不会明白，为什么有人费尽心机、耗尽心血，想在法律的框架内解决顽石。那些人拼命维护的，是你这种人难以理解的。”

同样是那句——像你这样的人。可倪烽却忽然明白，这话不带任何歧视。

他瞬间沉默，不知该如何回应。关晨此时又继续：“你们那个世界的人不会明白。当真相被揭开，原本的价值体系崩塌，如果没有法律，没有一群还在试图维护它的人，这个文明迟早会消失。”

她说着……

飞行器的轰鸣声似乎消失了，楼群的霓虹灯光，打在两人的脸颊上。

倪烽还从未有过如此尴尬的时刻。以前，他总认为说这种话是很虚伪的表现。但不知怎么回事，今天，他第一次感同身受，相信关晨并且认同她。

他不得不对她表示赞同，承认自己不知道这世界正在经历什么。

“你来之前，我就反对。并不是反对外部世界的人。而是反对法律被别人插手。可今天，我以我所反对的方式去求司法部的官员，我很担心自己会改变，动摇了原本坚守的边界。”她忽然抬头，变得很沮丧，“这会是最后一次吗？”她问。

倪烽觉得，这话不只是问自己，也是她在扪心自问。

一时沉默，似乎这承诺比千金还重。

钟声在繁华的城市间响起。倪烽向下望，德山亮起的灯盏，如长龙，蜿蜒盘旋。

他们向西行，酒店在一片低矮的楼群中，那里没太多的光。

倪烽换了个话题：“那边方块头追查的结果如何？”

“明早会有结果。”

“那个杀手呢？”

“正在查，奇怪的是数据复现机没有查到这家伙的任何相关信息。”

他们简单说了两句，接下来又是沉默。

幸好飞行器开始下降。没等它完全落稳，倪烽便推开门。

冷风的呼啸声瞬间灌进舱室，他忽然觉得放松了很多，猛吸几口气，就像舱室不能呼吸似的。

接着他踩住踏板，然后突然回头，望着关晨，看她沮丧的样子，大喊：“这是最后一次。”

语毕，他跳下飞行器。

没有回头看她，他一个人朝酒店大门走去。

第七章　猎杀

1

没有删除干净的操作日志，很快被破解。数据调查局通过此，定位了发出指令代码的地点。

七点，黑暗还未完全褪去，火红的太阳挣扎着染红了天边的云，将第一丝光明带给沉睡的城市。

关晨这么早就抵达酒店。

倪烽很意外。

他本想多睡几个小时。因为按以往经验，做这种事，都会机关算尽，用几十层跳板，干扰警方调查。

可这次，竟不到二十四个小时便调查出指令代码的发出地。

他有些隐隐的担忧，但没说出口。

飞行器起飞后，迎着阳光又经过德山，听到诵念经文的声音，整齐划一，抑扬顿挫。

再一次想起王近思，倪烽还是觉得在哪儿见过他。

远处的摩天大楼，灯光已灭，浮华消失。

舱室很安静。和昨天一样，关晨还是那身衣服，没有破损和脏污。倪烽确认同样的衣服，她确实有好几套。

向北飞，倪烽注意到楼群开始变得稀少起来，拥有别致景观的公园消失了，轨道交通出现在下方。

发出指令代码的区域，在更北部的郊区。

那里的楼群密密麻麻，如香港九龙的老城，从卫星的俯拍地图看，像斑驳凸出的立体画。

昨夜并未下雨，但空气中的湿度很大，气温有些低。

当他们推开舱门，关晨不由得打了个寒战。

和倪烽想的一样，这里的楼间距与平台无法停下普通交通工具，所以飞行器只能在入口降落。

直觉上说，倪烽有点紧张，他不喜欢这里。

它由一栋栋筒子楼构成，间距很小，所有窗户几乎全部藏在阴影中。每栋楼都不超过七层，看起来很旧。

有些窗户破损了，被木板从里面封死。

这里可能刚进入梦境，一间间门市和紧闭的窗扇，像有无数狙击手的斯大林格勒。

楼面刷着王近思的雕像，还有理教的标语：跟教主走，与造物主沟通，改变人生；想成功，入理教，钱财皆有；有人剥夺你的机会，让教主还给你。

像古代的革命标语，倪烽记得历史书上有类似的口号。

不同的是，现实世界的人们如今沉溺于虚幻，现实变得不再重要了。

站在入口处，与关晨对视片刻。他们走进去，警觉地观察四围。

一股陈腐的味道，是从狭窄而潮湿的街巷传出来的。

两侧小吃和便利店还没开门。

扫街的是个白发老头，衣衫褴褛，驼着背，拿着老式扫把。

几条流浪狗围绕垃圾桶，争夺起食物。食物残渣发出的酸腐味，令他和关晨，掩住口鼻。

几名穿袍子的信徒走来，有男有女。有人递给倪烽一张传单，还有一副AR眼镜。“得信我主，改变人生。跟我们走吧……”说话的是个小女孩，倪烽露出笑容，把AR眼镜揣进兜。

他刚要笑着说：我不需要改变。便被关晨推着向前。

“我们没时间和他们闲聊。”关晨说。

倪烽无所谓地笑笑。

看传单上写着：如果你想改变，如果你不安于现状，如果你对这个世界不满，那就加入我们……

目标所在，是七层的筒子楼。廊道很长，墙壁很脏，堆满杂物，二十户人家对面而居。

老式荧光灯闪烁，幽幽暗暗中，有一只老鼠跑过去。

廊壁挂满数据接口的仓盒，像老式邮局的信箱，粗大的线缆连接它们。

什么业务，需要如此巨大的数据吞吐量。倪烽想着，侦查周围后。与关晨走到目标门前。

屋里非常安静。可能刚休息不久。对熬夜的人来说，这个时间段，睡眠最沉。

门锁是老式机械的，关晨用镊子撬开它，速度很快，而且悄无声息，很熟练。倪烽刮目相看。

轻推房门，屋里拉着窗帘，灯光昏暗。

有两间屋子。其中一间没人，里面布满线缆和感应器。一张简易沙发，盖着发黑的白布单子。

墙上有王近思的画像，地上堆着各种食品包装袋，压瘪的啤酒罐，味道很大，倪烽不由得皱鼻。

对面屋子一闪一闪的，一个戴耳机的男人背对着他们，紧盯屏幕。

他脏兮兮的手放在键盘上，一动不动。

倪烽注意到窗户被封死了，地上散落着很多方块头的零件。疑惑又在盘旋，关晨走过去，发现对方已无呼吸。

瞬间，倪烽明白昨天和今天：张晓明为什么直到事发第二天，才删除操作日志。

本可以做的跳板，为什么不做？顽石不傻，不会留下这么明显的线索。

想起廊壁上的数据仓盒，这里不可能有这么大的数据传输量。

他提出个问题："这里是不是和现实世界相连？"

关晨大惊，两人对视。只片刻，他们意识到危险。

倪烽说："快走！"

两人迅速出屋。

一个方块头，怀抱纸箱，已经于长廊中矗立。

来不及反应。

白光一闪，状若闪电。爆炸了，是数据炸弹。

清风吹拂，廊壁如烟灰般崩塌，地板跟着消失，一时间他和关晨夺命狂奔。

长廊尽头的窗户敞开着，来不及思考，他们纵身跃出，一步踏空，身子向下坠。

所幸每层都有防护网。他们重重地摔在六楼，但数据炸弹继续扩散着，毁掉一切烟尘追来。

他们翻进对面大楼，刚调整好重心，防护网便被吞没。

接着是长廊。倪烽踹开左侧房门，与关晨冲了进去，从里屋窗户跃下。

屋中人刚要叫骂，瞬间便化为粉尘。

没有思考时间，倪烽拼命狂奔，但关晨却减慢速度，眼神变得犹豫。

“快跑！”倪烽大吼，声音提高八度。

他知道这是因为数据炸弹，让她忽然忘记了原本来这里的目的。

顾不上这么多，他猛地把她推出窗户，自己也纵身而下。

前方尽头，碎砖堵住窗扇，倪烽一脚没踹开。

身后的楼群化为乌有，深坑一眼望不到底，若跌落，便再无生机。

他又用身子撞窗扇，窗扇毫无反应，墙体却摇摇欲坠。看来地基损毁严重，他立刻把身侧的墙体推倒。

轰的一声伴随粉尘，堆满建筑垃圾的空地出现，不远处还有三栋废弃的小楼。

关晨这才喘了口气，罕见地露出紧张神情，脸色整个变了。

身后数据炸弹的扩散，在这时减缓了。

劫后余生的感觉真好，倪烽刚想吹口哨，一个念头便在脑中闪现。

放松意味着丧命。

杀手就是要时刻警惕。很久之前，陈东明强调，职业素养。

立刻耸耸肩，对自己刚才的放松感到不满，暗暗自责。

关晨这时看着他，面带疑惑，她忘了为什么来，问倪烽：“这里是什么情况？”

倪烽说了他发现的，告诉她这是个陷阱。

关晨皱了皱眉，看起来不意外。这时尽管烟尘变淡了，但扩散还在继续。关晨向外走，刚迈出半个身位。那个念头又回来了，杨悬说：这世界没有幸运，陷阱无处不在。

为什么我们没被数据炸弹炸死？

关晨已经走了出去。

倪烽突然意识到，没这么简单。

“小心！”他大喊。

枪声在这时响了……

2

说不清喊声在前，还是枪声在前。

冲出去的瞬间，他扑倒关晨。抬头瞥见空地上，一栋废弃建筑的某个窗口，冒出粉尘。

那是子弹冲出枪管时，冲击波激起的浮土。

但没看清是三层，还是四层。他把她往回拖。

又一阵射击。肩膀像被蚊子叮了，他们回到墙后。子弹击中墙体，迸出一些碎屑。

数据炸弹余波继续，马上就要吞没他们。

“你受伤了！”关晨说。

她指指倪烽肩膀。他这才意识到自己流血了，虽然不太疼，但血很快就把衣服浸湿了。

他扯扯破损的衣服，检查了一下伤口。

还好只是擦伤，恼怒地骂了句脏话。关晨拿出通信器，喊了两声，但根本联系不上调查局。

“数据炸弹会影响周围的数据传输。”倪烽解释原因，“时间来不及，我们必须赶紧离开。”他指了指还在扩散的烟尘，提醒自己，一切都是投射，一切都是虚幻。可疼痛却在持续，让他感到虚幻的真实感。

这里的真实远超其他虚幻世界。

关晨有些慌乱，她从没上过战场，所以这是第一次面对死亡。

倪烽向外探出身子，又是一阵枪声。子弹擦着脑袋飞过去，碎屑打在脸上，有些疼。

确认了对方的位置，他忙缩回身子。

“别着急。”倪烽说，“对方不是职业杀手，也不是士兵。”

“不是？”

“职业杀手不会见人就开枪，暴露位置。”倪烽观察左右，把关晨身侧的墙体推倒，又道，“他用的是半自动武器，我们还有机会。”蹲下身，拿出战术笔，在墙上画了个地形图，他说：“他在这栋楼四层左起第三个窗户。”

“明白。”关晨点头。

肩膀的疼痛感加重了，倪烽吸了口气，又继续：“我从这里跑出去，吸引他的注意，你从墙的另一端射击，压制住他。”他在地形图上，又画了三个点，“这里有三个掩体，我可以给你三次换弹夹的机会，每次三秒，你能做到吗？”

“我可以做到两秒。”

“好。”

“可过去之后呢？”关晨提醒他，“你没枪。”

“有它就够了。”倪烽晃晃手中的战术笔。

“但你的伤……”

“没事。”

倪烽轻描淡写。

陈东明总说：记住，不要慌张。如果受伤，要不断暗示自己，一切都很好。

很好，现在倪烽照做，他深吸了口气，自言自语。

他第一次遇到这种危险，是在现实。

他们的行动组以为成功杀死了目标，便放松了警惕。没想到对方是双胞胎，自己杀死的并非目标。

于是被报复追杀，林凯当场死亡，杨悬中枪，倪烽掩着他，在东京的街头仓皇逃窜，行动失败。

侧身向外张望。对方又是几枪，节奏不一，看来真是半自动。

关晨已经做好准备。望着倪烽，说了句，“小心。”然后把枪握得很紧，额头冒出汗。

第一个掩体是块建筑碎屑，钢筋生锈，露在外面，一个方便面盒被压着。

倪烽猛地冲出去，子弹打在周围，不断迸溅起尘土与碎屑。

他做蛇形跑，嘴里骂着：“你他 × 的什么也打不中！”东明会的人一直相信，脏话能帮自己挡住不幸。

关晨的枪声随后响起，很快压制住对方。

终于冲到掩体前，倪烽迅速匍匐卧倒，枪声随即停止。他暗自祈祷，这家伙别换位置。

肩膀又是一阵疼痛，似乎是加重了。

他咬咬牙，默数读秒，接着交战的枪声再度响起。

他冲出去。一颗子弹擦着耳边飞过，对方乱了阵脚，一会儿朝关晨射击，一会儿又对他射击。

轻松冲到第三个掩体处，稍作停留。倪烽观察左右。没有方块头，亦没其他人隐藏。

他起身向前，冲进大楼。

外面的枪声戛然而止。和其他的楼体相同，这里也是筒子楼。楼道狭长而昏暗，尽头有扇窗户，阳光照了进来。

两侧墙壁斑驳不堪，墙皮早已掉落，涂满非法物品买卖的联系方式。

难闻的气味回旋。两侧屋门大敞，里面堆满各式各样的生活垃圾。

很安静。倪烽快步上楼，避开台阶上会发出声响的杂物。

紧握战术笔，是顽石的手段吗？难以确定。

再往前就是目标所在的楼层。刚过拐角，楼道内传来一声轻微响动。

危险！

脑中响起下意识的警报，他忙后退。目标出现，手端半自动步枪。一串子弹打到墙面，迸溅起水泥碎屑。

他躲回拐角，待枪声停顿。几步上楼，目标这时刚装好弹夹，枪口正要抬起。

他用战术笔猛戳对方手背，一串子弹打在墙上，枪随后掉落，那家伙往后退了一步。

现在他看清楚了，是一把改款“M14”，枪管缩短不少，弹仓明显增大。

木制枪托有裂痕，质感十足。他想说，自己很喜欢，但还是一脚踢开了它。

战术笔凭空晃了两下。对手依旧穿帽衫，手臂包扎着，估计是自己昨天打的。

脸在阴影中，消瘦而沧桑。面颊长满脓疮，像患了皮肤病，眼窝陷得很深，看不清眼眸。

他并不很壮，甚至有点瘦小。

“你是顽石？”倪烽疑惑地发问。

他不回答，手臂稍一甩，弹出军用匕首，又冲过来。

倪烽以退为进，战术笔突刺，借臂展优势猛戳他的软肋。

但对方轻松避开，反手一刀。速度和力量，都很到位，看来是职业的。

倪烽闪避开锋刃，但这只是虚招，接着未等他反应，对方箭步上前，以掌猛击他的喉咙。

那一瞬，倪烽觉得咽喉像被打断了，无法呼吸。

视线瞬间变得模糊，有些站立不稳，连连后退。

这可是个置人于死地的好机会，他想，然后吐了口血痰。但那家伙却并未上前，形成连攻。相反他倒得意扬扬地笑出声。

“我还以为造物主很厉害呢，没想到不过如此。”他声音尖厉，“你以为在这里，就可以胡作非为了？”

倪烽摆摆手。抬头看，这家伙很像《焰火冷战》中的朝鲜特种兵，虽然不高，身体也不壮。但肌肉发达，动作灵巧精准，招招致命。

他想用羞辱的方式让我死，让造物主变成可怜虫。

倪烽不准备顺他的意，活动了下手腕，偏了偏脑袋，强忍疼痛，做出防御架势。

“再用点力就好了，可惜你的力量到头了吧？”

倪烽发出嘲讽。旋即，对方又一阵狂风暴雨式的进攻。

每拳每脚，都势大力沉。倪烽左躲右闪，避开匕首。抓住空隙，以战术笔，再戳他手背。

匕首随后掉在了地上，鲜血直流。

接着倪烽刚要继续，对方却以手撑地，踢出一脚。眼前银光一闪，退后不及，只觉胸口隐隐作痛，低头发现衣服被划开，鲜血流出。倪烽再看目标，鞋尖多了把刀尖。

“怎么，造物主还会流血？我还以为你们个个都是钢铁之躯。”

他舔舔手背上的血。每句话都带刻骨的恨意。

“你不是顽石。”倪烽判断。

“这世界每个人都是顽石，这就是他存在的意义。”那家伙攥起拳头，“不过跟你说这么多你也不懂。”他话没说完，再起一脚，踢得很高，带起一团尘土。

机会！倪烽看出空当。

这家伙太狂了，竟然犯下常识性错误。倪烽立刻向前冲，用肩扛他，将他摔在地上接着锁紧他的喉咙。

他拼命挣扎，用手猛抠倪烽肩膀的枪伤，剧痛令倪烽松手。

那家伙顺势挥掌砍掉战术笔。绕到倪烽身后，反锁住他的喉咙。

倪烽立刻向后倒，两人摔在地上。

“你想过会死在这里吗？”那家伙依旧锁着他，力量不断加大。“死在被你们制造的程序手里，你们再不是神，再也不能掌握我们的命运！”

渐渐地倪烽开始感到窒息，鼻腔渗出血。

他狠抓对方受伤的手臂。

一声枪响，是关晨。

她枪口冲天，发出警告。

那家伙犹豫片刻，冷冷地说：“你们都会死！”

接着他忽然松手。倪烽咳嗽起来，觉得呼吸不上来，嗓子要着火了。

那句“先打他”的话，还没出口。对方已经跑向窗口，枪声紧随其后。

但晚了……

眼见他跳窗。

倪烽喊：“去追！”

他捡起地上的M14，跳出去。落地的瞬间，举枪射击，脚踝踩在一块建筑垃圾上，稍微一歪，没打中。

那家伙这时拐弯，向入口处跑。关晨跟上，又是几枪，子弹打得满是烟尘和碎屑，但没有击中对方。

出了入口，对方蹿上飞行器，轰鸣声传来，掀起尘土。倪烽和关晨见状，刚要朝自己的飞行器跑。

眼前光爆一闪，一团火焰冲天而起，接着是巨响。

爆炸了，是关晨的飞行器。

倪烽下意识扑倒她，带热浪的冲击波卷起建筑废料。

他觉得后背一阵生疼，再抬头，袭击者已经逃离。

第八章　移民虚幻

1

在虚幻中受伤并不轻松。

科技日新月异，让人难以区分真实和虚幻。

投射可以模拟一切痛感，欺骗大脑。

东明会的训练营，心理医师第一课，就是要教会队员如何应对这种伤害：放空肉身，沉下心，目光空置，找到抽离感。现在，倪烽不断重复，放空……然后沉下心……

身前的大夫，将缝线穿过他的皮肤。

后背的烧伤，让他忆起《戈兰高地》的汽油弹，熊熊燃烧的火焰，吞噬四周的空气，与皮肤中的水分。

他疼得快要背过气，龇了龇牙，大口喘气。

大夫问："还在疼？"

"是的。"倪烽点点头。

"是麻药剂量不够吗？"关晨问。

她面露担忧，紧握急救床的围栏。

飞行器舱壁是乳白色的，各类急救设备的线缆固定其上，看起来和现实世界没有区别。

缝线针再度穿过皮肤，冷汗顺着额头流下，他依旧没出声。

大夫继续操作，听关晨问，抬起头来：“应该不是。”

“那是什么？”

“可能是投射方式。”倪烽插话。他强忍着疼痛说，“普通脑机要模拟任何反应，都是靠欺骗大脑完成的。但这次是全面投射，疼感由设备对肉体产生直接伤害。”

“如果是这样……”大夫忽然意识到什么，停下手中缝合线，抬头看看关晨，又看看倪烽。最后视线重新回到关晨身上，“这么大面积的伤，必须找到基础投射的代码来解决，普通药物没有用，缝针也不能阻止实际损害。”

“就是说常规医疗手段没用？”

关晨问，手已经在摆弄通信器。

医生点头。

疼痛还在继续，鲜血流出，越来越严重。倪烽逐渐昏昏沉沉起来。

他并非怕死之人，只是不喜欢这样窝囊的死法。

扑倒关晨的一瞬，避开爆炸是下意识动作。

东明会虽然臭名昭著，却有严格准则，成员必须遵守合作条例，优先帮助合作方，以便取得信任。

可若对方背叛，东明会定将追杀其到天涯海角。

关晨打电话了。听不出具体是谁，她让飞行器前往腾飞公司。

看来是滕泰，倪烽判断。他的眼睛一会儿闭上，一会儿睁开。

关节在疼，他估计自己在发烧。

接着飞行器调整方向。

迷迷糊糊中，他听到关晨说了句：“别着急，我不会让你有问题的。”

心里琢磨，是说我的吗？他努力告诉自己：不能睡，现在很危险。

但挡不住意志消散，周围变得寂静，潮水般的睡意涌来，将他拖进睡眠的深渊。

呼吸变得沉重。

有什么声音由远及近，划破空气。

强光刺穿紧闭的眼睑，震耳欲聋的轰鸣声传来，他下意识护紧头部蜷缩身体。

大地震颤，前方街区爆炸燃起火焰，瞬间蒸发周围的氧气。有人在惨叫，很熟悉，倪烽睁开眼。

是杨悬，躺在被炸毁的大楼中。他一条腿被炸飞，半个身子被楼板压着，血肉模糊。

周围断瓦残垣，到处都是腐烂的尸体。子弹不时飞过头顶，倪烽做间歇性的反击，但没什么用。

“我的腿，我的腿呢？”他不停地抽泣。

目光僵直，强撑起身，他想找到自己的腿。

一枚炮弹落地，火光一闪，斜侧方大楼，轰然崩塌。

对面楼体，又是一连串的子弹射出，打在混凝土墙面，迸溅起碎屑。

这里到处都是巴洛克式建筑，奇奇怪怪的曲线与椭圆空间，让倪烽意识到，他们是在《萨默尔克堡十三日战争》中。十五天前，陈东明接到单子，对方想在虚幻世界杀死火星独立势力领袖的意识。

毫无疑问，政府不能违反法律，所以找到东明会解决麻烦。

吗啡不起作用，那块楼板，有几吨重。

杨悬在哭，他精神崩溃，哆嗦个不停。

“快切出去！”倪烽大喊。

另外的声音响起：“数据信道断了，切不出去。”

倪烽抬头，是杨悬的女友——陈雨柠。

她轻咬嘴唇，面颊是泪痕，把他抱在怀里。

“他 × 的！他 × 的！他 × 的！”

倪烽骂起来，一声比一声大。

对方又是一阵炮击。

他大声告诉杨悬，挺住！数据信道会修好！但杨悬的呼吸越来越微弱，目光混沌。

冷汗从后脊冒出，倪烽在说谎。

因为他们在进入之前，便已经炸毁了数据信道。

除非选择移民虚幻。这样至少能活下去。待到项目结束，陈东明会给杨悬找具身体，帮他重回现实。

尽管人造的身体不好用，但至少能保住命。

又是一阵炮火。火星独立军团的攻势凶猛。萨默尔克堡在现实中曾是他们败退的地方，现在他们想在虚幻中夺回一城。

杨悬在陈雨柠的怀里，渐失生气。

倪烽抓着他的肩膀，大喊：“快选择移民！这样还能……”

“不，我不想活在虚幻，做虚幻的人……”杨悬拒绝，声音很小，颤颤巍巍，“我受够了……”语毕，合上双眼。倪烽看到陈雨柠脸色变化，从难过到失望，再到难过。这才想起，她是失控的虚拟程序。

近段日子，她一直和杨悬为移民虚幻争吵个不停。

听到我的话了吗？熟悉的女声响起，但不是陈雨柠。

身体在移动，白灯有些晃眼，后背的剧痛，迅速将倪烽拉回现实。

倪烽醒了，发现自己躺在急救床上。穿制服的陌生人推着他。天花板的白色日光灯有些刺眼。银灰色的廊壁冰冷无情，看起来不像医院，倒像契卡的停尸间阴森冰冷。

滕泰走在最前方，七彩燕尾服反着光。关晨在一侧面带担忧。

腾飞公司？我什么时候到的这里？念头刚冒出，想起身，便忆起之前的事。

后背又开始疼，如被刀割一般，又像被针刺。他猛吸了口气，忍着。见他醒了，关晨轻握他的手臂焦急地安慰：“忍一忍，我们有办法的！”

倪烽沉默，点头。

在虚幻执行任务，常要面对这样的困局。

如果选择了移民，肉身会在三小时内死掉，但如果不选择，一切就都没了。

以前陈东明总说，为了活下去，活下去的妥协是种美德……

不知为何，陈雨柠的脸，在眼前闪过。

他有点想念晓菲。

2

滕泰放慢脚步，回过头看倪烽，得意扬扬，“嘿！怎么样？艺术家。”他说话时，嘲讽与轻蔑显而易见，“对顽石安排的袭击还算满意吗？”

“非常不错。”克制住掐死他的冲动，倪烽拼命挤出虚伪的微笑。

“我早说，他是个艺术家。”滕泰这话不知是在夸倪烽，还是在夸顽石。

“你闭嘴！”忽然恼怒起来，关晨大声说，“倪先生是为了救我。”

收起笑，滕泰自言自语：我也可以救你。

他眼中闪过一丝无奈，随后又重回嚣张。

经过滑动门，负责接待的工作人员是首席科学家常明。一个方块头跟在他旁边，投射出解决方案的画面。

“不只数据信道被摧毁，”常明一边说，一边操作空气中的画面，“由于全面投射，导致办法只剩一个。”

他们说着，推倪烽进了电梯。轿厢宽大，高速向下，不算太稳。

关晨这时问：“那么能及时修好数据信道吗？”

常明和滕泰对视，沉默说明了一切。

倪烽已经没有力量发表意见，白色日光灯晃着他，他再次合上双眼。

灯光幽暗，空间狭小。射灯照亮眼前的人造身体。

是个女性，二十岁。银色的长发，睫毛很长，淡色唇膏，浅蓝色过膝长裙，细带的凉鞋。

她清清淡淡，是晓菲的风格。人造身体做成这样，近乎完美。

身体制造师是个打唇钉的女人，短发，左臂文着猫头鹰。

她得意扬扬，环抱双臂，欣赏着自己的作品。

倪烽耸耸肩："只差一步……"

"一步？"她皱了下眉，再度审视作品，从工作台拿起加液枪，"是的，脊柱还需要点气色。"她在身体的背脊，轻轻一点，顿时血色更明显了，"你眼真尖。"她夸赞。

但倪烽摇摇头，叹了口气："我说的是，差她的灵魂。"

他把视线投向脑机连接器。为了复活晓菲，他不只在身体硬件上花了大价钱，包括脑机的连接器这些设备都用了最好的。他心跳加速，没把握恢复死亡的程序。

目光在屏幕上滞留。

屏幕间的代码一动不动，光标停在省略号处。

身体制造师问："要不要重启？"倪烽摆摆手，脸色黯淡，等着。

他相信晓菲还在，意识还在。尽管她是个失控的程序，却是个有爱的生命。

房间里充满紧张压抑的情绪。

灯光昏暗。良久，屏幕忽然有了反应，一串文字显现出来："我爱你……"

"她还活着！活着！"倪烽喊起来，"意识代码还在，快做准备！"

制造师迅速将脑机接口的数据针插入还未激活的身体。倪烽刚要敲击键盘告诉她，自己为她在现实世界准备了身体。但屏幕间的晓菲再次说话：“不要救我。”

倪烽愣住，原本的话没发出去。

晓菲继续：“现实和虚幻一样残酷。”这是倪烽曾说过的话。

倪烽刚想敲击键盘回应。

晓菲最后说：“我爱你。”

屏幕随即黑下来，不再有反应。

寂静……

他忽然意识到，那是晓菲留给自己的最后话语。

“晓菲！”

倪烽大喊出声，猛然起身。白色日光灯有些刺眼，周围的科研人员转回头。

发现滕泰和其他人投来诧异的目光，倪烽这才意识到自己醒了。

关晨问：“你怎么了？”倪烽摇摇头，重新躺下，他已经没有多余的力气说话了。

他发现自己已经离开电梯，身处奇怪的洞窟。巨大的穹顶型钢架支撑岩壁，数不清的光电增倍管在其中。

四周有记录仪和观测器。两侧是环形磁体，有点像强子对撞机。

忽然回想起自己进入这世界时的投射仪。

一个女人的声音在他的耳边响起。

“那么，您都明白了？”倪烽侧过脸，见一个面色淡漠的女人，站在自己身前。她的臂弯夹着个蓝色文件夹，上面写着：法律事务。

“什么？”倪烽皱眉，诧异地问。

“就是说……”

她有些不耐烦，刚要重复，首席科学家常明拦住她，上前解释：“就是说，如果要救您，意味着您可能失去造物主身份。因为我们不能确保在三个小时内能修复数据信道，所以你的肉体……”

“会死亡。”倪烽说。

“有可能。”

“活在虚幻是唯一的办法？”

“是的，如果你同意，把这份文件签了。”女法务递过文件夹。

她手里的签字笔是纯金的，价值不菲。

关晨在一旁强调：“你听清楚了吗？如果出口没修复……”

不就是死吗？倪烽毫不犹豫签上大名。然后问滕泰：“告诉我你的解决方案。”

“很简单。”滕泰说，“我们会用物理形式进行强子对撞，将投射的代码实体化，进行外部观测。这样，你的意识代码会和现实脱钩，成为虚幻世界的一员，不再享有造物主身份。”滕泰得意扬扬，在最后突然加了句，“怕了吗？”

他抬起眼皮，审视滕泰。七彩的燕尾服透着让人厌恶的嚣张。

片刻，他发出一声冷笑，想起行刺者口中的顽石精神，问道：“所以你和顽石一样厌恶造物主？”语毕，他觉得自己已经用尽浑身力气。

“我们的命运，不该被造物主控制。”

“那你怎么看顽石？”

“人类一边给邪恶的河神奉上童男童女，一边却恨着他。有一天，有个叫顽石的家伙可以杀死河神，你觉得他们会怎么看？”滕泰反问。

“你还是不了解庸众。”倪烽说。他声音很小，但周围人足以听到，“那些人类，最终会在河水泛滥时想念河神，然后把叫顽石的英雄当作平息河神怒火的祭品，杀死。”

疼痛又继续。倪烽露出残酷的笑。

滕泰怔了一下，随即又扬起下颌：“我相信顽石不在乎。”他说，“因为那美好的仗他已经打过了，当跑的路他已经跑尽了，所信的道他已经守住了，保罗说的……”他话没说完，自我陶醉地笑起来。

倪烽心生疑惑，不知他如何知道现实世界的圣经名言。

这时关晨再也无法忍受了，她瞪着滕泰，怒斥：“你够了没有？！”

沉默。

最后滕泰像淘气的男孩，终于收敛起笑容，转回头，对常明道：“开始吧！”

第九章　敌意

1

每个移民虚幻的人都这样说：意识抽离的过程，记忆会帮他回想肉体的一生。人总这样，怀念固有的一切，即使是自己发起选择，也一样难以摆脱悲伤的情绪。

这便是死亡令人恐惧的原因之一，以前陈东明这样说。

但倪烽不难过。

眼前的代码如激流，推动他向前。他觉得身体轻飘飘的，像在飞。

和正常移民不同，数据信道被毁后，无法通过反向观测器，看到身体。

所以倪烽只是觉得有点头晕，就像摆脱了地心引力。

他并非不想念肉体。只是不怀念现实。对倪烽来说，没有晓菲，虚幻和现实没有区别。

观测器发出的射线波，像横在水中的一道道激光，产生灼烧的感觉。

他知道只有观测才能重组意识，将其转换为物理实体。不自觉地翻了个身，用手捂住眼睛。

想想自己曾拒绝晓菲，移民虚幻，如今……命运真是奇妙……

光随后消失了。

接着是黑暗。

重力恢复，身体开始向下沉。

有水声，身体黏糊糊的，温度很低，像在冬天的河里。

忽然想起移民虚幻后，既有信道就会作废。虚幻世界会生成一个物理形态的杀毒水柜。

倪烽这时睁开眼，四周一团混沌，眼睛被杀毒液蜇得发疼，倪烽这才意识到自己在水柜中，一口杀毒液呛进鼻腔。

他猛地屏住呼吸。之前的记忆就像影像倒放一样全部恢复。

忽然觉得无比痛苦。他想逃避，令人无奈的记忆。

朦胧间有人说话，听不太清。

接着记忆很快消散。

倪烽这时忽然起身，杀毒液如液态胶水般挂在身上，味道像烧焦的塑胶。肉身无比沉重，他感到呼吸不畅，咳嗽几声，走出水柜。想起《纳坦十三日》的伙伴林斌，那家伙告诉他：移民初期你会意识到自己并不属于虚幻，那感觉比适应投射还糟。

看来他说得不错，倪烽想。尽管脚下地面坚实。

“怎么样？移民的感觉。”滕泰的声音传来。

他在白色日光灯下矗立，微笑着。身边站着腾飞公司首席科学家常明。

四周布满仪器，空气投影仪投射出数据。身后是镜子。

倪烽觉得这有些奇怪。像回到了现实——莫斯科的投射基地。束柱勾勒出高耸峻峭的空间；墙壁是黑色的；深红色尖形吊顶，上有浮刻的图案，像宗教故事。不再是包豪斯，而是哥特的风格。

“虚幻成真，以后不能再拿小命开玩笑了。”滕泰的话带着其他含义。

四周的工作人员，目光警惕，好像倪烽是会吃人的魔王。

他们的设备也很像莫斯科的。浅绿色厚重装甲包裹的设备，操纵台看起来很旧，估计还是弹簧结构的，有军事用途。

走向镜子，倪烽审视自己，没穿衣服，肌肉依旧，但有些发紧。原本的伤痕消失，等于重生。

只是感觉并不好。

腾飞公司首席科学家常明，将视线从空气投影仪投射的代码中抽出，“恭喜你，成为我们世界，第一个移民。”他微笑着说。

“第一个？”倪烽看他。

“是的。”

滕泰走上前来补充，倪烽看着周围。

这里就像莫斯科那样，有些掉色，厚重的墙壁，绝不是木板制成的。

还有些地方，明显有烟熏的痕迹。

不理解自己若是第一个，这个重生间建设得也太快了。

“数据正常，如果不舒服，那只是初期反应而已。稍微忍忍就过去了。”常明扶了扶自己的圆框眼镜，方块头关掉投影。

“我需要冲一下，”竭力抹掉身上的杀毒液，倪烽抱怨，“你们不知道正常配比吗？搞得这么黏。”

有人上前，带他去淋浴间。

设施的确不错，灯光明亮。不过喷头还是老式的，真像莫斯科。

功能多了些，带数据养护，让人更好地适应虚幻。

水流喷出时，倪烽伸了个懒腰，想起以前的教材说：放松……让热水冲刷裹挟残存肉体的气息，会更早融入虚幻……

不，是现实！倪烽对自己强调。

衣服放在更衣间，还是他那套藏灰色的西服，他选了休闲的马丁靴。

和数据传输局不同，这里还有墨镜可以挑，随手选了一副。

审视自己，墨镜的银色镀膜，遮住眼眸。脸部棱角分明得如此真实，让他几乎忘了，这一切都是虚幻的。

深金色的大门刻着复杂的花纹，花纹有磨损，年头应该不短了。

他们走出去，长廊幽深。

地毯很厚，踏上去悄无声息。尖形拱顶；暗红色的墙壁；每隔一段，就有相框的遗痕，不过框体被摘了。

休息厅空空荡荡，墙壁没被粉刷过，看着很旧。

一张长桌，十几张椅子。几盏射灯照亮墙面，勾勒出厅内的空间感。

“哥，法律没规定不接受移民，而且倪烽先生现在也不是犯罪分子！”

关晨在打电话，不知和谁。

她语气明显很急、很严肃，绷着脸，背对着倪烽，视线朝窗外。

旁边，叶克辉肥硕的身躯陷在沙发里。桌上有几包方便食品。

滕泰进来，对叶克辉点了点头，以十足的主人口吻道："来，让我们为了新公民干上一杯！"语毕，视线转向方块头："把那瓶76年的薇罗娜拿来。"

像没看见滕泰，叶克辉把东西嚼完，示意倪烽坐下。

"感觉如何？"他喘了口气问。

"很真实。"倪烽没坐。

叶克辉这时又问："排斥反应呢？"

"有点儿，但没什么，稍微适应一下就过去了。"

叶克辉费劲地喘了口气，像长辈教育孩子，"没想到像你这样的人，还会救人。"他耸耸肩，把一口肉塞进嘴里，"不过失去了造物主的身份，以后做什么要小心了。"

杀个人而已，身份不重要，倪烽想。任何世界，执法者喜欢告知别人要遵守所在世界的规则。

但对倪烽来说……

他点点头，露出虚伪的笑，其实只是满意自己的演技。

"法的价值不仅包含自由和正义，还包括秩序和安全，您是法学院毕业的，不可能不清楚……"关晨继续，她虽然看到倪烽了，但没打招呼，脸色越来越难看。

不知通话内容，倪烽觉得这应该和自己有关。

方块头回来了，一瓶薇罗娜在托盘里，还有几只高脚杯。外包装看起来和红酒杯很像，倪烽想。这世界还真现实。酒很快被倒上，滕泰说："尝一尝，这是我自己的酒庄酿的，代码经过改写，无需氧化。"

"你们这个世界也喝红酒吗？"

"我们当然喝酒。"滕泰笑起来，把酒杯递给倪烽，"还有我想告诉你，以后不要再说你们这个世界，而是要说我们这个世界。”

他喝了一口，很陶醉。

但倪烽没喝。

身旁的叶克辉，看都没看滕泰一眼，也没接酒杯：“你是我们这个世界第一个移民，司法部及立法会矛盾重重，他们准备明早表决你公民身份的事。关晨哥哥是关键票，她在为你争取支持。”

“传得这么快。”倪烽耸耸肩。

现在他明白了，估计是关晨把这事通知出去引来的连锁反应。

但虚幻和虚幻不同，在《焰火冷战》，身份标志阵营；在《阿尔的生活》根本不用身份。

身份有时是为区分造物主和智能，有时是为社会保障。

倪烽想说，自己不需要身份。

但被滕泰打断：“放心吧！没了重生机会，再大的艺术家也会在乎小命。”他端着酒杯笑。没注意叶克辉脸上，瞬间闪现的不满。

“没必要费那个劲儿。”倪烽说。

“政府不会承认非公民的任何权力。所以即使你查出顽石，法律也拿他没办法。”叶克辉解释起来，“这就是很多人一开始就反对你来的原因。”

“如果是这样，你们不如把反对者名单给我。”滕泰再度打断他们。

厌恶又出现在叶克辉脸上，这次更明显了。但他还是压制住脾气又对倪烽说："我希望能以法律的名义、以公民的身份抓他，而不是之前那样以造物主名义去抓他。因为真相必须建立在合法的基础上。"

"那你们就更需要我了。"滕泰再度插话。

"闭嘴吧！"叶克辉终于不耐烦了。

"只需要一个小时，我保证全票通过。"滕泰竖起食指，强调一个小时。

叶克辉脸色很难看，他费劲地起身走近滕泰："干好你的科技公司，玩好你那套权钱交易。法律是法律，轮不到你这样的人插手。"他语毕，喘了口气，显得稍微讨人喜欢了一些。

"你说什么？"

"我是说……"叶克辉扬起下颌，"不要以为有钱，就可以掌控一切。这真相也不是你发明的，是你父亲。所以，听明白了吗？赚你的钱，我们不需要你！"

滕泰怔住，张了张口。最终发出冲味十足的嘲讽："你知道自己为什么快五十了，还只是个处长吗？为什么有些人很年轻就是议员、就是司长？你一辈子都不会明白的！"

他一字一顿。

叶克辉还没来得及反驳。

旁边，关晨突然嗓音增大，"这和我父亲有什么关系？我们讨论的是他的公民身份，不是我们的家事！"她攥起拳头，脸色难看。

瞪了叶克辉一眼，滕泰转身朝关晨走去。

"我来和他说。"他伸手做出接电话的动作。

但关晨拒绝了，摇摇头。

接着电话被挂断。关晨回头，谁都看得出她所承受的打击。不仅是一直坚持的法律，还有对亲情的失望。她看向倪烽，露出罕见的笑。很温柔，也很勉强，像被无数心事裹挟，“你好些了吗？”她问。

2

“很不错，没想到移民虚幻反应很小，这里非常真实，”倪烽说，“不，或者说，就是真实。”他对滕泰点点头，“非常感谢。”

“那就好。”她说。

笑容旋即消失，目光涣散，看上去很累。

倪烽本想告诉关晨自己无需身份。但这话不能说，只好沉默。

大厅里很安静。

滕泰提醒：“我可以和你哥说。他有事求我。”

他说着，要拿电话。但关晨立刻制止。

“不要这样！”她说。

“什么？”滕泰僵住。

“我是说，不要这样。”关晨皱眉，喃喃自语，“给我点时间，一定还有别的办法。”她在思考。

倪烽觉得有一种痛苦缠绕着她，令她心神不宁。

滕泰的嘴角这时浮现一丝不屑，随即又恢复正常，他说：“哪儿还有时间？明天就表决了，毛毛。”

“你不懂！”

“我不懂什么？”滕泰说，“我最起码知道，大家都为了共同的目标而努力。现在，只要能够达成目标，使用点手段又如何呢？”他向周围人寻求认同，“而且这件事，你不说，我不说，他不说。不就可以了吗？不要那么顽固。”

“我们不能为了解决一件棘手的事而破坏规则，尤其是法律。”关晨目光低沉、自言自语，转向滕泰，“谢谢你为我做的。但我不能这样。”

她语毕，瞬间精神不在，显出疲态。

如本可反戈一击的战士，却在关键时刻放弃了屠刀。绝望写在脸上。

倪烽为她感到难过。

滕泰这时又要继续，但被叶克辉阻止：“收起你那套权钱交易吧。”他语气冷冷的，又面向关晨，“你哥那里肯定行不通，保守派在真相开放工程中，失去太多。所以对他们来说，再后退，不是利益，而是面子。”他说，“我想起一个人。”

“谁？”

“刘明林。”叶克辉道，“中立派，无非那几张票，刘明林和他哥哥占两张。”

“呵呵……”滕泰这个时候笑出声，“对，刘明林虽然不是保守派，但在对待接纳造物主移民方面，他们可比保守派还保守。何况已经这点了，你准备深夜去敲他家门？”他语带嘲讽。

刘明林？真相工程？想起在滕泰的饭店，和关晨哥哥说话的那个人——他的政治竞争对手。

倪烽开口建议：“敌人的敌人就是朋友。政客角力历来如此。至于保守还是开放，只是某种理念，我觉得可以试试。”

“但这么晚了。”关晨提出疑问。

“若我敲门，他应该愿意让我进门听我说一说。”

“你以为自己是谁？”滕泰冷笑，像赌气的小孩子。

迟疑半晌，关晨转向倪烽：“对不起，倪先生。我先不能恭喜您成为我们世界的公民，今晚也不能请您吃移民宴。我们要去一些议员家作说明，所以……”

“我自己回去。”倪烽点头。

“滕泰，能帮我把倪先生送回去吗？”关晨问。

“好吧，”滕泰耸耸肩，“只是，我再次提醒你，投票的事，明早就要进行。如果反悔，请尽早告诉我。”

关晨轻“嗯”了一下，说了声谢谢，和叶克辉向外走。

倪烽与滕泰跟上。

长廊幽深，大理石的地面，坚实厚重。

浅绿色的墙壁，挂着防弹网包裹的照明灯，泛着昏黄色的光。

月光洒在窗上，彩色玻璃显出一幅幅图案，就像中世纪的宗教故事。

很明显整个基地已经很久没人用了，设施积土生锈。

推开大门，水汽、潮味，混杂尘土，瞬间冲进鼻腔。就像尘封的历史猛然被揭开。

视野豁然开朗，但没有下雨。环视四周，月明星稀，一样是荒原。

周围的建筑群用水泥与钢铁堆积，形状各异，像《焰火冷战》中的苏军基地。

月光下，它们投出阴影，如巨兽，吞噬在场的每个人。

飞行器停在广场，而不是停机坪。广场正中，有一座雕像斜躺在喷泉旁。胳膊和腿都没了。

剩下的半张脸仰望着星空。他们刚要走过去，一个黑影突然从雕像后闪出，绕过那半张脸朝他们快步走来。

“谁？”

滕泰的保镖喊了一声，瞬间拔枪。

目光越过保镖肩头。发现是个头发花白的女人。身材瘦小，穿白色小碎花连衣裙。

觉得眼熟，这时关晨突然叫了声妈。

倪烽这才回想起，调查局停机坪，也是关晨拦住她。

保镖这才放下枪。滕泰随即变得和蔼可亲。

他跟上去，叫阿姨，腔调像叫妈。

月光、星辰下，风从四面而来，发出唰唰的声响。

广场周围，暗淡的野蛮建筑、倒掉的抛物型卫星天线，如巨人之眼紧盯着他们。

凭天光和风声，倪烽判断基地外是旷野。

关晨母亲来这里做什么？她的鞋子很脏，脚踝上沾满尘土。看起来应该徒步走了很久。

“对不起，我回家晚了。”给母亲披上自己的外套。关晨眼眶泛红，满含歉意。

母亲没回应。但过了片刻，忽然睁大眼睛，问：“基地重启了？”

“重启？不，没有。”明显仓皇的解释，关晨把母亲往飞行器推，“妈，我们回家。”

“你们怎么在这里？”母亲问。

“只是路过。”

倪烽觉得，这解释简直太过敷衍。

“不！我不走。”母亲停住脚步，望着他们出来的地方，“小海，他快回来了。”

“他不会回来的。”这话像突然触动了什么，关晨斩钉截铁地说。

虽是深夜，但倪烽依然看得清楚，关晨母亲的眼睛满含泪水，像委屈倔强的小女孩，“不，他说过，一定会回来！我相信。”

沉默。

无人说话。

关晨的眼眶，也有了泪水。

滕泰立在原地，看样子是想劝，但又不知说什么。

叶克辉不停地看表。

保镖警觉地观察，就像顽石随时会来。

有点冷，倪烽双手插兜。风很细腻，如柔软的纱拂过面颊，有点凉，很真实。

用脚搓地面，广场花岗岩的地面厚重坚硬，积土被风吹起来，呛鼻。

忽然注意到倪烽的存在，关晨母亲像发现了新大陆：“你是那个世界来的人吗？”

那个？倪烽耸耸肩，本想纠正她：是现实。但最后只点头、简单回：“是的。”

想起上次的她好像也是找自己。隐约觉得，关晨在逃避什么。

“我听他们说，你来了，就觉得你用的是这个基地……”关晨母亲继续，“我想问你，见过小海吗？他是不是有什么不方便的，所以一直没回来？”

“小海？”

“关海，”她重复，“就是你们那里的科学家啊……”

倪烽皱眉，从没听说过这个人。

关晨有些着急了，打断母亲，“我送你回家。”

叶克辉这时急忙解围：“我自己去就可以了。”

他说着，走向自己的飞行器。

暗夜中，关晨母亲又继续：“是他最先了解真相的，你不知道吗？”

不知她在说什么。滕泰让手下人去送关晨。

接着他回过头，对倪烽道：“艺术家，我送你。”

迎着星光，飞行器盘旋上升，月在远空。

滕泰的对面，倪烽坐在宽大的座椅上，视线向外。旷野之上，奇形怪状的建筑似野兽，看似无序排列，实则沿着公路互相依托。楼顶都有卫星天线，周围有暗堡。有三层警戒网，但已经作废。

倪烽注意到最后一层是围墙，像监狱，周围还有岗楼。

想起刚才关晨母亲提及的事，有关基地，还有那个叫关海的人。

有些疑惑在心里，倪烽收回目光，看着滕泰，问：“你们建设了这个基地，以前还接收过其他人？就像传输局的传输中心？”

滕泰没回应。

他手中拿着酒，没喝。

月光从舷窗外照进来，炫彩燕尾服的肩膀，泛着微微光亮。

过了好一会儿，像话里有话，他突然问：“你想知道什么呢？”

“这个基地，还有……”

“还有关海吗？”

“不，只是想知道……”

“知道什么？想知道他是关晨的父亲，对吗？”

滕泰如此说，倪烽确认了自己的猜测。但他想问的并非这些。

这时滕泰又继续：“你开始慢慢关心毛毛的家庭了，是吗？现实世界移民的人都有这样的想法。刚来，就想在我们的世界找到爱情……你以为自己是谁？”

倪烽沉默。

滕泰接着又来：“你最好和毛毛保持距离，不要害她。”

“害她？”

“我们厌恶现实世界的人，因为你们顶着造物主名头，狂妄狡诈，把我们真挚的感情当儿戏。”他说，“如果关晨和你在一起，就会像她妈妈一样，前途被毁，善良被辜负。”

忽然想起关晨和她表哥的争执，现在倪烽明白了。

他饶有兴致地审视滕泰。

这家伙像个小男孩一样在守护自己爱的人。只是有点幼稚，倪烽轻蔑地笑起来：“你这样，关晨知道吗？”

“知道什么？”

“算了。”倪烽懒得再多说。

过了一会儿，滕泰又道：“你不会理解的。”

“理解什么？”

“那种孤独。”

倪烽皱眉。

“无依无靠的孤独。这一切只有我和毛毛经历过。”

他语毕，干完杯中酒，忽然变得忧郁，与那身炫彩的燕尾服格格不入。

倪烽伸了个懒腰，只回了个：“哦。”

舷窗外，远空泛出带红晕的蓝色，新的一天要来了。

3

孤独？倪烽想笑。你懂什么叫孤独啊？他在梦里反问。

很多年前，在他还是孩子时，母亲消失，父亲长期缺位，家里只有他和保姆。

每天只能盯着万象魔方，靠不断解开宇宙谜题排遣心中孤独。

没有爷爷奶奶；没有姥爷姥姥；也没舅舅舅妈、叔叔婶婶……无人说话。

到最后，父亲有一天突然被查。

有警官问他，爸爸没了，你怎么办？他只能以沉默应对。

那些大人说，他被吓傻了。但事实是，他早明白，沉默是孤独的保护伞。

还能怎样？身边有声音响起：“只有你一个人。”是杨悬。他抬头去找。

四周街道，空旷无人。前天刚刚下过雨，今天还没完全干。

气候变暖来得这么快，连北京都变得如此多雨，像南方小城。

他厌恶这天气，它让他浑身不舒服。无处可去，警察封了父亲的办公室，又把家也清查了。

但没人管他。

万象魔方没了电，宇宙奥秘就差那一步。没办法，他想用它去换口饭吃，但没人对这玩意儿有兴趣。

蹲下身，阳光出来了，暖洋洋地照在他身上。姥爷姥姥早就去世了，爷爷奶奶也一样，其余的人……

“不，只有你一个人。”那个声音又响起，是杨悬在重复。

一枚炮弹呼啸而过，在不远处爆炸。轰鸣声把他震得蜷缩进弹坑，捂住耳朵。

杨悬继续：“你以为孤独是什么？是四面楚歌吗？”他大喊，“不！孤独是安静，一发炮弹都没有，却让你感到无依无靠的绝望……”他探身望向弹坑外，又回头，“享受现在吧，把那些爆炸，当成伙伴，空气中，好歹有个声音……”

是啊，好歹有个声音。

又是一阵炮火。

他开始变得很享受。

翻了个身，一把餐刀，被羽绒枕轻轻压着。有些冷，肚子在叫。

火星的那段日子，他们被独立军炮火压制，天空中小行星带的飞行器，不断巡逻，政府援军迟迟不到……

“他们说了十八个小时。”杨悬抱怨。

“没人在乎我们，我们是雇佣军……”倪烽说，他后悔把掺着沙砾的米饭倒掉。

“他 × 的！陈东明！”

风沙又起，遮天蔽日。即使经过气候改造，火星条件依旧十分恶劣。

他们不得不躲回基地。什么都没了，每个罐头盒都被掏空，刮干舔净，有人甚至打起人肉的主意。

太恶心了……倪烽嗤之以鼻，一口痰吐在地上。真希望，现在是虚幻，放空身心，然后抽离出来……

来块牛排，他想。然后醒了，望着天花板，下意识摸摸羽绒枕，餐刀还在。

帘幕的缝隙透进一束阳光，带着水汽。窗外的广告牌在闪，是腾飞公司的。想起自己已经移民。

那个有关饥饿的回忆，只是曾经的一场噩梦。

一身的冷汗。

忽然很想吃东西。这是投射结束后，初步移民的多巴胺反应。

起床拉开窗帘，任由阳光照在脸上，很真实。他攥了攥拳，力量感十足。

回忆了一下曾经，历历在目。肚子这时又在叫，看来代码复制很完整，没有丢失太多。

简单洗漱，穿上衣服，离开酒店。

倪烽想去转转，并不是感受风土人情或者适应新环境。只是纯粹的饥饿，令人厌恶的饥饿。

眼前的世界有点像重庆，城在山中，山在城中。绿树成荫，飞行器穿梭，轨道交通，楼群广告，五颜六色。

正了正衣装，走出去。视线中的街道有些朦胧，雨水渗在其中，与干涩的地面交错，映现出斑驳，反射着阳光，像七彩的抽象画。行人匆匆，钟声从德山传来。街上有理教的教士在发 AR 眼镜和传单。

他们和人讨论教义，造物主将如何审判这个不公平的世界。

递给倪烽一份传单，他们说过几天造物主将降临；审判日就在眼前，只有信徒才会……

“他已经来了。”

倪烽耸耸肩，微笑着拒绝他。

宗教都一样，即使现实世界也是试图让人相信，有个万能的神可以帮自己解决不公。

还是陈东明说得好：“去他 × 的不公，就算审判，也是老子审判你。”

拐过街角，前面两排饭店。诺尼萨、云之遥名字各异，但招牌都很鲜艳，看起来让人充满食欲。

门口有个方块头，在招揽食客。

只要不是火星和小行星带，哪儿都不会太差。跟在一个方块头身后，倪烽走进名为牛排之家的饭店。

晓菲喜欢牛排，配一杯浓缩美式咖啡。她总是用厨房纸巾吸干水分，切一块黄油，放进预热好的煎锅。再把磨好的豆粉，倒进手柄槽，用粉锤压实，多余的细粉清干净，手柄装进预热好的半自动咖啡机，直到萃取出杯。

有时，看着她如此的细致。倪烽甚至分不清现实还是虚幻。

在吧台，他坐下来。

这里像 20 世纪的餐吧。服务员身后摆满瓶瓶罐罐，有些是酒，和现实差不多，红酒、威士忌、伏特加，只不过名字不一样。架子正上方，挂着台电视，里面正播放新闻。方块头投射出菜单，挡住视线。

菜单有图片，食物叫法不一样。像在选择回忆的片段，他选了牛排和咖啡，多一些黑胡椒。

然后朝方块头微笑，出示调查局为他办理的银行卡。电视新闻里，说起造物主移民。

方块头问："不喝酒吗？"

"来根雪茄，有吗？"

视线回到电视。他知道酒精会让神经变得不再敏感，尤其移民初期，虚幻和现实来回交错，容易带来不良反应。还是香烟好，尼古丁促进代码更替，刺激神经，加速融入虚幻。

"好的。"方块头退下。

这是个演播室访谈节目，有嘉宾，还有主持人，背景是倪烽的照片，标题是："造物主移民是否可以获得公民身份，议会表决中。"照片是十年前的，肯定是记忆复制时留下的。

餐吧人不多，但每个人都目不转睛。

"为什么要让一个把世界设置得如此不公平的造物主移民。我们的世界已经够乱了！如果再给他公民身份，甚至让他去调查顽石，我们的利益何在？"说话的是个老家伙，白发苍苍，看起来至少有七十岁了。他眼神冷冷的，鹰钩鼻子，嘴唇薄得像没有。

桌前铭牌写着：关灿。

4

另外的专家说："顽石虽然有问题，但他毕竟代表我们世界一种普遍的民意。如果我们赋予他公民身份，那就等于承认我们默认不公平；接受造物主制造的不平等对我们带来的伤害。"

方块头送来雪茄。

打开香柏木盒，香柏与雪茄香混合，沁入鼻腔，很舒适。轻搓烟身，富有弹性，听不到任何龟裂声，看来是支全新的雪茄。倪烽把香柏木撕成条状，混上丁烷，点燃它。

轻吸一口，不入肺，香气浓郁。没想到这虚幻如此完美。

有人把身子凑近倪烽抱怨起来：“造物主让世界如此不公平，为什么我们要给他身份？难道不该砸烂这世界吗？议会在想什么？为什么要发起这样的投票？”是个喝多了酒的胖子，看来他没注意，电视上倪烽的照片。

“任何世界都有不公平。”倪烽耸耸肩。

“但不是底层程序写就的。”

“你懂程序？”

“不懂。”

他打了个饱嗝儿，才清晨却已酒气冲天。

电视还在继续，倪烽已无兴趣。又是一口，烟雾在暖色射灯下缥缈盘旋。到哪里都一样，人们只听自己喜欢听的。陈东明早说过，这世界从未有过传媒，只有立场。

方块头送来牛排，摆盘很精致，但无蔬菜点缀。咖啡放在一旁，淡淡的香味顺热气溢出。

拿起餐刀时，电视上出现王近思的影像。

是直播，他身后是宏伟雄壮的大殿。屋顶是重檐庑殿顶，四面矗立神兽。卷曲的琉璃瓦映衬蔚蓝天空，反着光，灿烂夺目，如玉皇大帝的神殿。风吹话筒，发出“呜呜”声，记者问王近思，对造物主移民如何看，议会的抉择代表什么，造物主如何看。

王近思回应：“那个人不是造物主。”

“不是？”

“造物主是宇宙设计者，而那个人什么都不是。即使我们把他绑在十字架上，为我们赎罪，也一样解决不了不公平。”他说，但声音不太清楚，“所以是否是公民，毫无意义……理教要做的，是召唤真正的造物主，让他改变这世界。”

“真正的造物主还有多久才会来呢？”记者问。

“没几天了……请相信，我会请出真正的造物主。”他言之凿凿。

现场有哄笑声，应该是记者，他们显然把他当骗子。

回忆在滕泰的饭店，第一次见王近思，倪烽还是觉得他有些眼熟，但肯定不在虚幻。

他说得到了自己父亲的指示，才见到自己。他怎么知道我？

倪烽觉得，这件事没那么简单。

餐馆的大门被推开，两个瘦子走进来。其中一个是麻子脸，小眼睛，像动画片里的窝囊废。想起在数据调查局见过他。当时自己正和叶克辉进屋，余光瞥见他瞪着自己。

来者不善。

倪烽用刀切开只五分熟的牛肉。看起来不错，脂肪分布均匀，大理石花纹美丽至极。把肉放进嘴，感受脂肪带来的浓郁香味。虽然不记得父亲喜欢吃牛排、热爱生活。但现在，倪烽认为，至少他成功塑造了一个比其他虚幻都更真实的世界。

“请出示你的身份证明。”其中一个家伙说。但不是麻子脸，而是脸色苍白、大鼻子的中年人。他看起来岁数不小了，有点驼背，说话带着儿化的尾音，像个北京人。他率先出示自己调查官的证件，等着倪烽。

“等我吃完。”耐心地切开牛肉，就像切开敌人的喉咙，倪烽面带微笑。

“他 × 的！让你出示证件呢！”大鼻子脾气不好，声音破了，还带出颤音。

“肉不错，要不要尝尝。”用叉子叉住肉，倪烽问。

“你以为我们在和你开玩笑吗？”麻子脸终于说话了。

刀叉顿住，肉汁渗出。牛排须在十五分钟内吃完，否则脂肪凝固，会严重影响口感。

倪烽喝了口咖啡，露出虚伪的亲切笑容。他用餐刀指指电视，“你该等一等投票，万一通过了，你还能活着。”

“你在威胁我？”

“不，我只是在吃饭。”

重新拿起刀叉，又切开一块。镜头这时已经切回到议会表决器，所有人都在等着。

身旁醉鬼盯着倪烽，有些傻眼。大鼻子突然大爆发，掏出枪，指着倪烽大骂：“他 × 的！你听到我说话了吗？我只数三下，一……”

这是一把旧式西部风格的柯尔特左轮，枪口黑洞洞的。

想起西部的名言：上帝创造了人类，柯尔特让人人平等。倪烽这才将视线转回到他身上。大鼻子胡须是棕色的，像生了锈。

他们身后，关晨走进来。她今天穿了一条褐色的裙子，淡蓝色上衣，系着宽边束带，小靴子过脚踝，像西部小牛仔。

“衣服不错。”对关晨笑，倪烽很平静。

“二！”

“你在做什么？”猛然发现情势不对，关晨忙上前，“放下枪！你没这个权力！”

“别管我！”大鼻子回过头，枪口稍微向下。

麻子脸满面无奈，不知如何处理这种内部矛盾。

倪烽这时突然发力，差点折断大鼻子的手腕，令其哀号着跪倒在地。

抢过枪，毫不犹豫掉转枪口。麻子脸刚想反抗，便被倪烽用枪指住，只好把手从枪套挪开。“你该学学倾听，告诉过你，我在吃饭。”

“你他 × 的！”

大鼻子不肯认输，梗着脖子，想起身。

倪烽立刻扣动扳机，子弹打在地板上，迸溅起火花。现在一切回归平静了，大鼻子不再起身，不敢反抗。

麻子脸僵硬地站着。不知情的人往餐馆外跑，关晨忙制止：“倪烽先生，放下你的枪。”

大鼻子脸色苍白，额头渗出冷汗，显然被吓坏了。

新闻正播报投票进程，看起来并不乐观，同意授予倪烽公民身份的议员不多，但也不算少。画面里有言森，他面色冰冷。倪烽用枪口顶了顶大鼻子，“告诉你，我对顽石、对这个世界根本没兴趣，也没有爱，”在这里停顿片刻，他又道，“杀人在我眼里，就像切开一块儿牛排，不要惹我！”

“倪先生……”

“稍等……”

看看表，牛排脂肪还没凝固。叉起一块放进嘴里，倪烽朝方块头微笑道：“能给这三位都来一份牛排吗？”

“同样的吗？”

“对，也是五分熟。”

“好的。”

方块头下单。投票进程中两方咬得很死。

倪烽喝了口咖啡，端详着手里的柯尔特，面露阴森的笑，“坐下，”他说，“你们对投票怎么看？”

听他的话，大鼻子和麻子脸面面相觑。他们显然不甘心、不服气，但又很恐惧。犹犹豫豫起身，选了距离倪烽稍微远的座位。

关晨跟着坐下来，抬头看着电视，表情很紧张。

倪烽指指画面中的投票器：“我以前一直把这种事情，看作无耻的政客为利益的斗争，但现在……”

“现在怎么样？”

“我终于明白了，无论现实还是虚幻，利益不是所有。有些是不可动摇的立场。”倪烽语毕，朝关晨投去真诚的笑，“无论什么结果，我都希望你能坚持自己。”

“谢谢。”关晨笑了。

牛排上来了，带着香气。

5

投票仍然在继续，已经到了关键时刻，票数完全对等。

每个人都很紧张，盯着屏幕中的画面。最后一张关键票，出现在同意授予他公民身份那边。

把枪放在桌上，倪烽平静地说：“趁热，否则脂肪凝固了，会影响口感。”

感受来自周围的目光，忽觉芒刺在身，不只大鼻子和麻子脸，就连方块头，也盯着他看。

和画面中的人群一样，他们不敢相信这个结果，瞪大眼睛，惊讶之情溢于言表。

倪烽点着雪茄，得意地吐出烟雾。哪个世界的人都一样，只要不是自己希望的那个结果就会大惊小怪，好像世界要塌了似的。

“恭喜你！”关晨率先发出致意，她起身鼓掌。不顾身后的同僚怎么看。

倪烽微笑，弹掉烟灰说：“谢谢。”

“要来杯酒吗？”她问。

“不。”倪烽笑，晃晃雪茄，“我抽这个，适应一下环境。”

电视的画面中，人们议论纷纷，吵吵嚷嚷。

面对镜头，资深记者表示对这个结果很失望。面对造物主，我们作为独立的世界，不仅放弃了自己的权力，还放弃了尊严。等着吧，不远的将来，黑暗一定会降临，我们最终会收获恶果。

这套说辞好像在哪儿听过，盯着屏幕。想起火星宣布独立的第一天，作为火星有史以来最伟大的文学家，刘娇阳说过这样的话：脱离母星是抛弃祖先文化的行为，迟早会带我们走向黑暗。

倪烽觉得，这世界之所以乏味，在于所有人的话都一样。

“发现宇宙本质后，我们世界原有的宗教和政治基础全部没用了……”关晨手指夹着烟，指着屏幕解释，“人们忽然意识到，这世界所有的不公，并非自己造成的，而是因为造物主在写代码初期，就出现了差距……”她说，“所以富人说，一切都是造物主造成的，穷人也真的相信，那么当你决定移民时……”

“他们就有了一个共同的敌人。”

“没错。”关晨点头。

“但德山，理教信徒……”倪烽回头，指窗外，德山钟声竟配合他，适时响起。

“人都是矛盾的。一方面抱怨，一方面妥协。”

“这点很像现实世界。”倪烽说。

“现实也一样？”关晨诧异地问。

“有人的世界，就一样。”倪烽耸耸肩。

关晨耸耸肩，无奈地点点头。看得出来，她很失望，陷入沉思。

片刻后，又恢复正常，微笑道：“但无论如何，都要恭喜你，成为我们这个世界第一位移民。”

“谢谢。”

“今天有时间吗？我带你看看新世界。”

“荣幸之至。”

结账，向外走。

察觉到冰冷的、带恨意的目光，从不远处射来，像崩了刃的刀子，是麻子脸和大鼻子。

路过他们时，大鼻子起身，拦住倪烽。像被抢了玩具、受委屈的小孩，先是沉默，然后才鼓起勇气，“把……把枪还我……”

他话说得结结巴巴，眼中满是怒火，身体局促而僵硬。

麻子脸跟着起身，像儿子的父亲，默不作声，不想参与孩子之间的矛盾。

但其实，他只是不敢靠前，所以远远站着。事态这时还没失控，只需要再来点气势，倪烽想。

故意上前一步，俯视大鼻子，他虽然个头也不算低，但和倪烽比，气势上却差了很多。与他对视，最终让他的愤怒目光从自己身上挪开。

倪烽这才道：“给你个忠告，赢得胜利的是人，不是武器。你根本没杀过人，也从未了解自己的底牌，所以枪并不适合你。”

倪烽语带轻蔑却又语重心长。他觉得自己就像陈东明，在负责任地教育新人。

最终，他还是将枪还给了大鼻子。

转身和关晨向外走。

推开门，阳光照射进来，有些晃眼。刚迈步，大鼻子的声音再度传来，“你真的要这样做吗？和一个现实世界的浑蛋一条心，来调查顽石、调查我们的人？”这话是说给关晨听的，带着颤音，明显是不甘心。

“你以为这样会升官吗？”麻子脸也终于帮腔了。

关晨像没听到，继续往外走。

大鼻子又道：“真可笑，你哥哥一直以为你是个聪明人 。”

“你说什么？”

终于停住脚步。阳光下，关晨转回身。那张略带骄傲的脸，猛地绷紧。

她往回走，逼近大鼻子，抬头瞪着他，他一开始还得意扬扬，但没过几秒，竟被关晨的气势，逼地后退半步。

“你再说一遍！”

大鼻子这时僵在当场，刚有的得意，瞬间消失。但还是梗着脖子，应声道：“像你这样的人，你以为自己为什么能步步高升，进入数据调查局？”

“为什么？你觉得为什么？”关晨越发气恼了，揪住他的衣领，“难道是因为贪赃枉法，凌驾法律，和你们这群浑蛋同流合污吗？”

大鼻子红着脸，不敢与关晨对视。

倪烽猜他说出那句话时，就没想过后果。

“说啊！”她大声问，“像我这样的人，怎么了？”

“没，没怎么。”大鼻子满脸通红，用尽浑身力气，才终于说出这么句话。

“没怎么？”

关晨的声音在颤抖，看得出已是满腔怒火。不知她到底有什么故事，像她这样的人？她怎么了？望着关晨，事态正一点点失控，但优势依然在，所以倪烽保持沉默，在安全距离内站着。

“还记得调查官的誓言吗？”关晨忽然逼问。

不知道她什么意思，大鼻子不敢回应，喉结耸动，在咽口水。

“记得吗？”

“什么意思？”

“我问你记得调查官誓言吗？”

关晨一字一顿，声音很大。大鼻子犹犹豫豫，不明白她什么意思。

“给我背一遍？”

“背一遍？”

“背啊！”关晨吼起来。

大鼻子很尴尬，红着脸挣扎，衣领却又被攥得更紧。只好支支吾吾背道：“在……在……在真相来临、代码控制的时代，不管世界如何变幻，本……本人宣誓……”他结结巴巴，说到宣誓，便彻底背不过了。

“背不过了？”关晨冷声问。

他沉默。

关晨说道：“我发誓：绝不以不公的名义、不以正义的名义、不以家族的名义、不以造物主的名义、不以任何一种可能的名义，贪赃枉法，知法犯法；愿遵世界之法，合法之法；永不因个人偏见、憎恶和友谊影响执法。绝不向暴力与犯罪妥协……”

大鼻子一声不吭，像受了天大的委屈。

最后关晨停止背诵，瞪着他问：“忘了吗？”

结果很明显，所以没有回应。

关晨忽然平静下来，松开他的衣领，笑带嘲讽：“像你这样的人，一个连誓言都可以背叛忘记的人，大概只会想到升官发财吧？”她说着，语调越来越平淡，也越来越有力，“麻烦你，告诉我哥，带着他的狗升官发财去吧！躲我的案子远点。”

关晨语毕，推开门，阳光照射进来。

倪烽觉得她的背影骄傲但忐忑。沉溺在她刚才的恼怒中，过了片刻，倪烽吹起口哨，跟着她出去。

见她在街头，点上烟。

高楼下，人声鼎沸；街道上，人群熙熙攘攘。

一架飞行器掠过天空，投下暗影。

她吐出烟雾，说道：“走吧，我们去转转。”

第十章　我们的世界

1

走在街上，阳光明媚。

橱窗内琳琅满目的商品，颜色各异，品种丰富。

从玻璃橱窗的反光中，看一个个行色匆匆的路人。又从一条条的巷道，观察复杂的交通，这些丰富的信息，有用或无用，都是他必须收集和记录的。

忽觉芒刺在身，焦虑感陡然上升，他知道这是移民初期的正常反应。

由于意识投射的转换，引起记忆数据扩散，在生理上反复刺激脑神经，引起诸如过度焦虑、性情大变、情感麻木等症状，有点像战后心理综合征。

倪烽知道该如何调整，只是有那个必要吗?

和关晨同步，两侧一幢幢楼宇，由钢筋混凝土与玻璃幕墙组成，很像 20 世纪初的欧洲城市。

街角那家售卖武器的商行，更像芝加哥的温特莱大厦。华丽简洁，带着古典柱式韵味的同时，却又保持着装饰主义的精髓。

他不喜欢20世纪。被焦虑感环绕，和关晨走在街上，他什么话都不说，她也一样。

两侧玻璃幕墙反着光，映出一架架掠过天空的飞行器。

腾飞公司的广告，此时正循环播放。现实世界的学者喜欢说，20世纪是充满理想、大师辈出的时代。

可倪烽在那个时代执行过任务，他深知，那还是个充满阴谋与暴力、战争不断的年代。

远处传来钟声，看德山横亘于城市中心，如侧卧的巨人，连绵起伏，层层峰峦，气势雄伟。

公路从两侧绕行。

拐过街角，防暴警察严阵以待，正等着什么。

很快，他们便听到整齐划一的口号：议会出卖世界。

还没来得及离开，一支游行队伍出现在视野中。

有男有女，有老有少。有人生了一副暴徒的脸，面红耳赤，高举标语：造物主滚出去！

标语旁是电视中倪烽的照片。被人用红色颜料画了叉。

"倪烽？"关晨问。

"嗯？怎么了？"看着她，倪烽注意到她没称自己为先生。

关晨指指那张照片，问："那是你多久之前的照片？"

"十年前吧，怎么了？"

"没怎么。"

她回应，像有什么心事但又拒绝说。

倪烽也不追问。

再看自己的照片，他并不确定具体的时间，但记得，那时自己已洗净身上残留的文明，不再鄙视暴力犯罪。

他逐渐学会了思考，精准地使用暴力，确保敌人彻底屈服。

游行队伍和警察对峙上了，他们的吼声越来越大。

警察也很紧张，攥紧警棍，握紧盾牌。

那些人又在喊：砸烂这个世界！议会出卖我们！

警察不回应，只是挡着路，不让他们冲进这条街区。

不知谁先朝警察扔了个酒瓶子，警察果断还击，打出催泪瓦斯弹。

呛鼻的烟雾，瞬间激化矛盾。

队伍内，有人掷出石子，情况开始变得不受控制。

倪烽警觉地观察，周围至少有三条小巷，可以随时逃离。

"我们得离开这里。"

和关晨不一样，倪烽在《惊疑中东》执行过暗杀任务，深知这种混乱根本不是个人暴力可以简单阻止抵抗的。

他不由分说拽起关晨的胳膊向小巷跑去。

身后越来越乱，有人冲到街上，打砸临街商铺。

"这群浑蛋！"穿过小巷一端，阳光正明媚，打砸声不断传来。甩开倪烽的手，关晨停下脚步，"他们只是借你的名义，发泄心中的不满。"

"可我们回去也阻止不了什么。"倪烽耸耸肩，他才不在乎别人的不满。

"是的，我们的目标是顽石。"关晨承认这个事实，叹了口气又道，"有时我在想，如果当年滕泰的父亲没有发现宇宙真相，是不是我们的生活就会变得美好。"

"我的老师曾对我说：造成世界黑暗的原因，并不是因为光，而是世人自己的邪恶……"

“所以光照在黑暗里，黑暗却不接受光。”

“《圣经》约翰福音书。”点出她话语的出处，倪烽又道，“我发现，你对现实世界还挺熟悉。”

“是吗？”

关晨怅然若失，神情失落。

她没再回复倪烽，尽管倪烽后来又问：“你们这个世界，也有圣经吗？”

远处，德山的钟声打断倪烽的问题。

不远处，通往德山的公路，到处都是虔诚的信徒，他们穿着理教的衣袍，迎着阳光，低声诵念着经文，一步一叩首。

可仅隔了几条街，便是那些游行的暴徒，他们似乎忘了德山。

有人拦住他们，是一个把头发扎成马尾的女孩儿。

她穿着理教的衣袍，手拿一摞传单。

“看看吧，那个人根本不是造物主！”

“不是？”

倪烽笑了，接过传单。

女孩儿继续，声音很尖，非常坚定：“真正的造物主，会在七天内降临。审判日会到来，那时只有信徒才能活着。现在拿着这份传单，给你个机会，活下去。”

她又面向关晨，递过传单。

关晨一如既往地露出厌恶神情，拒绝了传单。

“只有我们的主，才能拯救……”

关晨扑哧一声笑了，忽然说：“你觉得会是你父亲吗？”

“你想不想看一场父子相认的感人大戏？”想起王近思对自

己说的那些话，抬头再望德山，峰顶在云雾中缥缈。父亲已失踪多年，倪烽本来当他从来不存在。但好奇感忽然涌上心头，“有兴趣吗，我们去看看？”

听到这个邀请，关晨明显犹豫了。但片刻后，她道：“好啊，我正好还没逛过德山呢。”

他们说着离开，身后传教的女孩儿，目瞪口呆。

虚幻不过是现实的延伸，如果你想逃，那里一定不是好去处。

在斯大林格勒，倪烽体会过战争的残酷。

当炮火来袭，肉身脆弱，如碎砖烂瓦般，被炸得支离破碎；在《焰火冷战》，契卡的重压下，人性只得倒向罪恶，没什么是不能背叛的，包括自己的内心。

还有……还有纯虚构的世界，面对试图摧毁实体宇宙的燃烧军团，萨格拉斯攻击了昔日的家人，这所有的一切，都让人难以相信，自己已经逃离现实。

只有……

只有委身于造物主，跪拜在他脚下，才会让人忘记虚幻的存在。

倪烽经历过这一切。他曾眼见萨满教的巫师，涂花了脸，跳起大神，告诉那些来自现实的移民：神在指导他们，向一座火山进发。那些人居然毫不犹豫地相信了。

甚至在斯大林格勒的废墟，还有缠着绷带的、只剩一只眼睛的移民，跪下来向造物主祷告。

嘴里碎碎念的并非圣经，也非现实世界的其他经文，倪烽只记得，这之后他安详地去了。

有人说，他希望下辈子还回到虚幻，回到造物主身旁。

那之后，倪烽惊讶地知晓，他所信仰的，只是不远处一栋未被炸毁的钟楼。

“我还以为王近思召唤的造物主是你父亲呢。”

关晨手指远方。山间幽林小径，阳光穿透竹林，影影绰绰，林间带着点潮气。这里像极了四川的山，若隐若现中，一处瀑布传来水流声，哗哗哗的，配合着祷告。在那之内，流水配合阳光，激起带着雾气的帘幕。无面人的雕像，横卧其中，模模糊糊。

“造物主是召唤不来的，即使是他儿子。”

倪烽笑笑。他发现，看似无面的脸庞被凿刻得凹凸不平，阳光下，帘幕中，多个角度，如有无数张脸孔，无数双眼睛。

关晨这时发出质疑：“那他们到底相信什么呢？”

“千面人。”倪烽回。对没看到父亲的面孔，他略感失望。

“什么？”关晨一时没听明白。

倪烽指指无面人，声音被水流声和祷告声掩盖，他不得不稍稍提高嗓门：“人的内心，都有自己的造物主。而千面人，反映的就是他们自己的内心。”

“你怎么知道他们敬拜的是千面人？”对于他的说法，关晨感到很惊讶。

“我猜的。”

“你父亲是这样的人？”

关晨这样问，倪烽这才惊觉，已经很久没人问他，怎么看待自己的父亲。

沉默，继续向前。

穿过朝天的山路小径，跪拜的人群戴着 AR 眼镜，发出整齐划一的祷告声。

那声音抑扬顿挫，如唱歌。再看千面人，希望从中找到父亲，但什么都没，他其实早忘了父亲的模样。

“我不记得，他在我很小的时候就失踪了。”

良久，他回应关晨。令关晨有些尴尬，刚想说不好意思，倪烽又道：“一开始不只是我，还有警方，安全部门的人，也在找他。但他像人间蒸发了，后来我成为东明会的成员，还试图在虚幻世界找过他，但什么都没有。”

“对不起，我不该说这些。”关晨抿抿嘴。

“没什么。”倪烽无所谓地说，“过去这么多年了，亲情早就消耗殆尽了。”

“那你觉得他还在人世间吗？”

“我根本不关心。”

2

倪烽语毕，忽然扪心自问，自己到底在不在乎父亲呢？也许在乎吧。

他觉得，他这样回答自己的内心，是种敷衍。

但是，管他的呢。

不远处，一座牌坊，以篆刻的字体写：造物主在看着你。两旁有教士，像是看守。

他们走过去，并未被阻止。靠近山间的湖对面，阳光明媚，绿水悠悠，波光粼粼，竹林倒垂于岩壁，水滴悬于竹叶之上，晶莹剔透。

本来是个舒爽的天，关晨却说，真是阴森诡异。

石径一侧，信徒发出来的祷告声与水流声混杂，像群鬼在号叫。

“其实我父亲也一样。”望着无面人，关晨像是想起什么，发了一会儿呆，然后感叹，“你好歹还见过真人，而我只见过照片。”

自合作以来，她还是第一次目光凝滞，在倪烽面前神色失常。

想起她的母亲，几次找到自己，追问那个叫关海的男人。

倪烽觉得这名字有些耳熟，好像在哪听过。

“他和你一样，来自现实，自称是造物主的一员……”像用了很大力气，关晨道，“我不知道他在这里具体做什么，但他曾发誓，会回来找妈妈。”她停下脚步，继续，“我小时候，妈妈从不让我来这里玩，大了以后，我自觉地拒绝来这里。并不是厌恶王近思，厌恶邪教，而是厌恶我的父亲……”

回忆她最初的态度和这世界其他人，还有她的母亲。

倪烽猜她小时候，一定受过家族和周围人的排挤与歧视。

不清楚她用了多久，才让亲人接受自己——一个造物主的女儿。现在，又和家族闹翻了。

他想说谢谢。

但关晨却抢在前面：“你觉得王近思，会不会召唤出我父亲？”

“要是这样，那将是场父女相认的大戏了。”

他语毕，她笑起来。流水激起的帘幕，模糊了宁静如画的景色。

阳光穿过水雾，用七色的彩虹将阴森抹得淡了一些。

有那么一刻，倪烽觉得，自己要说的谢谢，纯粹多余。

绕过沿湖的小径，信徒越来越多。

有些人悄悄抬起头盯视着他俩，似乎在说，你们为何还不下跪？

理教的教士也多起来，他们明显和山下的教士不一样，衣袍不再是青衫，而是深蓝色的。

他们虽然没阻拦倪烽，目光却也警觉。

前方山间，小峡谷两侧岩壁有类似万佛图的壁画。

内容鲜艳，其中有大量代码，就像科幻电影。信徒的祷告声于山壁间回荡，效果如音乐大厅。

他们祷告的和其他虚幻世界一样，都是向造物主乞求改变自己糟糕的命运。

倪烽不屑，和关晨说话时，没太控制嗓音。

有人抬头看他们，先是面露不悦，而后环视左右，又显出些许关心。

“嘘……”那人让他们小声点，“马上到敲钟的时间了，还不快跪下？”他做了个手势示意他们跪下，匍匐祷告。

看 AR 眼镜在他鼻梁耷拉着，倪烽想笑。

又想起这几天见过的信徒，似乎也都戴着这东西。说话的男人瘦小干枯，尖嘴猴腮：“待会儿，万一造物主听到你说的，看到你们……”

他语带关切，但倪烽和关晨并不理会。

向前走了两步，关晨发出感慨：“有人相信可以不努力就改变命运，把希望寄托在神仙和救世主身上。”

她的话引来其他信徒的不满。

那家伙瞬间显得很害怕，但还是耐心劝道：“可不要胡说，造物主真的很灵验……”他说，“上次我朋友的孩子，得了血癌，晚期，结果他通过虔诚祷告竟然痊愈了，这可是我亲眼所见。”

就像是所有的邪教，信徒会自己脑补传奇的故事。对这样的传说，倪烽丝毫不感到惊讶。

他亦知道，虚幻世界也有自己的运行规则。

比如《纳坦十三日》，一些宗教可以根据代码测算出要发生的事。虽不是百分百，但还是可以改变某种危险。

他忽然停下脚步问：“你亲眼见的吗？”

“那是当然的。”

那家伙言之凿凿，关晨刚想插话。倪烽制止她。让他继续，“所有不信的人，都以为这是迷信，其实不是。你们没去过万神殿，没见过那台机器，每当钟声响起，造物主都会有一面看向世界，聆听我们这些信徒的声音。”

“机器？”关晨皱眉，显然没听过这个东西。

“对，机器。”那家伙又重复了一遍。

“你们竟然在敬拜一台机器？”

“嘘，别胡说……”那家伙做了个噤声的动作，而后左右看看，再度压低嗓音道：“那东西能让造物主看见我们，听见我们。”

关晨僵硬地笑笑，倪烽猜出，她很不屑。钟声这时响起，信徒立刻匍匐祷告。

两人于是继续向前，穿过山谷，爬过陡峭山梯，再往前就是竹林了。

这里布满了军用探测器还有各种影像监控，地堡和防空火炮不仔细看根本无法发现。

前方就是山门了。四面被高耸的砖墙包围。内部是通向山巅的阶梯，毫无疑问，它的终点一定是万神殿。

祷告的信徒在这里消失。倪烽抬头，见大殿在山巅之上，金光闪闪。

这时不知从哪冒出四个方块头和十几名年轻教徒，围住了他们。

“抱歉，今日并非召唤日，万神殿不对外开放。”有人上前行礼，看似礼貌，语气却满是傲慢。倪烽注意到，他穿镶金边的红色教袍，明显身份更高。

四个方块头，不知不觉间，占据四个方位。

十几名教徒，袍子宽大，倪烽判断，里面有枪。

关晨亮出证件：“数据调查局的，我们来找……”

“今天教主不见任何人！”对方毫不犹豫地打断了她。

“我们数据调查局有权力进入任何地点，见任何……”

关晨话未说完，山门被推开。一个熟悉的面孔从中走出来。

那人铁青着脸，个子不高，满面仇怨。身后是两名送行的高级别教徒。“你就这样滥用权力吗？”那人发话了，带着骨子里的傲慢。

倪烽这时想起来，此人是关晨的哥哥言森。

他倒没多惊讶，但注意到关晨有些失色，很明显她没想好该如何面对自己的亲人。

这时言森又道：“你无权进入这里！因为我们刚刚授予理教免侦查单位。任何人没我司命令都无权进入德山，进入理教，听明白了吗？”

“什么？”关晨目瞪口呆。

“这不需要议会通过，更不需要数据调查局准许，别忘记我们是你们的上级。”他语调僵硬。很明显，这是对刚刚通过给倪烽身份决议的报复。

接着，言森回到最初见倪烽的高傲，看都不看关晨，转身离开。

看着他的背影，穿红袍的修士再度上前：“您也请吧？”

他们不得不离开。

一路上，关晨沉默，显然还没从哥哥的态度中回过神。

倪烽悄悄记录下德山每个探测器、警戒点。他发现这里毫无死角，如防守严密却又对外开放的军事基地。

第十一章　破绽

1

坐着关晨的飞行器，他们离开了德山。

在涡轮发动机的咆哮声中离开了地面。逆着风，下方的山巅绿林微微荡起波纹。匍匐的信徒如长蛇，缠绕山体。

阳光下，瀑布两侧的岩壁生出琥珀般的暖金色，如新鲜的熔岩向外流淌。

舱内暖洋洋的，倪烽挪动身子。关晨的新飞行器，座椅比以前柔软。

向下望，这座像 20 世纪西欧风格的城市，倪烽无论如何都喜欢不起来。他厌恶文人、知识分子的说教。美丽不能说明一切；肮脏阴暗，也未必全是坏事。

想起陈东明的话：放下好恶，认真倾听，感知你要面对的世界，从细节以及直觉中。

再度调整坐姿。看到腾飞公司的电子广告牌在摩天大楼换画面时被阳光映得有些发暗；风吹在楼体玻璃上发出细碎的唰唰声。

一架大型的飞行器从上方飞过，气流引来舱体发生震颤。

下方的街道，示威人群还未退散；德山的山巅，却钟声再起。

有那么一刻，倪烽的内心忽然产生一种奇怪的直觉。他猛然回头，再看湮没在荒漠中的卫星城还有远方的腾飞公司。迎着阳光，他静下心：废弃的卫星城明显不是20世纪的建筑；但腾飞公司的地理位置，还有德山，似乎又有什么关联。

关晨问："怎么了？"

他回过神，这才意识到自己又陷入警觉的思索。不免耸耸肩，摇了摇头，露出轻松的笑："没事，只看看。"执行任务久了，在哪都会把直觉当警报，搞得浑身无比紧张。

她也跟着笑，手指远方：距离山林不远处，公路两侧有些破旧的高层住宅，墙皮已被雨水冲淡原有的颜色，一座临山的公园，树木被风吹得来回摇摆，"我在那里长大……"她说，然后看向倪烽，像是故意强调，"滕泰也是。"

"他家也在？"倪烽皱皱眉。因为山中没有别墅区，周围看起来都是平民建筑。

"不，他家已经无从考证，数据炸弹毁掉了所有。但我知道我们曾在一所幼儿园，这不是考证，而是我真的记得，忘不掉。"她说。

"其余人都忘了滕泰父亲的存在，也忘了相关联的一切。"倪烽醒悟过来，"所以滕泰从小到大，只有你这个朋友，因为只有你记得他真的存在，对吗？"

"很奇怪吧？只有一个人相信你的时候，那个感觉……"她说。

“像抓住了唯一的救命稻草。”倪烽点点头。

他当然明白。在他年少时父亲失踪，他也试图让人相信自己，求得别人帮助。

但什么都没有，包括所有的亲人。

他想自己和滕泰有点不一样，那家伙至少有根稻草，而自己什么都没有，只有加入东明会。

“那时这个世界，真美好啊。”她发出感慨，“有时，我在想，如果滕泰父亲没有发现宇宙本质，我们的世界会不会不是现在这个样子。”她说着话，看下方。

跟着她的目光，他注意到有人打砸临街店铺，有人在纵火。警方积极地处理，不过看起来有些应接不暇。

想起《怒火之下》模拟的21世纪中东地区，有人揭开了真相，却只引来了战火。

他想告诉她：这所有一切，不管现实还是虚幻；过去还是未来都会是一个样子。

然而最后，倪烽只是微笑着说：“一切都会好起来的。”

飞行器此时晃动了一下，像是气流引起的。巨大的阴影遮住阳光，倪烽顺着舷窗抬头，发现是运输飞行器在正上方。操作面板这时跟着闪烁了几下。

关晨叫道：“怎么回事？”她连续晃动操纵杆，但没用，飞行器没做出任何反馈。

接着驾驶舱内的空气投影仪，突然自己启动，投射出一个人影：“欢迎你，造物主！移民到我们的世界！丧失了造物权的你，感觉如何？”

顽石？倪烽意识到他是谁。看他穿一件带帽衫，脸部被阴影彻底遮住。

关晨想放大画面，但飞行器不受控制。他咯咯笑起来，声音有点尖厉，那是一种可以操纵他人生死的得意的笑声，倪烽在很多世界都见过，多数都是职业杀手，当然也有掌握权力的人。

“你上次的袭击，做得不错。”倪烽露出笑脸，尽力不表现出其他。

“谢谢你能喜欢。”

“你对我还有什么期望？”倪烽问。

“我希望你去死。”

他尖着嗓子，刚才的得意消失，看起来对倪烽的沉稳有些不悦。

太容易激动了，倪烽淡漠地想。向四周望，发现他至少动用了两架运输飞行器。“是不是没想到自己也会死，造物主会在自己创造的世界，从空中坠落……”

“你的认识真是粗浅幼稚，你以为我是造物主吗？”倪烽撇撇嘴，无所畏惧地说道：“在现实世界，你的行为已经违反了交通法规。那些警察会别停你的飞行器，把你按在地上，戴上手铐！”

“但在这个世界不会的，人人都盼着你死。”他说道，“因为我们都对你们创造的世界不满。你们不该从基础代码就把我们分层，让那些人踩着我们，让他们成为我们的主子；让贫苦的人得病，让那些富豪健康长寿，命运本不该如此。”

注意到飞行器正急速攀升，倪烽仔细观察顽石投射的影像，空间感很差，应该不是个很大的屋子，墙壁有奇怪的涂鸦，看不太清楚，但他记住了这些奇怪的图案。

接着上空的两台运输飞行器舱门打开，倪烽看到成群的方块头，他暗骂了一声。发现那些方块头好像背着什么东西，待到他们稍微近一些，倪烽恍然大悟，是数据炸弹。

“你的飞行器贵吗？”倪烽问关晨。

“去……”

关晨恼羞成怒，没给顽石说出“死”字的机会，便掏出枪。

下一个瞬间，火花四溅。操作面板被打穿，黑烟冒出，影像一下子消失。

她晃动了一下操纵杆，依旧没用。于是又一枪，起火了，红色消防灯闪烁。警报声响起，一个僵硬的语音播报出现：危险！危险！自动驾驶功能取消！自动驾驶功能取消！

上空，方块头这个时候已经跳下。

关晨转动门边一个旋钮，倪烽攥紧安全握把。

他听见关晨嘴里骂了句脏话，跟着飞行器恢复操纵，猛然向下俯冲。

一个方块头追上，落在尾翼，引爆数据炸弹。

黑色烟尘，瞬间吞没自爆的方块头。身后的袭击者灵巧躲开。倪烽这才发现，它们都带着空中转向加速用的小型喷气包。他一把掏出关晨腰间的枪，扣动扳机，挡住后面的袭击者。

发动机发出异样的声响，跟着停止轰鸣。

他看见黑色烟尘在扩散，但删除程序需要时间，它并不如物理炸弹来得那么快。

关晨大吼：“彻底失控了！”

“没降落伞吗？”

“那是什么？”

“好吧，真他 × 的过瘾透了！”

见过这么多的虚幻世界，还从未见过可以飞翔，却没有降落伞的文明。没时间了，又有方块头冲来，它们实在太多了。

下方是片居民楼，还有湖泊，但不知深浅。都不是太好的缓冲点。远端有片白桦林。

倪烽只好踹开舱门，风吹得他有些发抖。

扭头问关晨：“无伞坠落玩过吗？”

关晨摇头。

倪烽大吼：“学我！”

这时黑色烟尘已吞没半个飞行器。

2

迎着风，倪烽跳出去，来不及瞄准便扣动扳机。

一个方块头被击中要害，还没来得及爆炸，便被倪烽拽下喷气包。

背带有按钮，稍一按，气体喷出，立刻减缓下坠。看来无论是虚幻还是现实，至少物理法则是通用的。

在空中转身，关晨还未跳。

又有两个方块头引爆数据炸弹，天空被黑色的烟尘遮蔽，飞行器舱体马上要消失。

她终于跳了，但显然很慌张。

在空中，倪烽贴过去，抱住她，地面越来越近，如高速放大的画面，显然冲不到白桦林了。

他不断射击，杀死几个方块头。随后高速穿过住宅楼群，黑色的烟尘如巨石，从天而降，令一切变成粉末被风吹散。稍微调整喷气角度，故意撞在窗框上，楼下有人看到数据炸弹立刻呼号着，夺命狂奔。

把枪和喷气包交给关晨。扯下自己的外衣，挂上一片防坠网的边缘，外衣随即被粗糙的金属扯烂。

掌心与手腕还有肩膀肌肉传来撕裂般的剧痛。

好在关晨及时按下喷气包按钮，减缓了速度。

眼看着地面越来越近了，关晨用最后的气体减速。倪烽绕到她身下，屏住呼吸。

坠地的瞬间，他以肩背着地。随后被她砸中，一口血喷出。

早忘了疼痛，搂着关晨，连打了两个滚然后起身。

周围有人在奔逃的同时，看到他们的动作不由得呆住，脚步稍微放慢，随即被数据炸弹的烟尘吞没。

只有黑暗。他们拼命狂奔，白桦林在琥珀色的阳光中闪烁，最后被黑暗吞噬。

不敢停下来，他们拼命向前冲。身后烟尘的速度这时已经减缓，慢慢停止在阳光边缘。

擦干嘴角的血，又吐出一口，忍着肌肉拉伤的疼痛。他们停下脚步，回望爆炸留下的浓烟和深坑，像暗黑的山巅，挡住城市。这次还是什么都没留下。

关晨抱怨：“那架飞行器是最新款的。”

倪烽耸耸肩。

一个方块头忽然从天而降，坠地时，激起大片的泥土与落叶。它迅速起身，几乎与他面贴面。只见红色电子眼露出凶光。倪烽刚想开枪，却发现手里什么都没有。那一瞬间他想，完了。

但这时枪响了，连响了两声。随后他看见关晨举着枪，额头有冷汗。幸运的是炸弹没炸，方块头随即倒在地上。

他立刻笑起来，问她："你想不想喝杯酒，庆祝一下？"

"为了这个值得纪念的日子吗？"关晨不理解他的幽默。

"为了，它至少留下的痕迹。"

倪烽用脚踢踢方块头，关晨这才恍然大悟，但是没有笑。

阳光在这时穿过树荫，照着倪烽的脸庞。

他忽然想起晓菲，也是在白桦林，她穿着白色纱裙向林间深处跑去。

这时倪烽忽然一口鲜血喷出，觉得头昏昏沉沉的，有些站立不稳，没等关晨反应过来便倒在地上。

模模糊糊中，他看着那个背影向深林跑，自己便拼命去追。留下身后数据炸弹造成的黑洞。

不知道跑了多久，只觉得身子轻飘飘的，像飞上了天。

这时候阵阵的轰鸣声响起，强光直刺他的双眼。

倪烽这才听到有人在说话，想睁眼去寻找，但眼皮只抬了一下，便又睡着了。

真是刺激，移民第一天，就来个自由落体。他暗自庆幸。上次是在现实世界，火星的近地轨道上，独立军制造的爆炸，导致整个空间站坠落。他和杨悬从六千米高空逃出，伴随基地爆炸的金属碎屑，还有火星的雷暴。

当时氧气已不够用，又不能开降落伞，那群浑蛋，却还从地面发射拦阻导弹。

一阵阵头晕恶心，胸腔有血。他判断自己伤得不重，主要是坠地的瞬间，给关晨垫的那一下受了伤。

身下软绵绵的，应该是在急救床上了。

听得到两边有人在说话，有男有女，被轰鸣声搅和得听不清他们在说什么。

接着他觉得，整个世界都在下降，胳膊像被尖针刺了一下。他皱了下眉，刚想问，你们给我打的什么？防卫意识瞬间消散，彻底睡了过去。

不再有疼痛，也不再难受。不知过了多久。

不知是职业素养的缘故，还是白光刺眼和人们的说话声的刺激。总之倪烽听到自己的心跳，然后蒙蒙眬眬中觉得周围是乳白色的，可能是在医院。

呼吸开始变得沉稳，胸腔的血腥味消失，肌肉有些酸痛。

他睁眼便看见一个男人的背影，七彩燕尾服在白光下很耀眼，接着男人回头。

现在，倪烽看清楚了，是滕泰。

“好点了吗？”见他醒了，滕泰露出微笑。

“胸口还有点疼。”伸伸懒腰，觉得自己恢复得不错。倪烽发现自己在输液，这里是医院，屋子里没有关晨。

“她去盯着常明他们，解析那个方块头需要点时间。”看出倪烽在寻找谁，滕泰解释，“要不要我和你说一下之前发生的事？因为数据信息都被删除了。”

之前？脑袋一阵疼痛。他迅速回想起来，速降、逆风、强光。

那些方块头冲下来，数据炸弹如黑洞，吞没整个天空。

真是奇怪，自己的记忆没被完全删除，他对滕泰说：“不用，我发现自己记得。”

“好吧。”滕泰耸耸肩，把便携空气投影仪收起来，坐在倪烽床边说，“我们给你打了针造物一号，它能让你尽快恢复。但是有成瘾性，所以如果你觉得有问题，到时候可以找我要……”倪烽点点头，战场上这种药物多的是。他不觉得这有什么。

这时滕泰犹豫片刻，忽然问道：“这是你第几次救毛毛了？”

“救？”倪烽看着他，一时没明白。

“觉得自己是英雄吗？”他继续。

话里有话，而且带着攻击性。

倪烽这才回过味来：“有个伙伴不容易，总要珍惜。”他也故意带刺，“你之前说过孤独。我很清楚孤独的滋味。你忘了？她是我在这世界唯一的伙伴啊。”

没想到这番表白把滕泰说得愣住了。看看挂在墙上的钟表，又看看窗外已经暗淡下来的天色。

不知道是几点了，那件事是什么时候发生的？

倪烽忽然意识到，自己对事情发生的时间有些模糊了，好像记不起来了。

液体没了，没等护士来，他就自己拔了针。对着镜子，穿上衣服。

滕泰在身后发出感慨：“我很难想象疾恶如仇的毛毛，会和一个犯罪分子成为伙伴。”

没理他，倪烽看着镜中的自己，棱角分明，与乳白色空间融为一体。看起来投射的意识信息极为完整，常见的疏离感完全不见，这感觉很好。稍微耸动肩膀，肌肉还是有点疼，但身体整体已经恢复了。

“你当年为什么加入犯罪组织？”滕泰心怀不轨地追问，“因为孤独吗？”

觉得他不太对劲。从镜子里盯着滕泰看。倪烽最后反问：“你呢？”

“我？”

倪烽点头。

滕泰思考了片刻：“我是文明人，只做对世界有益的事。”他语气中带着傲慢。

“那你觉得我做的是什么？”倪烽冷冷地说，不等滕泰回答，又继续：“我们帮助河西的文明人铲除他们除不掉的垃圾，又帮有些垃圾活下去。这世界如果没我们，垃圾和文明一定会大打出手，”倪烽笑了下，“而大多数无辜的人，则会死在战场。”

“这就是现实的真相吗？”

“你以为呢？”

“好像很伟大。”滕泰撇撇嘴，明摆着在讽刺。

当然不指望他能表扬自己，倪烽又道：“可我觉得，你并不把毛毛当伙伴。”

“什么？”

“你没把毛毛当伙伴！”倪烽重复，一字一顿，“你的产品大面积失控，你对她说过半句吗？你觉得我是犯罪分子，那你呢？文明人？都是这样做贡献的？”

“倪先生，我觉得你可能有点误会。”滕泰站起来，正正七彩燕尾服，腔调不再如之前潇洒，“你是不是真以为，自己能拯救世界？”他走到倪烽身前，“拯救这个被你们写好的世界。我们的命运是被写好的代码，而你认为，当你拯救我们时，我们都应该向你跪地拜服，如理教的那些信徒一样，对吗？”

倪烽盯着他。看到他脸上写满嚣张与仇怨，似乎还隐藏着点别的什么。本来想继续这个话题，但忽然意识到，这已经不再是就事论事。为什么要和一个孩子争？扪心自问，这世界所有人都一个鸟样。

那一刻，倪烽想让自己保持平静，却发现根本平静不下来。

他的声调陡然升高：“所以你和其他人一样，也认为顽石是英雄对吗？”

不知为什么，这问题忽然让滕泰僵住。这家伙忽然安静下来，陷入了思考。

倪烽等着他回答，但过了片刻，房间门开了，关晨走进来，两个人的话题被打断。

倪烽注意到，关晨身后还跟着几名腾飞公司的工作人员。

3

“你们聊得怎么样？”关晨微笑着问。

“非常好，我们聊到了艺术。”倪烽回。

屋里气氛一下子好多了。

滕泰收起了僵硬的面孔：“是的。”他说着，重新换回嚣张的神态，仿佛什么都没发生过。又将目光投向身后的工作人员，“怎么样了？”

“可以了。”

“那我们走？”

滕泰问关晨。关晨没动身，等着倪烽。

“走吧，我没有问题。”

倪烽说着。和他们一同离开病房。

穿过长廊，走进电梯。向下行，看来是很深，都快到地心了，因为温度明显升高。

轿厢面板，没显示到多少层。只觉得重力上有微妙变化。

过了一会儿，门开了，他们走出去。

不知这是哪，视野豁然开朗。如在深山内没开凿完的军事基地。岩壁有斧凿的印迹，洞顶为防止碎石垂落，像K先生的基地，铺着半弧形反光板以及防坠网。光电增倍管环绕其中，配合各种监测仪器。

基地外层，有防弹网包裹的警示灯，防辐射玻璃将他们和实验层隔开。

控制台的设备，一看就是20世纪风格的，外壳非常笨重，涂着军绿色油漆。还以为回到了K先生的基地，那些科研人员穿着蓝白色工作服，眼前是厚重的机械阵列显示器。

隔着防辐射玻璃，看着实验层，那里像六边形角斗台，黑漆漆的铁网环绕，各个角度都有观测仪和摄像机，几台监测仪在最外部。方块头被控制在一部数据分析机上，外壳已被拆解，胡乱堆在地板上。内部空间结构裸露在外，各个颜色的线缆连在接口上。

“你们就这么处理它？随意地放在这里？没有安全措施？”倪烽指指方块头。

“对啊，怎么了？”腾飞公司首席科学家常明走过来。他看起来满不在乎，甚至还有不满。阵列显示器亮了，他用手指指屏幕，“数据恢复，记忆库扫描，意识鉴定的接口，都接好了，确认没问题。”

“没问题？”倪烽竭尽全力保持礼貌，但还是忍不住反问。

“你有什么问题吗？”滕泰脸色不太好看。

倪烽扬了扬眉毛，露出虚伪的笑。他讨厌教育外行，于是将目光投向关晨，温柔地说道："关小姐，愿意和我出去等结果吗？让他们先做，反正设备也不需要我们操作。"

关晨先是一怔，接着忽然绷起脸："有什么就说出来吧。他们是科研人员，在犯罪领域不可能会比您更懂。"她语气坚决，不容否定。

一阵沉默，感到周围人的目光，集中在自己身上。看着阵列显示器数据不断翻新，他并不喜欢和外行聊天或者解释什么，但最终还是清了清嗓子，开口道："这很有可能是个两响……"

"两响？"滕泰问。

"我们以前执行任务。都会计算目标脱逃概率。如果概率高，就会故意暴露些破绽，让他跑。这样的话，他一旦想反抗，找到那个破绽，其实就是杀死他的最终陷阱。"倪烽解释，环视四周，"所以有时重点不是第一响，也可能是第二响。"

"你说这个方块头可能是炸弹？"常明问。那些本来正在工作的人员瞬间停手。

"不一定是炸弹，也可能是别的什么。比如病毒，又或者是关联性的间谍设备，这些都有可能。"倪烽耐着性子解释，"总之，没那么简单。"

基地安静了，只能听见阵列显示器的刷新声和大型计算设备发出的噪声。滕泰毫不犹豫地走向实验层，常明紧跟其后。那家伙的外壳已被取下，零件裸露在外，流淌的代码似液体一般。盯着它，滕泰脸上忽然浮现出困惑。他以手轻触方块头胸口，像在拨弄什么零件。少顷，回看常明问道："我们的产品有这个零件吗？"

常明凑上去，扶了下眼镜：“没见过，要不要查一下？”

“查什么查？我难道不记得自己公司的产品吗？”声音陡然升高，滕泰直起腰，“这是触发型数据炸弹，通过外部信息传递的某种代码介质，瞬间形成爆炸效应！”他说着，转回身命令工作人员：“把造物主盒子拿来。”

“顽石真疯了！这么乱来，会毁掉这个世界的。”跟在身后的常明抱怨。

“毁掉这个世界，哼！真是个不错的主意。”滕泰自言自语，回到控制台。

直到工作人员推着设备返回。他朝关晨投去骄傲的笑：“放心吧毛毛，这东西可以化解一切攻击，定位那个家伙。今天，肯定可以找到他。”

那是个很大的黑色箱子，至少能装四五个方块头。外部光洁如镜，在白色灯光下，泛出七色光晕，映出人影。内部黑漆漆的，如黑洞。倪烽发现，他们打开它，把方块头放进去的瞬间，连同外面射进去的白光也跟着消失了。

接着，盖子合上，接上各种线缆。阵列显示器显出一组立体的人形波状代码，对应的应该是方块头。还有一组透明代码像晶莹剔透的薄膜，没厚度，是二维的。操作台工作人员提示：“物理空间制造成功，二维信道已打开……”

“物理空间？”倪烽顿时很震惊。

滕泰倒一副无所谓的样子，“造物主先生，听过空间维度理论吧？”他解释，“从高维俯视低维，如造物主俯视我们。我们所做的一切进攻都没用，就像池塘的鱼要进攻池塘外的人。所以我在这里，制造了一个池塘。”

“你怎么建设的？难道用微型黑洞的力场吗？”倪烽知道火星独立势力曾经尝试过这样的攻击，但他们在多维展开的时候失败了。

“没那么复杂，只需改造宇宙规则代码，然后再回物理层面进行封装。”他说着，想在关晨脸上寻找崇拜。但关晨满脸警觉，眼睛瞪得很大，立刻发问：“但你怎么控制它？”

“回到基础代码，进行解构就好了。”滕泰无所谓地摊开手，“别紧张，毛毛，这没什么难度。”他说着，薄膜慢慢扩大，将方块头代码熔进去，就像一块冰雕融化摊开，成了一幅二维漫画。

常明这时提示：“二维化已完成。诱导封闭信道已建立，我们可以开始了。”

得到滕泰准许，阵列显示器发出唰唰声。

工作人员再道：“对方收到信号！爆炸指令正回传！”

气氛瞬间紧张起来。

接着，监测器传出爆炸声。倪烽看到已变成平面的代码，显现出黑色烟尘，烟尘向薄膜四个方向扩散，如黑白二维动画，吞噬掉方块头的代码和整张薄膜。倪烽知道，这是滕泰把对手的攻击转换成二维物理现象，在这个维度上，任何进攻都是无效的。

他不由得震惊。终于理解它为什么叫造物主盒子了。

这时阵列显示器将二维的数据锁定成一个焦点，系统自动调出世界地图，不断放大，很快工作人员说道：“找到他了！”

第十二章　陷阱

1

他在卫星城。

关晨说，那是他们这世界的科技前哨站，不过是以前。

说起以前，她似乎无限唏嘘，像在怀念。但现在，那里只有犯罪、买卖各类改造世界的程序。

失控的方块头游走其中，杀人、纵火，以及老式毒品全都集中于此。

就像火星的萨默尔克堡。倪烽点点头，视线在窗外。他们出发时，天已黑了，两侧飞行器轰鸣，没有开灯。

超低空穿行于荒漠，沐浴着月光，投下巨大暗影，如洞中怪兽。

那是数据调查局派出的特警，关晨本不想让他们来，滕泰却通知了叶克辉。

暗夜中，楼群、厂房和仓库，就像一头头钢铁巨兽，以夸张姿态矗立荒原。

这让倪烽想起，《焰火冷战》中的东欧建筑，四肢张扬，代表某种主义。旧式电网脚架有的倒掉了，有的依然矗立；灯光零零星星，像天上的星星映衬月光。

发射架成了雕塑，纪念过往，在城边耸立。恍若回到萨默尔克，他们只有十三个人，却最终赢得了战争。

但这次，他们是攻方。

怀抱突击步枪，这家伙很像Scar突击步枪，质感细腻，没有毛边。

但口径很小，估计只有5.56毫米。

他还是更喜欢AK–47，粗糙的、留有钢铁毛边。7.62毫米的口径，喷发火药，绽放出原始的暴力，在夜间如闪电撕开天幕。

叶克辉本不想给他武器，还想限制他行动。

是关晨出面，让他得到枪和装备。人不能太挑食。

飞行器降落在一片空地，周围有厂房和几栋高楼。全副武装的特警跳出去。

有人正好走出仓库，醉醺醺的，发现他们先是怔住，随后想往回跑，但转身瞬间被击中，倒在地上。

他们好歹还知道带上消音器，倪烽想说，该死的外行，打草惊蛇。这事本该他们两个单独来。

关晨在身边皱起眉，显然也感到不满。进入一个厂房，先把电梯断电，然后顺着安全通道向下。

墙面刷着军绿色的漆，阶梯是钨钢的，走上去发出响声。

不知这里有没有诱探器，反正萨默尔克堡有。按定位信息向下走了几层。

周围出现奇怪的管道，包裹黑色的炭，灯光昏暗，有些已坏掉没人修。地上有渗水，踩过去。墙面出现奇形怪状的符号，看起来是刚涂的，像某种宗教留下的符号。

一个方块头突然出现，将最前面的特警扔在墙上。墙被撞碎，特警的枪掉了。

还好关晨及时扣动扳机打爆它的头，代码如液体般流出。

剩下的队员，冲进它所在的库房，控制住其余的犯罪分子。

再向前，跟随的特警少了，他们显然人手不够。屏幕中的目标没动，在下面一层。

管道散发的热气，让人汗流浃背，这里有点像切尔诺贝利，不知为什么想起这个地方，他觉得可能是地面散落的黑色炭末导致的。

穿过双开扇的厚重闸门，他们明明向下，身体却传来向上跑的沉重感。

喀耳刻幻象！倪烽迅速意识到遭遇了什么。

应该是种基于防卫的幻象，喀耳刻是希腊神话中的邪神，可以操纵黑魔法，制造虚无幻象。

不再有黑色炭末，军事基地的感觉消失。没有任何怪兽，而是变得幽静，两侧墙壁成了日式建筑的白色纸扇门，门内透出暖色灯光，照亮长廊。

那些派过来的队员，全不见了。

真是一群头脑简单、四肢发达的家伙。倪烽见过他们的训练，那些教官，竟叫他们不要开枪要控制局面。谁好谁坏，让警官来辨认。

和关晨向前走，影子投射在两侧，默契地各顾左右。

温度没之前那么高了，强烈的不安感在心中涌动，好像两侧随时会冲出人来。

终于靠近了，是一扇木制推拉门，两侧涂满奇形怪状的符号。

目标就在里面，关晨手轻轻搭在门框，稍微试了下，门被拉开，暖光泻出来。

红色框体锁定他。

顽石……

这里像阴森大殿，数不清的怨灵像布满高耸殿墙。他背对他们跪在案台前。

案台放着刀架，上面有把武士刀。他今天没穿带帽衫，头上光秃秃的没头发，应该是有癣，头皮泛白，有青斑。

“我算过很多次，但没有一次，不是这样的结果。”

他开口了。很奇怪，声线变得沉稳，配上灯光，竟让气氛变得柔和。他知道他们来，倪烽意识到这个问题，环视四周。关晨用枪对准他：“现在，双手抱头！”

“所以这注定是不可删除的代码了吗？我时常这么问自己，但奇怪的是，我听不到自己的内心。”没理关晨的命令，他把手伸向案台上的武士刀，“师父说得对，这就是命运，一切都是写好的，包括我被发现。”

他站起来，全然不理关晨。倪烽注意到墙面的怨灵像盯着他们，似乎是活的，眼睛随着他们而转动，透露出某种信息。

左右殿壁，涂满奇怪的符号，他轻抚刀鞘，“师父说，凡吃了血的，凡见了血的，凡以神拒绝的方式见了血的，都将下到地狱中，被火烧，被刀砍，被无数的恶灵拽向深渊。”

他终于转过身。

倪烽这才看清他，一个脸上化脓、皮肤溃烂、估计有什么皮肤病的男子，眼膜发白，看起来神秘而凶狠，像地狱中的魔鬼。他又道："可我还能怎样？基于代码的行动总是失败。教义成了悖论，该杀的杀不死，眼见世界要灭亡……"

"所以你以为，以古典主义的方式就能杀死我了吗？"倪烽恍然大悟，他想和自己决斗。

"不，我只是认为，我该竭尽全力，纵使去下地狱……"

不知为什么，忽然想起那句话：忠臣宁负奸佞臣。

好像是在火星，在帕罗多瓦的废墟中，对独立军引爆核弹的陈灿，临死前说的。"只是我要去的那个地狱有点热。但谁能阻止少年人赴死。"最终陈灿被气化，连骨头渣都没留下。

关晨向天花板开了一枪，发出警告："放下刀，这是最后一次警告。"但没用，他看都不看她。倪烽伸手压低她的枪口："让我来。"他说着，往前走，关晨在身后道："你疯了吗？我们没那么多时间。"

"从我来到这里，就被一种莫名的气氛捆绑，发挥不出来，不断地被各种数据炸弹袭击，我受够了这一切。"他回头看关晨，"既然他想决斗，想感受古典主义，感受被刀劈开肉体，谁能阻拦呢？"

关晨显然犹豫了，随即向后退。接着门被关闭，把她隔绝在外。

2

殿内左侧，出现一排刀架，从大马士革刀到马来克力士剑、郭尔喀弯刀、哥萨克骑兵刀应有尽有。他说："我背着师父，复刻了现实世界的数据，砍到身上，会让你想起现实的。"他说着，倪烽眼前掉落了一点黑色炭末，可能是刚才关晨开枪打掉的。

倪烽选了把唐刀。这种刀他在《古代战争》中用过，刀身狭且直，长柄，斧刃。在战场杀敌，破甲好用。最重要的是，双手长柄的力量迸发，隔着盔甲，即使不能伤敌如砍瓜切菜，也可让对方骨断筋折。倪烽把它掂在手里，分量正好。不能杀死顽石，因为关晨需要这家伙得到公正的审判。

对面，刀出鞘，暖光下像光滑的铜镜。倪烽觉得顽石在颤抖，因为铜镜映射身后的门扇不断虚晃。看不清对方的眼，他那白色的眼膜模糊了行动方向。身后，怨灵如助战的鬼魂，一声不吭，紧盯倪烽。

两刀相交，刺耳的金属声传来。

顽石的力量倪烽见识过。尽管有准备，但迎击瞬间他还是觉得手腕要折了。幸亏长期训练，形成下意识反应。刀柄脱开的刹那，又及时握住。接着，对方向前突刺，来不及躲闪，刀尖一挑便是个口子。

“造物主先生，这一切是你写的吗？我们的命运，我这张注定要腐烂的脸，”他指指自己那张溃烂的脸，又指指倪烽受伤的胸口，笑着讽刺，“你有想过自己的命运会结束在自己创造的世界吗？”

“想听我说句感谢的话？”看看伤口，倪烽用指尖抹了抹血，放在嘴里，笑起来，“感谢你让我意识到这是虚幻。这里的味道和现实区别很大，我原以为父亲会把鲜血的味道也做进去，但现在看起来……”他握紧刀柄，虽然这家伙势大力沉，但他持刀进攻，远比他赤手空拳要差。

向前突刺，对方格挡。倪烽忽然弃刀挥拳直击面门。来不及躲闪，他瞬间捂住眼睛，鼻腔流出鲜血。不等唐刀落下，倪烽又用左手接刀，以刀柄猛砸他手腕，只听当啷一声，武士刀坠地。这时，倪烽反手又一刀，伤口从胸一直到腹部。

“现在看来，这血腥中还少了点铁锈。”倪烽不紧不慢地说，横刀站在他面前等他恢复。他恢复得有点慢，过了好半天才睁开眼，看看自己的伤口又看了看倪烽。没喊疼，脸上依旧有笑容，而且不勉强。

吐了口带血的唾沫，他满不在乎地问：“可以开始了吗？”

又是一轮进攻，同样的速度，虽然嘴硬，但眼睛让他丧失了优势，力量减弱，准头也差了。倪烽闪避两下，以刀背格挡，猛踹他膝盖。他一下摔在地上，立刻翻滚，避开刀砍重新起身。

血继续流淌在地上，倪烽发现地上的炭末多了，隐约觉得不对。对方这时又冲来，号叫着，像拼命一搏的武士。只是面对命运，倪烽想说，若一切都是写好的，那么无论进攻还是防守都是无效的。避开锋刃只用刀柄，倪烽猛击他软肋，接着弯腰，以刀刃切开他的脚踝。

他倒在地上，倪烽本不想再打，但他又起身，单腿站立。混沌的白色眼膜翻了两下，像令人厌恶的蜥蜴。终于能从他眼中看到些许情绪，有愤恨和不服。接着他又冲来，倪烽只得以掌猛劈对方后颈。他这才丧失抵抗力倒在地上。

架起他，准备走。门在这时开了，关晨急匆匆走入。眼前幻象消失，他这才发现，自己立于一座大厅。墙面是各式各样的监控器，数值表已经积灰了，地上布满炭末，刚才的案台，只是张破桌子，上面有副 AR 眼镜，这里像个监控机房，为什么有炭末……

一个念头在脑中盘旋。下个瞬间，关晨催促道："我们得赶紧离开！外部行动的人告诉我，他们在这里发现了一种古典武器，破坏力惊人，足以灼烧、毁坏我们的代码，毁灭整个世界！"

"是核反应堆！"倪烽想起来，萨默尔克堡爆炸，无数攻击者死在其中。那些全副武装的战士，被两千摄氏度高温瞬间气化。受到辐射的人脸庞通红，拼命往外跑，但没几步便倒在地上，呕吐个不停。

那家伙嘿嘿笑起来，尽管瘫软无力，血滴在地上，却竭力翻着白色眼膜："不，不是核反应堆，而是真正的核弹！虽然很小，但依旧会达到几十万个大气压，引发强烈的冲击波和气浪，风速会达到十二级台风的十倍，超音速风和冲击波会摧毁一切，包括钢筋混凝土。爆炸中心的温度将达到三千摄氏度！五百米内，百分之九十的人会当场死亡；一千米内，会有百分之五十；过不了一周……"

顾不上听他说，迅速往外走，几十名队员在上面等着。他看看表，得意道："现在只剩三分钟了！那些辐射物会像无数颗微小的子弹，穿透你们的身体……"

"闭嘴！"关晨猛然出掌，一下把他打得昏厥过去。

跟着他们回到广场，踏上飞行器。只有两分钟了，倪烽冲进驾驶舱喊："向上！达到九千米，然后再向前，听我的！"飞行器立刻拉起来，几乎直角仰头，轰鸣声震耳欲聋。旁边几架飞行器也跟着。速度已到极致，看起来他们的警用飞行器可以超音速飞行。但音爆让人崩溃，耳膜鼓胀得厉害，鼻血也流出来。

只有不到一分钟了，飞行器已达目标高度然后向前飞。因为音爆，那家伙难受地醒过来，嘴里嘟嘟囔囔地说着什么，伤口崩得很大，血越流越多。关晨用止血带帮他按压住。

她抬头问倪烽：“什么是核弹？”

“一种高能武器。我们称它为古典主义魔鬼，可以将一切现实的、虚幻的变为焦土。直到好多年后，也不可能有人在其中生存。”倪烽回答，“现实曾被摧毁过。”

“还有多久爆炸？”那家伙问。

“马上了！”倪烽微笑，目光转向窗外。

3

惊天动地的火球，瞬间照亮整个大地，刺眼得不可思议。

强光裹挟着气浪，让人几乎能看得见空气中的涟漪，还有瞬间被融化的碎石那些奇妙的纹理。

天穹崩开，发出炸裂的响声，遮蔽飞行器的轰鸣。

远端火团不断打开，扩散成巨大的蘑菇云，冲天火柱不断向上。

飞行器开始颤抖，发出哗啦哗啦的响声，像要停止工作，机舱被照得如同白昼。

看着外面，关晨有些发愣，她说：“就像地狱，毁灭世界。”

“不，这只是人在反抗。”那家伙笑起来，尽管因为失血过多，没了力气，他咳嗽了两声，还是坚持，“反抗三位一体的上神，因为失明的人不愿活在想象的光明中，就如地狱的亡灵，不愿活在梦境的天堂是一样的。”

这时飞行员走出来大声喊着什么，但舱外轰隆隆的，旁人什么都听不到。

最后还是倪烽明白了，飞行员是想说：已经超过九千米，他们安全了。

飞行器继续向前。

倪烽揪住那家伙的领子，贴着他的耳朵吼：“你看看那命运！分明写着无论你如何努力，都必将失败！”

舱室这时暗下来，轰隆声小了。

他忽然变得落寞，白色眼膜暗淡无光，看起来很是失望。

过了片刻，他叹了口气：“这不只是我的失败，也是这世界的失败。”语毕，他沉睡过去，血顺着止血带，继续滴滴答答，流淌在地上。

城市灯火辉煌，月在半空。街上站满人，有风。

从舷窗俯视，不用看，也知他们目视远方，在为前一瞬的核爆震惊。

但他们似乎不知这样多危险，这不是普通爆炸，火光过后，一切就结束了。

那些看不见的放射物，会存在一百年，甚至更久。

它们会随着时间、随着风扩散，直到杀死这片大陆上的所有生物。

现在，它们也一定飞进了舱室。

环视四周，全副武装的队员包括关晨在内，似乎都以为自己安全了。

他们喘了口气，轻松地聊天。完全不明白，死神已来。

约翰内斯堡议定书的主要内容，就是各国政府都认可：虚幻一样需要暴力制衡，所以在各自的法律中都加了一条，虚幻世界的放射性物质，必须具有杀死代码本质的能力。

那家伙在睡梦中，被疼痛折磨，脸部抽搐了几下。

他们正前往医院，关晨告诉安全部门，要协调好院方保密。

飞行器经过德山时，钟声依旧，祈祷声阵阵。那家伙在梦中，忽然笑出了声。

又向西，前方低矮的白色楼群灯光闪烁，飞行器开始下降。

停机坪不断被放大，他们看到下方挤满人，除了维持秩序的警员，还有……关晨坐正身子，瞪大眼睛，接着她自言自语骂起来：这群混蛋！倪烽看清楚了，其中还有大量记者。

飞行器停稳，安保和医护人员进入。

关晨大声责问安保负责人，但对方显然不明白媒体如何知晓此事。

医护人员将那家伙抬上病床时，他醒了。

发现自己离开飞行器，四周全都是媒体，顿时像英雄一般，对他们微笑着，打着招呼。

“他是顽石吗？”一名女记者发问。

“这你要问他。”关晨的回答工整礼貌。

面对镜头，那家伙摆出胜利手势。“你们猜。”

闪光灯让人睁不开眼，只能用手臂遮挡。

两旁的安保人员虽然组成了人墙，拦阻住记者，但拦阻不住他们的高声提问：“你不觉得他是个英雄吗？”

“不管他是什么，法律都是公平公正的。”关晨回答，在安保人员护送下往里走。

“你认为我们的司法体系，会不会是造物主的帮凶，因为他只针对我们的英雄。”

“我们的世界有那么多罪犯，为什么非得抓他？”其他问题随后而至。

好在及时进入手术区，记者们被隔绝，安保人员关上门，提问声戛然而止。

她这才喘了口气，顿现疲惫，之前行动时的精神消失殆尽。

在走廊里，她掏出烟盒，忽然意识到自己在医院，只好又把烟放下。

倪烽想，她的脚步一定很沉。

她累了。

通向手术室的长廊，被白色灯光照亮。

躺在病床上的家伙，不时翻动白色眼膜，他也看出变化，笑出声来：“别看你这么努力，但相信吗？最终，你什么都得不到。”

手术室大门被推开，里面走出几名护士，把他抬上无菌病床。

他挣扎了几下，但束缚带让他无法随心所欲。

他只好伸着脖子，继续嘲讽着：“你审判不了我，包括造物主在内，都无法审判我……”

“对，审判你的，应该是法官！”

说出最后一句话，关晨猛推了一下无菌病床，然后离开手术室。

在天台找到她，她正抽烟，白色烟雾在月光下更显迷蒙。

楼下嘈杂声依旧，顺围栏向下看，记者还在蹲守。

没人关心核爆，也没人问。

人类果然一样，对看不见的威胁视而不见；对听得到的威胁，充耳不闻。倪烽想，虚幻和现实，真是一个模子刻出来的。

“走漏消息的家伙真该被抓起来！”她在抱怨。

“是的。”倪烽耸耸肩。

“现实也是这样子吗？”她忽然疲惫地问。

“什么样？”倪烽一时没明白。

她指指楼下，又指手术间，刚要再解释，倪烽拦住她道：“我明白了，”他想安慰她别难过，但又觉得暖人心的虚伪话语，就是狗屁，最后只好如实答道，“都一样，人只有立场，没有公正。”

“所以呢？”

“你面对的不是顽石，而是他的立场。”

“没人关心真相。”关晨点点头，又吸了口烟，像终于释怀，然后道，“我现在觉得，做杀手也挺好，给钱做事，钱就是最大的立场，你们是那个样子吗？”她忽然好奇地问。

“我们？”倪烽耸耸肩，“我们很有原则的。”

那一瞬，关晨扑哧笑出声。

倪烽也被自己的话逗乐了。

第十三章　交易

1

倪烽第一次被抓时，才十四岁。他被指控数据入侵暴力掠夺。不过受制于仁慈的司法体系，监控器下的警察小心谨慎，没有逼供，没有套供。直到律师来保释他，他都在思考技术问题。

现实真是美好啊，陈东明曾对他们说，现实依然还在，就是因为它的优雅。而虚幻……有时不只虚假，而且还毫无规则。

想想那些为娱乐而被放大的刑罚手段……

在《萨默尔克堡十三日》，独立军制造的恐怖刑具，只需参观便可让人轻松招出并非自己犯下的罪行；在纯虚构的《纳坦战争》，钢铁帝国的机器人入侵人脑、制造恐怖的虚幻经历逼人类交出情报；还有兽人、狼人以及燃烧军团，复活的古老酷刑……即使最终逃离，也一样会留下创伤。

杨悬那神经兮兮、动不动这疼那疼的毛病，便是这样落下的。

很庆幸，今天自己是审讯者。和关晨走在冰冷的长廊，如置身阴森墓道，监押审讯处在地下。射灯照亮高挑的花岗岩墙壁，勾勒出安静肃杀的气氛，墙壁干干净净，没涂缓和气氛的色彩或文字。每隔十几米一个审讯间，门由厚重的防弹钢甲制成，犹如一扇扇通向地狱的大门。

“你觉得他会不会经过什么训练？”和倪烽并肩，关晨说。前几天，技术处协助他们，入侵过他的意识，但效果并不好。这家伙即使昏迷，也没透露任何有用的信息，甚至连姓名都没暴露。

“不好说……”倪烽摇头，想起那些宗教符号，“也许不是特殊训练，而是宗教洗脑后的结果。就像间谍，不断对自己身份的历史进行洗脑，宗教也一样。”

关晨若有所思。

“理教？”

“有可能。”

停下脚步，关晨在门上输入密码，轮舵转动。那家伙应该已经到了。走进去，灯是暖色的，单向透视镜前站着几个人。

其中一个，倪烽立刻发现是自己移民之初在饭店为难他的大鼻子。这家伙今天换了件白色衬衫，皮鞋擦得锃亮。见关晨走来，语带嘲讽：“你来晚了啊。”

“你怎么在这里？”关晨很惊讶，目光转向单向透视镜的另一端。

审讯室已有人。是之前和大鼻子一起的麻子脸。他在疑犯对面，手拿文件夹。关晨立刻朝隔离门走，大鼻子拦住她。

“闪开！”她发出低吼，“这是我的案子。”

“现在不是了，”大鼻子得意扬扬，甩出一摞文件，在她面前晃晃，“司法部把案子交给我们了。”

一把从他手里抢过文件，关晨低头看。

倪烽注意到她的脸色越来越差，这时叶克辉从外面走进来，见双方对峙，忙上前解释：“抱歉，现在才通知你，我本以为自己可以说服他们。”他推开大鼻子，“不要觉得有司法部，就可以为所欲为。别忘了，你还在我的一亩三分地。”

大鼻子往后退了几步，摆出一副不计较的样子。

终于将目光从文件移开，“是言森对吗？”显然气坏了，关晨不再称言森为哥哥。

“他的要求在程序上无懈可击。”

“所以你只好答应了？”一声反问，关晨竟把叶克辉瞪得往后退。接着她却泄了气，“这群浑蛋！”她抱怨道，没再向前。

旁边大鼻子似笑非笑：“别介意，功劳还是你的，我们只是帮你审出真相。”

单向透视镜另一端，不知道他们几点开始审讯的，这里很像《焰火冷战》的东德特务机关史塔西，四面墙壁干干净净，桌面摆着旧式机械录音机，麻子脸一改嚣张，变得沉稳职业。屋内没有刑具，看起来还算文明。

嫌疑人那张溃烂的脸，稍微动动，会立刻让人恶心得皱眉。他的脚打着绷带，身子控制在束缚椅上。麻子脸抽出一份有照片的文档，放在他面前：“都是你做的吧？”

他低头看看，又看看白色灯光投射的自己的影子，沉默。

麻子脸追道：“不想受罪，唯一出路就是交代……”

“我？”听到是自己，他很震惊，表情有些夸张，“你们把我抓进来，难道不知道我的问题吗？为什么还让我交代？”他摊开手，像无辜的受害者。

“如果你拒绝,”麻子脸起身，走到他近前。“我只好做一些令你痛苦的事。”把脚搭在他没复原的脚踝上，稍微加劲，踩住他的脚踝。嫌疑人不喊不叫，任冷汗顺后颈冒出，露出邪异的笑。

单向透视镜这边，多数人把头别过去，但倪烽还在看，并对他审讯技巧的低级程度感到震惊。

“你们在违法。”关晨警告。

“放心吧，监控关着呢。”大鼻子满不在乎。

“但我们没瞎！”叶克辉发出威胁。

麻子脸还是没办法，因为那家伙不仅不在乎痛，还咧着嘴笑，白色眼膜不时翻动:“你想让我做什么？难道把单据上的案子，都认了？”

“本来就是你做的。”麻子脸猛拍桌子。

“我不会承认的。”他说，“除非他们来……”忽然变得严肃，指指单向透视镜，像看穿了另外一面，“嘿！我知道你来了，对吗？你和那个女人，躲在后面，却派出这样的蠢货。”

话音未落，麻子脸出拳打在他脸上。他满不在乎，用手背擦擦嘴角的血，大声道:“别让蠢货来和我谈！出来，你出来！我想和你做个交易。”

又是一拳。

但被他蔑视地笑个不停。

最后，叶克辉说话了:“把那个蠢货叫出来，你们进去，看他到底要什么。”

大鼻子随即反对:“这案子司法部已经交给了我。”

“我给你两个选择:你的人刑讯逼供，我可以立刻通知督察，先把你俩抓了隔离审查！”叶克辉威胁，“还有另外一种，功劳依旧有你的，但让关晨来！”

大鼻子不说话。

门开了，倪烽和关晨走进去。

与麻子脸错身时，那家伙往地上吐了口痰。

“嘿……”看他们进来，嫌疑人坐正身子，露出柔和的笑，“今天几号了？造物主大人，还有这位女士，你们终于来了。”他的面孔在强光下，狡猾狰狞。

“我从来不做交易。”倪烽双手插兜。

“不要因为我追杀你几次，就拒绝交易。”他摆摆手，教育倪烽，“这不理智。”

“不，我们只是不习惯和犯罪分子做交易。”关晨补充。倪烽在旁泰然自若。

“犯罪分子？”重复这个称谓，他忙摇头，“不，我可不是犯罪分子，你听我说……”说着，他身子往前凑，像小孩和大人说悄悄话，压低嗓音，“其实我是不是顽石不重要，重要的是拯救这个世界。我虽然失败了，但不要紧。我还有最后一步，就是和你们做这个交易，所以请一定要答应我。”

“答应你什么？”关晨很不耐烦。

“拯救世界呗？”倪烽冷笑接茬儿。

“这很可笑吗？”听出讽刺的意味，他一下子不高兴了，强调道，“要是过几天，真按师父说的那样发生计算中的事，这世界完了，一切灰飞烟灭！你们想过吗？这世界是无辜的！”

听他一本正经地说，就像精神病院的病人，倪烽和关晨面面相觑，保持沉默。审讯的艺术之一，就是让对方有说话的欲望。

“你们以为我在开玩笑？不不不，我绝对没有，因为我亲眼看见过那台机器，知道它的准确性，我告诉你，它从未出过错。”他说，“包括我想和你同归于尽最后失败的结果，都是特别准确的。”

“所以呢？”

“所以这个世界必将灭亡，而拯救它的唯一办法就是你们两个啊，”他阴恻恻地说，“这就是交易内容，我承认自己是顽石，而当这世界出现危机时，请献出你们的生命拯救这个世界。”

“让我们奉献自己拯救世界？”倪烽问。

“以一己之力拯救芸芸众生，难道不好吗？”他像小孩子说谎，斜眼看倪烽。

与关晨面面相觑，尴尬地一笑，不假思索地同意。

接着，关晨问道：“下面，你该说说你的名字了。”

“我的名字？”他陷入了沉思，半晌才问：“这重要吗？”

“交易的部分。”关晨说道。

“张晓君。”

“年龄。”

“29。”

“哪里人？”

“听我说，你要的不就是我作为顽石的证据吗？别问那些没用的！”

“那些证据不是都被数据炸弹销毁了吗？你怎么还能存有证据？”倪烽跟着问。

“销毁？没关系，没关系。”他指指麻子脸留下的纸质文件，“不就是这上面的一切吗？都是我做的。我在住处复制了所有证据，你们去查就可以，那些可以证实我要杀死造物主以及他们那个世界。”

“但你不是顽石！”关晨气冲冲地说。

“这重要吗？”他反问。

“我们交易的基础是，你真的是顽石。”关晨拍起桌子，凑到他面前，“你到底要做什么？”她大声问。

“拯救世界啊！”他信誓旦旦地重复，一丝不苟。

2

倪烽忽然觉得他并没说谎，身后的门被推开，回头看见关晨哥哥立在门口，“你满意了？得到这样的结果。”言森的话，冷冰冰的，没温度，“该我的人了吧？”

关晨沉默，昂起头还想继续。但大鼻子和麻子脸已经走了进来。

他们不得不离开，走到门口时，那家伙的声音追来：“别忘记我们的交易。”

从监押审讯处出来，在数据调查局线条冰冷的建筑群中驻足。包裹石碑般建筑的湖面泛着蓝光。天空有飞行器起起落落，阴雨，云团翻滚，不断释放咆哮的雷声。雨水会裹挟辐射物，关晨点着烟靠在水边围栏。

“他不是顽石。”她很失望。吐出烟雾，任由它被风吹散。

“但你哥哥想让他成为顽石。”倪烽说。

“他和这世界多数人一样用立场遮蔽真相。”

她非常失落，但倪烽并不准备安慰，“你把这件事想简单了。”他说。

“哦？”好奇这个说法，她立刻回到调查员的身份。

“就像水面的波光，让一切看起来无比清晰明亮。其实却掩盖了水底的脏污。”倪烽说。看她烟在手，烟灰被吹掉，忽觉她像个小孩，自以为什么都懂，但其实根本不知道这有多危险。不得已，只好解释，“无论虚幻和现实，都会有这种集团伴随历史。他们像灌进水杯的沙砾和海水，填满杯中鹅卵石留下的所有缝隙。”

“他们是幕后的操纵者？”

“不一定，”倪烽摇摇头，“他们只是不允许有人抽出石块，倒出海水与沙砾。我们看到的这些光晕，不过是他们的代理人。”指指水面，他说，“这其中包括你哥哥，也包括那些政客。在给我公民身份这件事上，可能也是他们的安排。”

关晨手指下方，示意被抓捕的嫌疑人：“他也是。”

“你见过他们吗？”

“很小的时候。”她说，“但过去太久了。现在，只记得尽善尽美的礼貌和微笑。”脸颊抽搐两下，她又继续，“他们不但决定我们听什么看什么，还想决定我们做什么。”

倪烽无所谓地耸耸肩。

“他们以为这世界，所有人都一个德行。任他们践踏，欺骗……”她有些激动，话锋随即一转，看似无力，实则发狠道：“还记得那家伙屋里的宗教符号，口中的机器……”

“还有预言。”倪烽补充。

“我们去德山，也许那里有沙砾和海水。”把烟掐灭，她向停机坪走去。

雨和云已近，在舱门关闭瞬间顺着风淋湿他们。

狂风迎击飞行器，雨水急促冲刷舷窗，天色骤暗。眼前的城市，亮起了灯盏。楼群间忽然出现一张方块头的脸，僵硬如遗像。那是腾飞公司的楼体广告，眼见要撞上，飞行器巧妙侧身。前方德山，钟声祈祷声依旧。

盘旋峰顶，理教庙殿不大，十二根红漆大柱盘着金龙。

烟雾在雨中缭绕，戴 AR 眼镜的信徒匍匐院内。飞行器轰鸣下降，压弯小径旁的松柏，溅起泥水，像中国画晕开的水墨。

祷告的信徒任由飞行器压下来，骤停于脑顶。警戒的教士迅速逼近，操作面板的光标显示导弹锁定了他们。

关晨立刻打开警报器。

警灯刺眼，将雨中烟雾变色；笛声刺耳，响彻德山。

她说，不这样永远见不到王近思。

殿内先走出两名青袍小教士，立于门左右，接着便是王近思。他看起来神色如常，但目光轻蔑像被供奉的神。稍微挥手，阻碍飞行器降落的信徒避向两侧，操作面板的光标随即消失。

飞行器野蛮下降，将一棵苍劲的柏树枝杈挂断。舱门打开，迎着雨往外走。

庙殿台阶前，两名小教士阻拦住他们。

雨水不断落下，王近思做了个手势，小教士随即闪开。他们上前一步避开雨，但被挡在殿门口。

他个子很高，今天戴了副 AR 眼镜。

身在殿檐阴影中，挡住殿内烛光。塌鼻梁的脸在黑暗中犹如无面人，镜片后的眼睛与暗影混为一体，一说话带出不满："倪先生，今天算是我给造物主之子的特权，破坏我从现实世界复制的生物数据。"

总觉得在哪见过他。倪烽说，“我代我父亲感谢您的宽容。”

尽管身处暗影，又隔着镜片，但倪烽还是看出王近思向自己瞪出一道凶光。转瞬即逝，又换上经历无数世事的先贤面孔，“你们是为张晓君来的吧？”这发问似乎胸有成竹。

“消息挺快的嘛。”关晨的话意味深长。

王近思双掌合十，转向殿内：“感谢主，让我知道我的兄弟做了什么。”跟着他的视线，倪烽见殿内烛火摇曳，昏昏暗暗，怨灵像布满高耸殿墙，一股蜡烛的烧灼味飘出，带着淡淡的沉香。怨灵的面孔，和张晓君那里一样。

“你的兄弟？”对他的回答，关晨很惊讶。

“在造物主面前，众人皆凡人。凡人不论财产阶级，不论长幼尊卑，犯罪与否，皆为兄弟。”王近思转身，指指大雨中，匍匐于地的虔诚信徒，“他们跪的也并非我，而是造物主，也就是你的父亲。”

“我父亲可不长这样。”

“你了解他吗？”王近思蓦地反问。

“什么意思？”

“每个父亲在孩子面前，都会留下天使的一面。但当他们转过脸，面对自己创造的世界，内心便会充满欲望的张力，”王近思语气肯定，“有时可能是邪恶的，制造灾难，有时可能是善良的，降下福祉，他其余的面孔你没见过。”

他说的是事实，倪烽一时语塞。

“好了！我们对他父亲什么样子没兴趣！”严厉打断他们，关晨将话拽回正题，“你见张晓君时，算出过他是顽石吗？”

目光从倪烽身上收回，王近思这才正视关晨：“我没见过他。”

“没见过？可是他说你是他的师父。”

“这么说的人太多了，”王近思微笑，似讲经的高僧，“但我要向你说明，我们理教，从来都以兄弟相称。因为我们同是造物主的子民，不可随意称人为师父。所以当一个人说出我是他师父，他就已经违背了教义。”

“你这个兄弟，说你通过一台很灵验的机器算出世界末日，还算出只有杀死我们俩，才能拯救世界的事。”关晨又继续。

“不必阴阳怪气。”王近思轻蔑地笑笑，“凡信徒，皆知神谕在大殿内，所以这一切非他独享。”他说着话，烛光中的怨灵，不断变幻，“作为神谕制造者，我没能力改写谕旨。一切神谕，都是主发给他们的，从不经过我。”

“这些怨灵像就是神谕吗？”

“那不是怨灵，是神的每张面孔。”

“好吧，但你们怎么接收神谕呢？”关晨继续。

“用眼镜。”他指指匍匐的信徒，又指指自己，远方天空已放晴，“主将神谕发到那上面，信徒根据神谕做出行动……”王近思说，“包括我知道你们来，做出应有的回答。都是因为主告诉我，要这样，不要那样。”

“这里已失控很久，我父亲也没做所谓的神管理这里，”倪烽指指庙殿内的怨灵像，问道，“所以这台机器发出的信息……”

“神不在伊甸园时，把天使和精灵留给了凡人。”王近思打断倪烽，“而你父亲则把系统管理员留下管这世界。给每个人送出他早就写好的命运信息。”

“系统管理员？”倪烽皱眉，很惊讶，“你怎么确信它代表我父亲？”

“就像我相信耶稣代表上帝。”王近思面无表情。

“张晓君和我们谈到末日，”关晨打断他们，让谈话重回正题，“你接到了吗？”

“神对不同的人会有不同谕旨，不清楚别人，至少我……”他说，“没接到任何末日神谕，而且在我看来，末日即重生，末日即未来，所谓的末日，只是我们当代人的末日，不是未来人的末日。”

他说话的样子，像庙里供奉的神佛。天下神棍都一样，伪经造句曲解神意。此时庙殿外雨势渐小。关晨刚要再开口，王近思终于不耐烦了，“好了！我已按神谕，回答了你们的问题。”他语罢，嘟囔着，“该结束了，一切都该结束了。”

转身进殿，两名小教士随后挡住殿门。

关晨还没问完，追道：“听说，你要召唤造物主？”

“是啊。”他双掌合十，朝满墙怨灵像鞠躬。接着又回身，看都不看关晨，目向倪烽，“如果成功，你愿成为我们的兄弟吗？”

殿外雨已停，阳光映照着满是水汽的天空，投出七色彩虹。殿内烛影晃动，怨灵在阴暗中，如同活了一般。倪烽竭力去想念父亲，却发现自己身心麻木，最终只是平静地回道：“你不缺我这个兄弟。”

3

他说完，和关晨离开，飞行器驶出德山，身后钟声依旧。

雨水在舷窗留下了淡淡印迹，楼群像破开泥土的植物。环城柏油路湿漉漉的，映衬天光，像世界的筋络。公交车在十字路口停下，等待绿灯亮起。

摩天大楼墙体，播放着腾飞公司的广告。

犹如老式 3D 游戏的上帝视角，美妙漂亮，却让人清醒意识到，它是虚幻的。

“他把一切推给了系统。”关晨忽然看着很累。

“骗子说，毁灭世界的大洪水是上帝的错。”倪烽说道。

“听起来每句都是实话。”

“说谎是小孩子的把戏。”视线从窗外收回，注意到前风挡玻璃处放着理教的宣传单页，倪烽把它拿起来，上面印着：如果你想改变，如果你不安于现状，如果你对这个世界不满，那就加入我们，和主沟通……“但实话也有线索，只要顺着土壤层印迹，很快就能发现历史上真发生过大洪水。”他边看边说，摸摸衣兜，后悔没接 AR 眼镜。

“所以你觉得有什么价值吗？”关晨问。

倪烽把宣传单页放回去：“他们的 AR 眼镜在哪生产的？按照之前你和我说的，理教信徒在这世界的人口占比很高，这么大批量地生产，不太可能是没实力的小公司制造的。如果我们知道眼镜的代工厂，拿到一份图纸，应该就可以了解它的工作机制。”

“我们就可以知道，信息到底是不是系统发出的。”关晨恍然大悟，脸上的无奈和疲累瞬间减轻不少。

不知不觉，傍晚临近，太阳竭尽全力把最后一束光投向虚幻。

视线重回舷窗，雨后荒漠反射没落的光。

一点点彩虹，星星闪烁，荒漠中隐隐显出一条公路，通向腾飞公司和卫星城。

又回看德山，盘山路在出山后顺着城市中的巷道和它相接。

倪烽忽然想起，现实世界的麦田怪圈。

关晨在高楼前转弯，引擎轰鸣增大，他们从上空超过一架公共飞行器。

倪烽居住的区域，低矮的楼群被雨水打湿，浸在暗色阳光中，反射楼群间的广告灯牌。

路上很多人聚集，不像逛街，远望自己住的酒店，忽然发现那里闪着警灯，大楼外围满人。

“怎么回事？”倪烽猛地坐正身子。

关晨立刻调整飞行器摄像头，放大再放大：下方有男有女很多人，高举写有“造物主滚出去”的横幅，还有“释放顽石”的标语。隔着舷窗，飞过停机坪，关晨没降落，下面的人齐声呐喊：“顽石无罪。”

“这群浑蛋！”关晨骂，“他们故意泄露你的住处。”

“看来我们接近事情真相了。”倪烽淡淡一笑。

“侦讯没结束，他们就想动用这群浑蛋，逼我们承认那家伙是顽石。”

“这没什么。”倪烽很平静，他接着说，“随便找个地方，放我下去。”

“你要下去？”

“你的警用飞行器太显眼了。”

“我可以帮你换个住所。”

“不用。”

倪烽指指下方，一条狭窄巷道，房顶有个小型停机坪。

关晨降落。临走时关切地问，真可以吗？倪烽点点头，他只是不喜欢这潮腻腻的空气。

顺着安全通道走进小巷，人群在聚集。

他吹着口哨，换了条路，很快找到酒店后门。警察拦阻他，但随即意识到他是谁。

外面喧闹，但当大门关闭声音便消失了。

只剩维持秩序的警用飞行器，闪着刺眼的光，穿透酒店的玻璃窗。

天这时已黑，大堂的豪华灯盏亮起来。里面秩序井然，穿礼服的服务生穿梭其中，几名维持秩序的警察隔着大门观察左右。

这里像极了巴黎的利兹卡尔顿酒店，只是少了那个尊贵的狮王标志。

走进电梯，轿厢随即启动。少顷，倪烽发现它没在应该的楼层停下。

手随即放在枪上。电梯继续上升，直至顶层。门向两侧滑开，暖色灯光照进来，像要打烊的桌椅倒放着，想起这是酒吧。

今天这里没人，酒架前连服务生都没有。

一个人面向窗外，手拿高脚杯，听见门响那人旋即回头，朝倪烽露出笑脸。

看他很眼熟，待他走近，倪烽立刻想起他的名字，他是真相工程提出者，为当时自己移民的投票，叶克辉还找过他。

不知他来做什么？对方微笑伸手，率先自我介绍："刘明林，司法部……"他依旧穿蓝色制服，握手时，倪烽感到他的手很粗糙，像干体力活的，老茧一层又一层。那张脸倒很朴实，笑起来牙齿稍有点往外凸。

"这些人是你带来的？"倪烽目光朝落地窗外望。

"不知道是谁透露了你的住处，所以我赶紧派人过来。"他回身走向吧台对电梯旁站立的保镖说，“你们出去吧。”他在酒架前驻足，“喝点什么？”

“水。”倪烽简单回答。

“就这些？”他犹豫地看倪烽。

“是的。”

“好吧，恕我直言，虚幻和现实有一点是趋同进化的，那就是酒精，我们似乎都对能逃离现实的瘾品有兴趣。”他给倪烽倒了杯水，“坐下还是？”他礼貌地问，没有任何不屑。这与其他人区别很大。

“站着就可以。”倪烽接过水杯。

警灯继续闪，他们在落地窗前望楼下聚集的人群，先是沉默。然后刘明林喝了口酒，打破平静：“他们认为顽石是无罪的。”

“随便他们怎么认为。”

“你不是我们这个世界的人，所以不懂。”他说，“我做真相工程，就是要让人正视眼前的一切。因为在这个世界，人们以为立场才是最重要的。”他很平静，“但现在麻烦的是，他是不是顽石已经不重要，重要的是，他必须是顽石，而不能是别的什么。”

“你知道审讯结果了？”

“是的，”刘明林点头，“我看过监控。”

“他不会得到公正的审判？”

“什么？”刘明林一怔，像在说，你是犯罪分子啊，怎么会说出这样的话。不过那表情旋即消失，他笑了一下，回到正常，“人类对真相的认知，需要时间来延缓。在一定程度上，法官也是人，也要面对汹涌的立场……”

“所以不会公正？”

“讽刺的是，全体法官回避了该案。他们的理由是不管他怎么判，判死刑、判一年、判无罪，无论他们说什么，做什么，哪怕是真正的证据，也会有大量人不满，”他耸耸肩喝了口酒道，“这真是个该死的世界，对吗？”

“很像现实。”倪烽说，“你来找我是为了？”

“这案子意味着顽石作为反抗者被利用了。法律迟早变得毫无作用，人们学会接受带着怒气的暴力行为，并认为那是对的，”他说，“这是我的对手梦寐以求的，独立于法律之外的暴力，属于另外的权力，至于真相……”他耸耸肩，“谁会关心那到底是什么呢。”

“你希望结束整件事。”

“关晨会接替叶克辉成为处长，叶克辉升任副局长，所有相关人，都会得到好处。”他看着倪烽，“你会进入数据调查局，得到位于中山大道的别墅，局里会给你一架伯尔新款飞行器，以及很厚重的封口费，”他抿了口酒，“也可以叫生活费。”

月光下，刘明林微笑着。那是张典型的政客脸，没有太多特点，说着最政治正确的话。

忽然想起关晨的哥哥，那家伙至少会把轻蔑与厌恶写在明面，而这个人的脸上却只有礼貌的微笑。

心生厌恶却做出同样的神情，倪烽问：“你想我承认他是顽石？”

“并且不再继续调查。”刘明林补充，然后低头看表。

“你认为说服我这样的人，应该很轻松吧？”

“有立场的人，都很难被说服……”他耸耸肩，无所谓地说，

“但我知道，你根本不爱这世界，也不关心我们的未来，对你来说，这无所谓原则和立场。反正得到就得到了，失去就失去了，有什么关系呢？总比和顽石同归于尽好，难道不是吗？”

“有道理，”倪烽做出认同表情，但话又一转，“不过你可能不清楚，我并不是什么都不在乎，我只是不在乎你们。”

“那你在乎的是？”

“等见完关晨再说吧。”倪烽转身离开。

刘明林追问：“如果她同意呢？”

“无所谓，那是你们自己的事。”

他头也不回地离开。走到电梯口，忽然想抽支烟，却发现烟和火都在关晨那里。

第十四章　接近

1

他睡着了。

身子很沉，没脱衣服便进入深深的梦境。

好像穿越很多年，他在楼道中猛跑，暗叫，不！不！不！不良预感爆棚。

这里是 1948 年的捷克，《焰火冷战》中的布拉格，切尔尼宫的长廊幽深奢华。

那个人就要死了，一个声音不断重复。

倪烽冲出宫，天地白茫茫的，雪盖着巴洛克式建筑，口鼻呼出白色哈气。

雪地里有人趴着，鲜血染红白雪，倪烽猛冲过去，但晚了。

倪烽至今记得那人的名字：扬·马萨里克。立于墓碑前，想起马萨里克说：我知同样的死亡，早已重复千次。

但还是要做，因为这个选择才是我要的……

和杨悬在残雪中悼念亡者，听他说："如果是你，你会怎么选？"用手掸掉肩上雪，一时不知如何作答。最后只草草地回：

“我不关心。”

他醒了，开始以为是德山的钟声，最后却发现是马萨里克的死叫醒了自己。

天早亮了，示威人群还没完全散去。天的蓝色略带水汽，几朵白云点缀。

AR眼镜在枕边，昨晚他仔细研究，发现它的外形和界面很像年幼时父亲给自己买的老式游戏眼镜。

总觉得遗漏了什么，把它拿在手去三层吃早饭。

已经很晚了，餐厅没人，方块头为他端上菜品。投影仪在吧台投出影像。

这个时间正重播新闻。是关于顽石的：人们坚称顽石无罪，负责该案的调查官一人升副局长，一人任处长。

放下餐刀，倪烽抬头，让方块头把影像放大，但又想起雪中的马萨里克。

窗外巨大的阴影袭来，是架大型豪华飞行器。

过了片刻，滕泰出现，他依旧穿七彩燕尾服，脸上挂着笑，“这是你们的调查结果吗？”他问。

“官方公布的就是这样。”倪烽回应，不知他来做什么。

在对面坐下，滕泰神神秘秘凑近倪烽，“别说官方，说你心里想的，你真认为他是顽石？”指指画面。

“我无所谓。”低头看餐盘里的肉，想起雪中的马萨里克，倪烽将盘子推开。

新闻上说，关晨与叶克辉已接受新职位：“我尊重关小姐的选择……”

“哦……”滕泰讽刺，“他们的好处应该很多吧？”

不回应，审视他。偌大的餐厅只剩他们两个。

新闻声很大，滕泰的脸上写着遗憾失望还有奇怪的期待。

过了好一会儿，倪烽才终于发问：“你来找我做什么呢？”

“这不明摆着嘛，”滕泰指指画面，“这家伙不是顽石。”

“你怎么知道的？”倪烽问。

“这世界还能有我不知道的事吗？”瞬间恢复令人厌恶的嚣张模样，滕泰说，“在我眼里顽石是艺术家，可我却听说这家伙满嘴的拯救世界。”他笑起来，“作为一个艺术家，怎么可能拯救世界？他们心里只会恨，因为所有人都和他不是一条心，他想杀死这世界，证明自己才合理啊。”

虽然不喜欢他，但倪烽认为他的推断是合理的。

保持微笑，喝了口水，这是这些日子以来第一次能放松吃个早饭。

但身旁的滕泰像讨人厌的小丑：“再说了，倪先生，你虽然得到了好处，但没了目标，生活还有趣味吗？”

“无所谓。”倪烽再次重复。

“但毛毛一定不这样认为，这是对她理想的侮辱。”

“好吧！”倪烽耸耸肩。

碰了个软钉子，滕泰的目光瞬间涣散。

窗外，他公司的广告牌，在楼群中轮换播放。“我觉得你父亲把这世界创造得过于真实了。”他忽然换了个话题，“他让我们选择接受，哪怕那是虚幻的，虚假的，也一样。”他不由自主地发出感慨。

“是过于现实。”倪烽补充。

“这是你父亲的初衷吗？”

“我不知道。”倪烽认真起来，“和你一样，我父亲在我很小的时候就失踪了。对于他，我不了解，也不关心。”

“真羡慕你，你就是你……”像想起什么，良久滕泰道，“我就不行，所有人都认为我是个富二代，无数数据考古专家在帮我回忆父亲，他的样子、他做过的每件事。”谈及父亲，滕泰尴尬地笑，“有时我真后悔发明数据复现机，如果没有这种设备，人们应该只会记得我而不是我的父亲。”

“你恨那些说你是富二代的人吗？”

“谁知道呢。”滕泰说，“关键是，我得证明自己不是个富二代，不是靠着父亲……”他耸耸肩，“可我发现这是个恶性循环，因为我每有新发现，就会有更多人说，如果不是他父亲，那么他的发明根本不值一提。”

“那些人真该死。”倪烽同情地说，但心里不知这感觉是什么样的。

“所以愤怒常吞噬我，却又鞭策我。”

“你这样才像个艺术家。”

他这话，把滕泰说得一怔，气氛忽然变得尴尬。紧接着滕泰像是才想起自己来的目的，笑起来：“瞧，光顾聊天，忘了告诉你，毛毛今天授完衔准备了丰盛的家宴。”

“她邀我去她家？”倪烽感到诧异。

“你们一同调查了这个案子。”

滕泰的理由并不充分。倪烽略感奇怪。因为选择接受官职一定有违她的初衷。现在竟叫他庆祝？好奇她到底如何，倪烽终于露出虚伪的笑，“好的。”

离开酒店，把示威人群抛下。关晨家在市郊。滕泰说，他本来给关晨选了更好的位置，可她却不愿接受。蓝天下，住宅区隐在半山，很密集，楼层不高，只有五层。飞行器降落，霸道地占了六个公共停机位，关晨的飞行器在旁边显得渺小无比。

关晨开门时，穿着便服，见到手拿礼物的滕泰，先一怔，再看倪烽更是愣住。显然不知他们怎么来了，随后炒菜声从屋里传出，厨房门开了，有人跑出来，是关晨母亲："滕泰啊，快进来，进来。阿姨今天准备了很多菜。"她说话时目光一直盯着倪烽，然后回了厨房。

关晨挡着门。

滕泰一脸无辜："我实在不知该怎么拒绝阿姨，所以就把倪先生叫来了。"

和关晨对视，倪烽这才知道到底怎么回事。

"打扰你了，倪先生。"关晨这才让开门。

走进去，发现关晨家的内饰，毫无20世纪的影子。白墙点缀着几幅画像，沙发是浅灰色的，客厅有个高低柜摆了几个相框。隐在墙体内的灯光，映照着整个屋子，凸显极简主义的未来风格，像后期殖民火星的飞船舱室。

2

空气投影仪开着，里面还在播报新闻。

给他们倒了水，关晨坐下。

滕泰像在自己家，满不在乎地跷起二郎腿，对关晨道："恭喜毛毛了，这么年轻，肯定前途无量。"

不理他，关晨笑对倪烽，"想吃什么自己去冰箱拿就是了。"

这个时候，新闻正谈及关晨接受官职以及关晨的家庭背景。

倪烽发现她僵下来。和第一次见她一样，满脸不快。

片刻后，滕泰直愣愣地问道："毛毛，你真接受他们的条件了？"

关晨还是不理他。掏出烟，递给倪烽一支。点着后，她深吸一口，转向倪烽："倪先生，你后面有什么安排？生活上，需要我帮助的。"

听出她语带歉意，倪烽确认了新闻上的说法。

他稍感难过，身子沉沉的，但马萨里克又随即浮现。

这才觉得滕泰说得也对，还不如去调查真的顽石，反正一开始也是想和他同归于尽的。

关晨母亲这时推开厨房门，把两盘菜摆在桌面，念叨着："别着急啊，还有呢。"

她急急忙忙回厨房，滕泰起身去帮忙，但被推出来。

影像中，另一则新闻正播报：理教准备召唤造物主。

重新坐下，滕泰没话找话，"倪先生，你认为你父亲真的会出现吗？"

"我根本不关心。"倪烽简单回。

"你难道不关心有人假借你父亲之名控制这世界吗？"

"那又如何？"倪烽反问。

"哦……"滕泰撇撇嘴，往沙发背靠，面露不屑。

身旁，关晨看起来有话想说，但她张了张口，却什么也没有说出来。

过了一会儿，倪烽掏出AR眼镜，递给滕泰，"忽然想起个问题，需要麻烦你……"他说，"王近思说这东西是接收造物主信息的工具。我想理教信徒之多，这眼镜应该不是小厂子生产的。"

接眼镜的手忽然停住，“王近思说？你们见过他了？”转头向关晨，滕泰很震惊。

“是的。”关晨道，“王近思说，他召唤的是代行造物权的系统管理员。”

“他这么说？”滕泰反问，表情就像他知道王近思想法似的。

“是的。”倪烽点头。

“好吧，”他面露无奈，把眼镜塞进燕尾服口袋，“我会让他们查。”

接着又是沉默。倪烽发现关晨视线在自己身上，可能是想说什么。这时厨房门开了，母亲叫她帮忙，她离开。

新闻还在继续。凑近倪烽，滕泰压低嗓音：“倪先生，你真相信王近思说的？召唤系统管理员？”他神神秘秘、带着轻蔑的笑。

“这就不知道了。”倪烽随意地说。

“你不觉得那家伙是个骗子吗？”

“是，”倪烽简单回，“但骗了什么呢？只是钱？”指指AR眼镜，“没那么简单。”

“但他是顽石吗？调查不要跑偏。”滕泰提醒。

“顽石没那么简单，不是吗？”倪烽说，“他有可能是任何人。骗子，科学家，或者是你……”他点点滕泰胸口，“但根据这么多次袭击，我的观察是，他必须是个有巨大能量的人。”

“好吧……你有你的理由。”他显得很失望，把倪烽的手指拨开。

“他对我说，所有造物主的指令都绕过他直达信徒。你信吗？”倪烽忽然问。

滕泰笑起来，“你还是信我吧，我就是顽石。”他说，重新恢复慵懒，靠回沙发。

过了一会儿，关晨和母亲端菜出来摆满餐桌。

众人落座，关晨母亲摘下围裙，和往常不太一样，她变得利索、精神很多。

看得出关晨很像她，带着傲气。

她说，今天的菜是以前关晨父亲最喜欢吃的。

又夸滕泰，都是他帮的忙，拿来现实世界的原料。

不过倪烽发现，尽管自己穿越无数虚幻与真实，却并不认识眼前的这些菜。

关晨母亲这时要倒酒，被滕泰接过酒瓶。

关晨僵硬地坐着，阻止他：“倪先生，不喝酒。”

注意到她母亲的神情，为化解尴尬，倪烽只好说道：“偶尔也可以喝一杯。”

酒杯很奇怪，并非高脚的，而是菱形，半透明，底部有金属三角支架，上面有层特殊花纹，印刻着个不起眼的标志。

标志是圆形的，被光照着，浮现出更多的圆，像悬在酒杯表面，五颜六色。

“这是毛毛父亲留下的杯子。”端起杯，她又带了哭腔，还好看到女儿脸色，急忙收住。

简单寒暄，关晨端起酒杯，明显想对倪烽说什么，但最终忍住了。

这之后，关晨母亲介绍起菜品。

倪烽发现，自己连这些菜品的原料名都没听过。

放下刀叉，关晨母亲拿出张发旧的照片，显然等这一刻很久了，“他现在到底怎么了，什么时候能回来呢？”她哀戚戚地问，早忘记倪烽说过不认识这人。

重复那个答案，审视照片，见他稀少的头发，络腮胡子，一道伤疤纵穿眼眉和鼻梁，总觉得在哪儿见过。

滕泰提示：“倪先生，也许你不直接认识但间接地接触过或者见过呢？岁数很大了，会不会是你父亲公司的创始人？”

“不可能，我调查过，没有这么个名字。”

“那他怎么会出现在我们的世界呢？”关晨母亲急匆匆地问，想从高低柜去取出相册，“你再看看可以吗？也许你忘了什么？”

想说自己不可能忘，但隐隐觉得这其中有什么问题。

此时关晨抢在他们前面：“妈，能不能让倪先生先把饭吃完？”

母亲闻言，猛然怔住，旋即恢复礼貌，“是，是啊。”她重新坐回座位，目光却一直留在高低柜。

“没关系，我早饭吃得晚，您可以继续。”忽然好奇起来，做了个请随意的手势，倪烽想接续刚才冒出的想法。

高低柜被打开，他接过厚厚的相册，“就这么多了，当初也不喜欢拍照，没留下多少。”关晨母亲说。

第一页是张合影，那时他们都还年轻。

精神抖擞，带着傲气。

身后建筑以钢筋水泥堆积，野蛮得像《焰火冷战》的苏军基地。

一尊高耸的女性雕像，不知意味着什么。滕泰在旁介绍：“现实世界的人，最初就是从这里出来的。”

“我知道。”想起自己移民用的就是这个基地，继续往后翻，令人奇怪的是父亲公司的基地，也只有这一个。这和其他虚幻截然不同，正常世界，至少也会有几千个移民基地。

而这世界从未开放，关海却能进入其中。

他至少得是高层管理人员，可倪烽不记得有这个人，因为他曾为寻找父亲，调查过整个公司。

3

“你父亲也是同时代人吧？”指指合影，倪烽问滕泰。

“这里没他，他的数据都被删了。”谈及父亲，滕泰无所谓地伸了个懒腰。

“但你调查他时，有没有发现其他移民基地？”

“没有。”这次说话的是关晨。

“除了传输局的基地外，只有那一个？”

“是的。”关晨说。

此时关晨母亲，看出倪烽的疑惑，试探着问：“怎么？是不是想起什么了？”

摇摇头，倪烽合上相册，“没有。”他说，“我确实不认识他，而且可以肯定，他和我父亲的公司无关，这基地也不像公司风格。”倪烽说着，脑海中冒出个奇怪的念头，但他没说出来。

气氛瞬间僵住，关晨母亲很失望。

“妈，他不会回来的，他可能就是个……”就差把骗子说出口，但见母亲眼眶中满是泪水，关晨一下止住。

“不，不，你不懂！他说过的事，一定会做到的。”

“但他不会回来！”关晨提高嗓音，“你接受一下现实，好吗？”

“不，我不接受，”母亲声音忽然变得小得可怕，“我不接受他们向我施压，不接受这个所谓的现实，那些正常人，对我说的话，我都不接受。因为我爱他，我要等他，等他回来……”她说着说着，捂住脸，哭出声，“如果有一天我真的改变了，放下这份执念，我真不知道自己会变成什么样子。”

瞬间关晨不说话了，屋里只有哭声。

不知为什么，那个念头在心里加重。他没说出口。过了好久，哭声终于止住，滕泰这才起身打破僵局，“倪先生，你还要吃点什么吗？”

“都可以。”

倪烽赶忙说，四人于是又继续。

恢复最初的那种礼貌，关晨的母亲最后说：“倪先生，如果有一天你能回去，我真的拜托您……”

“我……”倪烽有些说不下去，因为那突然生出的念头如此强烈，以至于让他不寒而栗，最后用尽浑身力气才说出一句：“我会的。”

电话响了，不知是谁，关晨接起来。少顷，他们看到一则新闻：顽石自杀了。

滕泰把他们送到调查局看押点时，那里已被媒体包围。

关晨便没让滕泰进去。

和倪烽一起，被几名方块头护送，进了停尸间。

惨白的光映照在白布单上，角落里窸窸窣窣的，叶克辉在和一些人说话，听起来情绪不高，像在致悼词。

数据复现机复原了当时的情况，这家伙找看守要了副 AR 眼镜，然后便自杀了。

大鼻子解释：“他的要求是合法的，而且都交代干净了，我们也就没在意。”

“你是不是特别着急升迁啊？”猛地瞪向大鼻子，关晨一字一顿。

“我没门路，也没条件可以交换当处长。”大鼻子满脸讥讽。

“你最好别让我抓住你是故意的。”关晨威胁。

“无所谓……”

大鼻子话没说完，叶克辉停止和其他人谈话，“无所谓？”他走过来，先喘了口气，瞪着大鼻子，“由于你的失误，调查局要承担所有罪责，你觉得无所谓？”他问。

“唉……”大鼻子忽然叹了口气，像很累，“反正翻来覆去都是你们受益，我们这些小喽啰就是牺牲品，你们开心就好咯。”他说着朝外走，出门瞬间还不忘补一句，“恭喜你，关处长！以后是处长了。”

掀开盖着尸体的白色单子，惊讶地发现，那家伙脸上的溃烂，竟然好了。

想起自己对他的承诺，也不知道他是不是疯子，倪烽发现自己猜不透他，不知道他的那些话是真的吗。

其他人此时离开，“他的名字，至今都没查到，基本确认是假的。”叶克辉在旁边喘了口气，“但做的事被坐实了，所有交代的问题和之前顽石犯过的案子一模一样，作案手段和证据都可以复原。”

“所以你认为他是真的顽石了？”倪烽反问，想起他已经授衔。

“所有证据，都指向他。”

“局长大人，那天你也在。”指指叶克辉的胸口，“他说他可以承认所有一切，目的是拯救世界。你觉得真凶会这样吗？”不明白自己为什么这么愤怒，他声音越来越大，“那天你也在，你也看见了，我们对他的承诺……”

“拯救世界？”叶克辉没反驳这句讽刺，他喃喃自语，目光无限失望，“这世界到底要发生什么呢？需要一个年轻人献出自己的生命来承担不属于自己的案件。”

“我会继续调查。”倪烽说，他没看关晨。

用从未有过的目光审视他，叶克辉皱眉：“像你这样的人还想拯救世界吗？”

“不。”倪烽回：“我的任务是杀死真正的目标。”

和关晨出门前，看到叶克辉对着尸体，喃喃自语，“你根本什么都不知道，你以为自己能拯救这世界，可你连自己都无法拯救。”叶克辉失望地摇头，把白布单盖上，然后跟着离开了停尸间。

长廊中，脚步的回音，被挑高的廊壁放大。

不知为何，他总觉得关晨要对自己说什么。

于是就那么等，直到快进门时，她忽然停住脚步，“对不起，我接受了那个职务。”她说。像把从中午到现在，憋着的话全都说出来。

倪烽点点头，沉默。

“但就像你说的，你的任务是杀死真正的目标，而我的任务就是找到他，要他接受法律的审判……”关晨说：“你能明白吗？在所有人眼里看来，那是妥协。但在我的眼里看来，任务并未结束。”她压低嗓音。

“所以你要背上骂名，还要面对危险。”忽觉一阵凄凉，倪烽撇撇嘴。

“你不也一样。”

“我没什么可关心的，而你还有妈妈，有亲人和朋友。”倪烽说。

“就是为了他们，我才要继续。”关晨叹了口气，“你没有吗？”

“我曾经希望有。”倪烽说。

“孤独久了就会变得淡漠，对吗？”她问。

不知该如何回答，倪烽忽然放松下来，调侃：“你这么聪明，该去做杀手的。”

“你也一样，这么聪明不做调查官可惜了。”

他们相视而笑，进了屋子。新办公间还没收拾好，桌子上摆满书籍和电子设备。

想起假顽石对他俩说的话。

关晨把 AR 眼镜摘了戴，戴了摘。过了一会儿，她道：“我做错了件事，不该轻视王近思，也许他和整个案子都有关。”

“反正继续调查就是了。”倪烽发现，关晨父亲总在自己脑海跳动，他竭力克制不说出那个想法，告诉自己，现在还不是时候。

“你觉得他真准备召唤系统管理员？”关晨说。

“我们得找时间进去，查看整个运作机制。”

“这次要偷偷摸摸来。”倪烽笑起来，“那里防卫很有层次，但漏洞也不少。”

“什么样的宗教才需要严密的防卫呢？”关晨搭着手指思考。

“防止信徒跳过自己接触造物主。”

“说实话，我倒希望王近思这骗子能召唤系统管理员。”忽然情绪低落，关晨说，“我想帮母亲找到他，或者至少证明，他回不来了。让她绝了念想，不要再折磨自己了。”她点着烟，靠着椅背。

想起马萨里克，躺在被鲜血染红的雪地上，毫无生气的脸被翻过来，望着灰蒙蒙的天。

想说声警示的话，但看她吐出白色烟雾，疲惫万分的样子。

倪烽朝门口走去，“我去德山看看。”他说，同时把那个奇怪的猜测压到心底。

第十五章　发现

1

黑夜，黑色探测器，在黑漆漆的树林中。

沿山间小径走，这是他白天侦察的路线。

避不开泥土中的碎叶，尽量和风声同步，他听得到自己的心跳声，却听不到脚步声。

这是好事，说明消声靴至少还有用。但夜行衣只是简单的黑色，没有其他功能。

尽量避开探测器和自动射击的火炮。

如在阿登森林，一棵棵参天大树遮蔽月光，把死神留给黑暗，一杆杆狙击枪藏在林间。

虽然这并非战争，但倪烽还是没让关晨来，也没给她讲马萨里克的故事，他只是说："你不适合。"

为了安全，他们保持信息静默。

关晨提供的设备，除必要的武器，夜视仪，还有个纽扣摄像头。

他最不喜欢的就是它，因为关晨说，这是取证手段。

起风了，带着水汽，看来是哪里又下雨了。祈祷雨水不要这时来。德山并不像白天坡道缓和。

事实上，若从这里进入，不仅路途变得陡峭，山涧就在其下。而且有些地方的山石，因常年雨水的冲刷，变得无比光滑，很容易失足。

躲过一队巡逻的教士，听他们说最近要加强巡逻，因为王近思要召唤造物主。

那几个家伙在院外抽着烟，根本未发现没几步的黑暗中有人盯着自己。

等他们离开，避开探测器，倪烽助跑几步轻松翻过院墙。

山巅在眼前。烛台照亮陡峭的台阶，两侧毫无隐藏之地。

他绕至山后，山壁陡峭光滑，偶有不知名的苍劲老树生长其中，壁间有藤蔓。

月光时有时无，他上前紧贴岩壁，闻见潮湿的味道，这里很危险，因为光秃秃的容易被发现。

好在王近思并未关注这里，也没布置探测器。

抓紧冰冷湿滑的岩缝。月光在这时忽然从云层中闪出。

旁边有附着岩壁生长的老树，他抓住壁间藤蔓荡过去，躲在其中，等云层再度遮住月光，黑暗回来，才又继续。

还好关晨没来，要不然她肯定无法应付。倪烽时常梦见他在攀爬。

虽不是黑暗，但只要稍微回头，便会立刻坠下深渊。

直到醒来，睁开眼环视四周，才会意识到那只是个梦。

想起杨悬说，他宁愿坠崖也不愿面对雨林中冒出的枪口。

到了山顶，几棵松柏攀出院墙，探测器隐在枝杈。

他悄声翻过去，落在院内。烛影晃动，给了黑暗空间，等巡逻的教士过去，避开院内祈祷的信徒，配殿有扇小窗户开着，用摄像头看里面。

屋内黑着灯没人，他翻进去。

从配殿的门出来，避开游廊巡逻的教士，至王近思居室。

将间谍摄像机塞进没关严的窗缝。先是虚焦，呻吟声传进耳机，然后影像变得清楚，长发女人，穿粉色紧身衣，蹲伏于王近思身前。

过了会儿女人抬头，王近思提裤子，“事我知道了。”他看来很满意，但依旧挂着教主的面孔，昂着头，轻蔑地，看都不看女人一眼。

“造物主真会发信息吗？”女人擦擦嘴。

倪烽看清她。三十岁，脸不性感，梳马尾，自来卷，像老师。

“你信就会发。”

“我哪有什么信不信的，”女人往他身上扑，高跟鞋半趿拉着，“还不都是你，我只信你啊。”她口音像北京腔，但甜腻，让人恶心。

“说过多少遍了，不要信我！”不留情面地推开女人，王近思道，“要信造物主，信系统，信管理员。”

“好吧，好吧。”女人提上高跟鞋，“那你记住我的名字哦……”

“叫什么来着？”他问。

“刘童啊。”那个女人说。

他们完事后，在一名小教士的陪同下，王近思前往大殿。

进入大殿，烛影照亮神态各异的众神像。

想起王近思说，他们是造物主的多种面孔，倪烽很想看父亲的另一面。跟着王近思，发现众神像背后有扇对开的钢甲大门。

但里面有守卫，无法潜入。关门瞬间他把一根头发丝细小的流量侦测器放进去。

夜视仪内，出现流量分布图，他立刻意识到这里不简单，应该是服务器终端。

飞行器的轰鸣声传来，祈祷声忽然顿住，晃眼的大灯照亮大殿。倪烽忙爬至殿顶。

接着灯光暗下去，十几名小教士搬着箱子走进来。

殿外，两艘运输飞行器熄灭大灯，殿内重回暗淡，不断有教士从中搬出箱子。

下方，穿紫袍的胖教士抱怨：“造物主真奇怪，每次这种体力活，明明可以让傻大个干，却非得让咱们来。”估计他指的是方块头。通过夜视仪，倪烽把画面放大，箱子有浮土，但没有其他标记。

“哎，别这么说，这么重要的活，造物主只能交给咱们。”回话的是个瘦子，尖嘴猴腮。是眼镜吗？把画面放大，再看箱子，依然没任何线索。

王近思始终没出现，箱子很快搬完，钢甲大门闭锁，无法潜入。

今夜，这条线难有收获，倪烽只能悄声退出。避开教士视线和探测器，攀至房顶。

飞行器轰鸣再起，助跑跃上舱顶，趴下来，紧贴平坦的舱体。

信息！信息！信息不只是直接的，也可以是间接的。刚进入东明会时，陈东明每天都要强调这句话。

至少两名教士的话，说明这些东西很重要，而且是夜晚运输。

做好准备，飞行器已起飞，好在它只是短途运输器，不会攀升太高。

城市夜景迅速缩小，街灯与楼群如发光的河流。风吹着皮肤发麻、发颤，轰鸣与风噪加重因高度造成的耳鸣。

做好线路记录。陈东明说：恐惧不可能被放下，所以只能分散它。

下方景色渐变，荒原毫无过渡地出现，堆砌的乱石与丛生的杂草在暗夜之下如一头头怪兽。

觉得航线有些眼熟，西北方有片巨大阴影隆起，野蛮的苏式建筑群忽然出现。飞行器转向。

他意识到，这是自己移民用的基地——也是关晨父亲工作过的地方。

飞过三层高耸围墙还有暗堡，基地和此前一样空荡荒芜，毫无光亮。奇形怪状的建筑顶层，卫星天线遥指天空。悬停于广场正中，倒塌的雕像在下方。

想起关晨父亲的照片。巨响忽然传来，轰轰隆隆如地震。他蓦地发现地面裂开，幽暗红光泻出，一座深井出现，飞行器开始下降。

2

像早期火星独立势力的基地，深井四周是没开凿完的岩壁，用金属基架支撑，每隔几米装着红色照明灯。

这里很深，飞行器用了足足三分钟才降到底部。

停机坪很大，上面只有几架飞行器。周围有方块头巡逻，两侧有门扇。

隐藏基地工程量很大，想起此前看到的旧时代公路，奇怪的想法再度出现。

飞行器放下起落架，轰鸣声渐渐消失。驾驶员走出舱室，倪烽想跟上，但方块头就在附近。

过了一会儿，停机坪的灯关闭。四周安静下来，陷入黑暗。

方块头虽在附近，但有了空当，他摸黑落地，躲进飞行器底部，匍匐爬过几架飞行器，听到方块头的脚步声靠近，赶忙停住。

它们停留片刻，又继续巡逻。放大门扇的图像，发现它的锁是机械式的，回想刚才那些驾驶员开门，基地该是很早之前的。

撬门无须多久。但推开它时发出了声响，倪烽吓了一跳，所幸方块头未被惊动。

进去后，发现这是通向未知的长廊，廊壁涂着军绿油漆，已经很旧，有些掉色。

每隔一段距离，有扇钢甲门，暗红色灯盏把这里映得如鬼片。

不知该往哪里去，远处传来嗡嗡响声，像机器在运转。

找到声音发出的位置。小心开门，先是一片漆黑。打开夜视仪，见巨大的机械设备，空间像火星基地，壁高几十米，面积比外面停机坪还大。

设备表面有裸露的线路板和线圈，旁边是辅助工作用的基架。四周有很多条隧道，内部是巨大的金属管。

不知和眼镜制造有何关联，这里不像伪造造物主信息的地方。

远端一条隧道尽头，有白光泻出。进入发现，金属管缠满线缆，另外一端有人说话，但听不清。

灯盏在这时熄灭，他走过去，视野中出现数不清的黑色柜机，像数据服务器，几十米高，闪烁着蓝色呼吸灯，发出嗡嗡声响，如同暗夜的怪兽。

有人开门，外面的光泄进来，门口影子被拉长，是两个人，一胖一瘦。光把他们映得如巨人，他们原地没动。还在说话，这次倪烽听清了。

“终于要到日子了！想想都激动。”一个人发出感慨，“这世界终于要改变了。”

“是啊！”另一个人说，他拍拍数据服务器外壳，“希望顺利，系统真的存在。”

“看起来，你对是否有系统这件事还存有怀疑。”

“哈……”另外一个人笑起来，“不，我只是觉得一切都要以观测为基准，那个所谓的系统还在箱子里呢。它或许在，或许不在，都是我们要接受的结果。”影子晃动了两下，倪烽探身发现那是个胖子，背影有些眼熟。

“可如果不是这么简单呢？”

“不是？”胖子被问得愣住。

“对！我觉得问题并不是系统在不在，”说话的人又瘦又高，比胖子年轻，“因为如果系统和我们同处一个箱子，那么召唤就不会产生真正意义上的坍缩。所以我们的观测并没什么作用，真正的观测应该在另一个世界。”

“哈，你小子想得真远，”胖子拍拍他的肩膀，像长辈关心晚辈，“这些理论的事还是交给他吧，我相信他早就琢磨透了，否则才不会和那家伙合作呢。”

他们往外走。门后是操作中心，内有操作台和阵列显示器，但无工程人员，几名方块头在内巡逻。

瘦子又道：“我听说，关晨并不太想接那个职务，暗地里还联合姓倪的家伙搞小动作。”

“没几天了，无论他们调查出什么都晚了。”胖子很乐观。

“说真话，我真是不理解，为什么不直接杀了他们呢？”

“这就只有他和教主知道了。”胖子有点不耐烦了，“好了，他们之间的事，让他们解决好了。”两人离开，倪烽跟过去，刚走两步，旁边柜机表面闪过熟悉的标志，和关晨父亲留下的酒杯一样，炫彩的，浮空的，像梦幻。

再检查其余柜机和金属管，发现这里一直在运转。

不知他们到底在说什么，用液态间谍软件侵入柜机，竟发现系统不识别。

连试几次，均告失败。

从未遇到过这样的情况，倪烽皱眉，因为早在他出生前，政府便以安全理由，要求脑机公司使用同一种底层程序。

门开了，几个巡逻的方块头走进来。

他回到刚才的大厅，那些裸露的金属板和线圈还有巨大的金属管道，就像对撞机。

它们肯定需要专用运输通道。透过夜视仪，他发现地面和墙体留下剐蹭痕迹，跟着痕迹走，之前的疑惑又在涌动。

现实世界有专家质疑，统一代码有着重大安全隐患。

因为不同虚幻世界的硬件屏障已被互联网打破，再统一底层代码，就等于给病毒提供了一片可以航行的汪洋大海。

遇到流感还好，但若碰见令人工智能产生自我意识的代码传播，失控将是无法承受的。那些我们制造的不同世界很可能串联成整体……

尽头的路被堵住，旁边有扇生了锈的小门。

进去后，发现是安全通道。水泥台阶很粗糙，像《焰火冷战》的苏军基地。

到上一层用了很久，推门所见先是感到一阵眼熟，接着发现，这是自己移民时的基地。

地毯很厚，踏上去悄无声息。尖形拱顶、暗红色的墙，每隔一段就有相框遗痕。

向外走，长廊幽深。浅绿色墙壁，挂着防弹网包裹的照明灯，月光在窗上，显出一幅幅宗教故事的图案。

推开大门，混杂尘土的水汽潮味袭来，刚想喘口气，便见暗夜中的建筑群闪烁着红色电子眼——是方块头，它们朝他走来。

他开枪了。一把改款MP5，弹仓能容纳五十发子弹，口径九毫米，后坐力很小，和现实没区别。

但他还是更喜欢莫辛甘纳，不断扣动扳机，发出的声响令他兴奋。瞄准射击，几名正冲在最前面的方块头被打得后退，胸口、头部流淌出液态代码。

3

但它们实在太多了，从街口走出、从建筑中跃下，四面八方。

回忆来之前的线路，边跑边开枪，十几个方块头倒地。

枪机发出咔嗒声，正要更换弹夹，一个方块头落在面前。

他忙用枪托猛砸那家伙，回手装上弹夹扣动扳机。

顾不上欣赏液态代码流出，他需要立体式的逃跑路线，否则会被方块头压制在平面的街上。

用枪打开一个缺口，街角的苏式建筑敞着门，两侧方块头不断跳出，扬起沙尘。

子弹飞出枪口，响声穿过扬尘，像在火星的行动。

萨莫尔克堡街头，他如同过街老鼠，被敌人围攻。又一个弹夹打空，冲进大楼瞬间，他闪避到门后更换弹夹。

门后墙体突然崩裂，方块头拳头穿透水泥，把他打得向前一纵。

他忙冲上通向二楼的旋梯跑进安全通道。追来的方块头把通道门挤坏，砸烂水泥墙。

没有数据炸弹攻击，因为下方就是基地。他跑上天台回手朝通道扔手雷。

这附近楼距很小。身后爆炸声传来，顾不上多想，全凭记忆跳向对面。

悬空瞬间，发现自己低估了距离，一下撞在阳台边沿，身子向后一弹坠到五楼。

忙抓住栏杆，这才翻进屋子。

楼道又有方块头，扔了第二颗手雷，换上弹夹。爆炸声再响，他冲出去。

碎碎念着脏话，在火星，好歹还有辆车子。子弹不多了，剩下两颗手雷要用在关键时刻。

但方块头源源不断。

好在后面的楼距没估算错误，从最后一栋大楼的水管外延滑至地面，冲出基地第一层铁网。

身后方块头追来，只有一个弹夹了，手雷在第三栋建筑时用完了。匕首对付它们没用。

前方便是荒原，回手再开枪，机枪发出咔嗒声，看来没子弹了。

追来的方块头渐渐少了，但也有几十个，足以杀死他。

它们包围他，红色电子眼很吓人，夜风吹来，带着水汽，天空滴下几滴雨点。

方块头动手，倪烽用枪托还击，但没太大作用。

他被打在地上，两眼冒星，强忍起身又被一脚踢中心脏。

他继续还击，头顶忽然传来飞行器轰鸣声，白色灯束罩住他们。还没来得及细看，便觉火光一闪，机炮声大作。

几十名方块头瞬间倒地，液态代码流了一地。倪烽拍拍身上的灰尘，吐了口血沫。飞行器落下，关晨走出来，上前挽住他。

“我觉得不对劲，就把静默关了。”扶他进飞行器，关晨说。

“如果我执行飞行任务，你一定是首选搭档。”倪烽活动了一下肩膀，关上舱门。

“是吗？”

“你的机炮水准是一流的。”

“但我根本没看到你，方块头挡住了视线。”

“那你还开枪？”倪烽大惊。

“行了，结果好就可以了。”关晨的满不在乎中夹杂了不耐烦。

“好吧，这也算结果！”又吐了口血沫，飞行器上升。俯视恢复宁静的基地，星光勾勒出它野蛮的轮廓，旧时代公路向远延伸。倪烽喃喃自语，“他到底发现了什么？”

“什么？”关晨诧异。

“张晓君。”倪烽若有所思。

“王近思和基地？”转头看他，关晨说，“可能还不止……”

“也许他真想拯救世界，”倪烽说，恍然大悟，“不要被隆隆炮火迷惑，真相往往很安静，它们可能就在你身边……”说出陈东明的名言。

下个瞬间，她和他对视。

舷窗外，风呼啸，雨落下，噼啪作响。

他们没休息，很快在调查局资料的堆栈找到关于卫星城基地的资料。

那是个五层高的金属展架，一摞摞黑色硬盘如厚重的典籍。

像火星萨默尔克堡的公共图书区，但它们更细腻，硬盘棱角过渡竟然比书籍还圆润。

顺阶梯向下，正好审视它的时间标识。从最初至今，大部分资料早损毁了。

困倦的保管员提示关晨：你忘了？那颗数据炸弹毁掉了你那首富朋友关于父亲的一切记忆。

复原的资料经过加工像黑白默片，播放过程有跳帧，又夹杂未被删除的影像。

这让倪烽想起《焰火冷战》，他们在去往布拉格前，试图从一堆“一战”的黑白默片中，推断某位契卡特工 20 世纪 50 年代的相貌。

这当然是不可能的。呵欠连天坐在沙发上，公共资料不可能有用。

可关晨不这样看，她全力以赴。

有几次，倪烽迷迷糊糊睁开眼，见画面反复播放的是她父亲的片段。这基地有三名合伙人，滕泰的父亲滕翰，关海，还有一个……

倪烽稍微坐正身子，脚从桌上挪开。很快他们便发现，找不到第三个人的资料，无论影像还是文字，像被数据炸弹删除了。

此前的怀疑又冒出来，指指跳动的影像："关了吧，没用。"倪烽说，然后在脑中勾勒疑点的轮廓。

"关了？"关晨转头看他。

"对。"倪烽点头，"这些是事实，但不是真相。真相只有一个人知道。"

"张晓君？"关晨说。

"对，"倪烽感慨道，"所有人都以为他是疯子，但他做的一切，却是为了拯救……"

"拯救？"

"顽石的引申含义，是说在历史洪流中，保持坚强与不变，"顺着猜测，倪烽继续，"在这洪流中，只有疯子才会坚持拯救世界，正常人谁会考虑他人的死活。"

"那他到底发现了什么？"关晨皱眉，犹疑地问。

他们在名叫玫瑰园的地方找到了张晓君曾经的住所。

那里毫无玫瑰的影子，几棵粗壮老树点缀着年久失修的楼群。

它是旧时代小区，连电梯都没有。通道狭长暗淡无光，水泥地面凹凸不平，墙壁发黄涂满广告。

住所门扇虚掩，泻出清晨的清爽阳光。

推门进去，屋内没人。满地都是生活用品，大鼻子已拿走一切可定罪的证据。屋内涂满礼教符号。

阳光照进来，晒在肩头，暖洋洋的。

关晨蹲下身，翻找线索。倪烽注意到，墙面有纸张粘贴过的胶痕，低头见关晨手拿一堆碎纸片。

东明会常做这种训练，将两张纸片对接，严丝合缝，如拼图游戏。

突觉恍惚，倪烽蓦地发现自己竟在拯救世界，像一场有意思的梦。

如果杨悬在，他一定会瞪大眼睛，不相信这是真的。

那是一幅用圆珠笔勾勒的线索图，蓝色线体穿过发黄纸张，几个节点被歪扭的圆圈框住。

节点之前肯定有照片或便笺，但被大鼻子拿走了。不太懂其中含义，但总觉眼熟，像在哪见过。

片刻后，倪烽恍然大悟……

4

“这是旧时代公路，”他想起飞行器上看到的，“它们连接着德山、卫星城和腾飞公司，张晓君一定是找到了三者间的某种联系。”

“王近思要召唤系统管理，基地要运转，就需要巨额资金、技术团队，所以腾飞公司是最好的选择。”关晨说完这话，忽然僵住。

“你的朋友对我说，他不信张晓君是顽石。”倪烽想起滕泰的话，“他认为艺术家怎么可能拯救世界？他们心里只会恨，想杀死这世界，证明自己。”

“滕泰才是艺术家。”关晨语毕，意识到自己在说什么，整个人僵住。

“对！”倪烽回，又进一步，“这基地三名合伙人，滕泰父亲、你父亲，第三个人被数据炸弹清除了，或许是他自己做的。”

“会是王近思吗？”关晨推断，像抓住稻草。

“不可能。”倪烽摇头，换了话题，“还有几天召唤系统管理员？”

“一天半，”抽回神，她看表又改口，“现在不到三十个小时。”

审视拼合完整的碎片，阳光落在其上显得色彩不均。

有的地方明显被撕过，还有图钉拔下的印迹。

回想复现机复原的影像，它们像被撕碎的线索，与不成熟的猜测，逐渐对接，严丝合缝。

他突然发问，“你和滕泰从小一起长大的，对吗？”

“什么意思？”关晨看着他，“滕泰如果有问题我会难过，但不会……”

“我没说这个，”倪烽摆手，没兴趣听她发誓，“我始终不信复现机，是因为一切数据皆可造假。”

“恰恰腾飞公司掌握了所有数据。”

“我们看到的资料说是几十年前的，其实都是复现机恢复的，没多长时间，应该是滕泰掌握公司后才恢复的……”

“你的意思是说……”关晨捂住嘴巴，“可我父亲是真实存在的。”

“复现机原理，应该是用文件残留碎片，进行逻辑推理恢复的，所以你父亲当然是真实存在的，”倪烽说，“但其余的……”

“完全可以作假。”关晨说，“可他到底要做什么呢？”

“毁灭世界，证明自己。”倪烽回。

“我真不理解，”关晨摊开手，“他还要向世界怎么证明，复现机，飞行器各式各样的发明，不都是他做的吗？”

“你不是艺术家。”倪烽最后说。

他们走出玫瑰园时，线索已被拼合得基本完整。

外面阳光灿烂，玫瑰园没玫瑰，老树也近枯萎。

关晨低头点烟，阳光从她脸颊晃过，令跳动的火焰暗淡无光。

倪烽没敢告诉关晨，还有一块关键性碎片，未曾填进去。

关晨深吸一口烟，“你说我们是疯子吗？”她凝视倪烽，面露疑惑。

“我还是喜欢顽石这说法。”

“洪流不会记住我们。”

“我不为洪流而战……”

“你说得对，”关晨点头，把烟吐出来，打开飞行器舱门，“我母亲可能会记得些事，或者还有些其他资料。”她说：“我们需要知道更多的信息。”

就像在《惊疑中东》，德山的祷告与钟声，穿过街头，在旧时代的建筑和新时代的摩天大楼中回荡。

从空中俯瞰，信徒匍匐巷道、环绕德山，充塞整座城市。

如麦加朝圣，他们都在等待系统管理员降临世界。

他们抵达时，关晨母亲正出门。原来她也想去祷告，迎接系统管理员。

她对关晨说：“我想告诉它，我的爱人是关海，让它帮我联系你父亲。”她拉着关晨的手，“你和我一起吧，系统管理员是现实世界制造的，它一定会听人的话……”

“妈！”关晨拽住她。

倪烽转回头，沉默不语。等她说服母亲。

老人最终没同意不去，但愿意拿出关海留下的资料，不只照片，还有之前卫星城基地的信息，以及自己的记忆……

查找资料无疑是痛苦的，但也是必需的。在萨默尔克堡，为调查并毁掉火星独立势力制造的恐怖机器。

他们在图书馆的遗留资料中，拼凑出那玩意儿的详细技术细节。

事后杨悬伸了个懒腰说：“有一天我不做杀手，其实还能做个科学家。”

杨悬语毕，一脸满足。

倪烽还记得，望着铺满大厅的图纸，他毫无满足感，陷入了沉默。

他那时才意识到，无论自己把父亲遗留的技术细节拼合得多么完整，都不可能拼出父亲为何突然失踪永远消失的完整图景。

资料有影像和照片的，还有文字的。

前两者和公开的资料没区别，但关晨因为对父亲感兴趣，会多看两眼。最重要的部分，是文字资料记录的科研日记。

他惊奇地发现，关海的字非常好看，像位清秀的少女。

日记的内容，多数都是图纸与数据，少数是关海的感慨。

那些文字被倪烽敏锐地捕捉到，他说：“是啊，若真这样，这世界和那世界又有什么区分呢？造物主可真是，让进化趋同变成了文明趋同，我们又该如何是好呢？”

感慨被标注在画的底部，那是他手绘的这座城，对折页还有另外的图。

关晨母亲说，那是关海所在的城市。倪烽视线扫过，顿觉惊讶。他从未见过现实世界有这样的楼体。

一种碟形建筑，由粗壮的柱体连接，直冲云端。

远看像巨大的金色杉树，一架架飞行器从中起降，像某游戏的内容。

又想起那个没拼完的线索，倪烽还是不太确认，又继续往下看。

“若非观测，造物主不会降临，如此便形成完整的虚幻。但叠加态内部的生命不会知道自己受到保护，他们以为一切是确定的并竭力去寻找自己认为的造物主，这点我和世人一样，想知道是否真的存在这个造物主。”

这段话附了张图纸，叠成好几折，打开后铺满整张桌子。

倪烽扫了一眼，先是觉得眼熟，再仔细看，忽然想起父亲的遗留资料。

同样的图纸，画风不一样。

没回答她，倪烽迅速打开其他图纸，把它们一张张放在地上，拼合完整。

刹那间，他意识到，这是父亲公司的遗留图纸……

他怔住。想起年少时，警察询问他时，便拿着同样图纸的缩小版：“这是什么你知道吗？”

他当然回答不知道。

另外的警察又问："什么是观测器？"

倪烽记得自己依然摇头，他隐约听父亲说过观测器，但不懂它的功用。

"它能做武器吗？"

年幼的倪烽还是摇头，其实是想说我不知道。

"怎么了？"身旁的关晨问。

倪烽沉默，往后翻。

关海又继续：我已经证明系统用量子态，来隔离不同的宇宙，使文明间不会互相发现。但当我们打开观测器，观测到其他文明时，带来的是扇区间的串联，虚幻的数据成为一种真实存在。

这是一个多么简明易懂的道理，可连续几个世界竟没人懂我。他们认为我在胡说八道，我又该怎么证明这理论的正确呢？证明我从另外的虚幻来，而不是从现实……

身子忽然僵住，线索碎片瞬间拼合完整，倪烽猛抬头，盯视关晨。

"到底怎么了？"关晨问。

倪烽看着她，不知该怎么说，该如何把真相告诉关晨母亲。他意识到，关海可能正在观测这世界，然后用这世界的结果，做他理论的验证。

刹那间，他想起了张晓君说的——毁灭。

最后说："我们必须阻止王近思召唤系统管理员。"

第十六章　真相

看叶克辉拒绝关晨。

倪烽早知会这样，却还是同意，按她坚信的做。

即使面前横亘一堵巨墙。

叶克辉在桌后，倚靠宽大的椅背，“只是推测，就要我控制卫星基地？还要抓捕王近思和滕泰？”他本就往外凸的双眼，瞪得大大的，说不清真惊讶，还是别的什么。

图纸摊在桌上。尽管涉及自己父亲，但关晨还是把所有都告诉了叶克辉。

知她满心厌恶，倪烽看看表，想提醒她时间不多。

主动权会随时间推移改变。

他打了个哈欠，换了个坐姿。暗自好奇叶克辉的变化。

办公间很新，估计是他上任后才粉刷的。有潮腻的味道。

满满三个柜子，摆着他大学至今获得的一切荣誉。

倪烽很想提醒他，似乎忘了还有小学和幼儿园。

“他们在做的不是杀掉某个人，而是会毁掉我们的世界，你难道不明白吗？如果不阻止他们，不是我一个人会完……”关晨很用力，“只要你签字，我们有提前处置权，可以先阻止，再调查……”

“我们不能轻易用那个权力，你很清楚，它的存在只是为了平衡，现在远没到打破它的时候，”叶克辉说，“这本是个已经结掉的案子，你拿到你要的，我得到我要的，这很合理……”他脸上罕见地闪过对关晨的轻蔑。

毫无意义。

倪烽再次看表。

此时距离王近思召唤系统管理员，只剩不到二十四小时了。

他人生当中，有无数不可能的任务，都是在不到二十四小时内完成的。

但没有一个像现在这样令他紧张和担忧。

突然想抽烟，但摸摸身上什么都没有，最后还是关晨注意到他，把烟递过来。

刚要说谢谢，他注意到叶克辉轻蔑的目光：“没想到你，像你这样的人也开始想着拯救世界了？”

稍微挪动身子，倪烽故作扭捏，先吸了口烟：“我觉得自己还是不要发表获奖感言了，”他指指那些奖杯，“你比我有经验，可以先说。”

“我还以为像你这样的人不关心别人的世界。”叶克辉说。

“我是艺术家啊！”倪烽笑起来，毫无疑问他被自己的幽默打动了。

“你真以为自己能拯救世界吗？”叶克辉这话，像对关晨说的。

“像你这样的人，当然不关心这世界会是什么样，你只是关心你自己罢了。”倪烽起身，“毛毛，我们走吧。”他平静地说。

关晨怔了一下，立刻跟上。

叶克辉追过话，“你们去哪？”

“拯救世界啊！”关晨头也不回，点了支烟。

就像在麦加，拥挤的街头让人无法快速行走。虔诚的人挡住去路，不断匍匐祈祷。有人在发放关于召唤系统管理员的宣传单，德山在这一刻似乎成了世界的全部。人们忽略了一则重复播放的新闻：顽石制造的核爆，已辐射到这个地区。

“只有不到二十二小时了……”关晨看看表。

“你真决定了？”倪烽问。

“没时间了，”她叹了口气，“这是无比糟糕的决定，我要亲手毁掉我们世界赖以相信的基石。但我真的没办法，在这么短的时间阻止他们……”她指指那些匍匐的人，“不要说劝服调查局内部，就是劝服这些信徒也没可能。”

倪烽为她感到难过。路边教士递给他们传单，积极介绍：“快来加入我们，有了系统管理员，可以解决你所有不满，只要你虔诚祷告，就能改变命运的不公。”理教换了宣传导语：改变命运，杀死不公，唯有系统……

“其实都一样，我们都以为靠一样东西，就能解决一切。”她把宣传单揉成一团。

滕泰出现在街头投射的影像中，他正做客新闻直播间，“事实上命运的不公由来已久了，我们腾飞公司一直希望通过连接系统管理员改善这种情况。所以我们首先提出来的是，释放我们的灵魂……”

“释放？”主持人问。

“每个人都是自由的，人生本该如此。”滕泰耸耸肩。

看来滕泰真的和王近思勾连了。可这条线索碎片，还有些解释不通。

坐上飞行器，关晨忽然说：“答应我，不要杀他……”

“我的首要目标是王近思。”倪烽回避承诺。

“也许他改过所有人的数据……”关晨说，“但在我的记忆中，却只有这一个朋友。”飞行器起飞，轰鸣掩盖不住她的失望。

接着舱体晃动了一下。

巨大的阴影忽然遮住阳光，四面响起警笛。

雷达界面，充满红色光标，视野中突然出现十几架警用飞行器。

他们被包围了。

天空还有架更大号的，关晨向上望，“× 的！捕食者！”她话音刚落，飞行器就被警用捕捉钩勾住。

僵硬的声音传来，警告他们，不要反抗。

他们选择了服从。以倪烽的经验，无畏的反抗只会带来没必要的伤亡。

当他走下飞行器，见到大鼻子调查官，甚至还满面笑容，和对方打了个招呼，“你真有做狗的天赋。”他说。

“别着急，有你后悔的时候！”大鼻子满脸得意，身后走出一个人。

倪烽一眼认出，是关晨的哥哥言森。

他今天穿得非常精致，皮鞋擦得锃亮能当镜子，脸像涂了亮油。

“如果不是需要遵守法律，我早一枪崩了你了。”言森率先开口，让两名警察抓着倪烽的肩膀。他瞥了一眼自己的妹妹，“我早说过，像你这样的人，就是言家的耻辱，你和你妈妈一样，喜欢和外世界的人上床乱搞，藏在骨子里的基因是不可能改变的！”

关晨想动手，但被几名警察控制，只能破口大骂。

直到她骂完，言森才又道：“我对你仁至义尽。你真以为同意给这家伙身份的关键一票，是刘明林投的吗？”他一字一顿，“不，你错了，那一票是我投的。”

一刹那，不仅关晨，倪烽也愣住了。

他本不信言森，但线索的碎片，却忽然被这话拼合完整了，“是王近思让你这么做的，而不是滕泰，对吗？”恍然大悟，他问，“王近思答应给你们什么？”

“重新来过的人生。”言森道，“看看我们的世界多么不公平。像我这样的人，却因造物主写好的命运，被那些还不如我的浑蛋踩在头上，我却必须像只狗一样乖巧地忍耐……”他说着，攥起拳头，“我们要改变这一切……”

“系统管理员不可能改变既定的代码，除非……”话到这里，倪烽忽然哑口，猛然意识到王近思的真实目的，“他召唤系统管理员，是想让系统删除世界的数据，让整个世界重新来过？”

“简单点说，就是格式化，然后重置。”言森冷笑，“你父亲创造我们这里，就没想着给我们公平吧？既然这样，那不如我们自己来要这份公平……”

“但滕泰呢？他也需要这份公平吗？”觉察到碎片中还有不合逻辑的线索。

“不！他只需要证明自己！是不是很幼稚，我也觉得！×的，这世界竟然有这么幼稚的人！”言森恶狠狠地吐了口痰，“他想创造一个机会给世人逃离虚幻进入现实，让他们获得真正的自由……”

“但人们要的是确定的好，而非不确定的自由！”倪烽已经意识到，滕泰想制造一个机会，让虚幻的人吞噬现实世界人的肉体，可事实上什么都不会有。

大鼻子上前，瞪着关晨：“王近思答应我，来生让我做局长，你做犯罪分子！”

他语毕，轻蔑地笑。

倪烽意识到，整件事的线索碎片已经拼合完整。

被押上捕食者，座位僵硬冰冷。

大鼻子在他们对面。一直微笑，冷笑，狞笑。

倪烽猜，他从出生到现在，都没这么得意过。

身旁几名警察面无表情。

捕食者飞行器庞大而臃肿，显得旁边几架飞行器像小麻雀。

现在几点了杨悬忽然从心里跳出，问他时间。

要死了！倪烽在心里笑出声。

实话说，这些人实在业余，竟只给他们戴了手铐，没戴脚镣，也没单独关押，形成安全间隔。几名警察看起来训练有素，但倪烽自信可以轻松应付。

外面那些巡逻用的飞行器，撞不过捕食者。

唯独关晨，他不确认。

他看向她：“我们没时间了，你明白吗？”

“别着急……”不等关晨说话，大鼻子看看表，“还有二十个小时，要是用度日如年的方式，其实不错的。”他敞着怀，露出腰间的“史密斯威尔森 M500”。这枪威力很大，但枪把有点长，枪套扣子竟敞开着。

机会……

下个瞬间，倪烽探手拿大鼻子的枪。

两名警察立刻做出反应。

但关晨更快，一个横砍，一记冲拳，一名警察瞬间致盲，另一名警察窒息倒地。

大鼻子这时反应过来，但晚了。

十二点七毫米口径的枪口，喷出愤怒的火焰，瞬间吞噬几名警察。他吓得连忙举起双手，裤子突然湿了。

“你刚才说什么来着？”倪烽问。

“听……我……说……”他支支吾吾，“我们一切都是按照法律来的。”他将求救的目光转向关晨。

但关晨保持沉默，别过头。

“只可惜你没有下辈子了，重置前删除的数据，不会再出现！”

倪烽说，然后扣动扳机。

驾驶舱传来喊声，“怎么回事？”

舱门刚打开，枪就响了，伴随飞行器的轰鸣。

副驾驶员倒在地上。胸口有个小洞，血从身子另一端流出。

倪烽大摇大摆走进去：“如果你不想在格式化之前，被杀掉……”他威胁驾驶员。

“你想做什么？”看看倒地的同伴，驾驶员软下来，“我只是个驾驶员。”

“听话点！”倪烽冷冷地说。

飞行器开始倾斜，急速下降。不理僚机问话，巨大的捕食者撞开它们，强行在祷告的人群中降落。舱门打开，他们走出去，先朝天鸣枪，引起骚乱，然后趁机跑开，融进祷告的人群。

第十七章　行动

1

又一场行动，和之前无数次的行动一样。

从信息量庞大的图纸中，确认敌人位置，分析防卫重点，找到需要击杀的目标。

然后再在计算机中进行可行性模拟，在图纸上不断演练。

他们把行动信息输入行动电脑，再以 AR 模式投射在眼前。

但没用，倪烽心里很清楚。

这并不是寻常的特种兵潜入，那台机器几乎毫无漏洞。

只有硬闯。

空气中投射的影像显示，外面在刮大风，虔诚的信徒匍匐在城市街头，摩天大楼上立满了方块头，抬头仰望，观察天空。

王近思在祭坛盘坐，四面的烛台燃烧的蜡烛，被风吹的白烟如幔帐将德山笼罩着。

就像仙境那般缥缈。

他此时正诵念召唤者经文：人欲不止，万物欲动，酸甜苦辣，皆为命也，三位一体的神啊，请将光赋予我们。让我们做你的信徒……

王近思抑扬顿挫，如歌唱。

两名紫衣的教士将话重复，接着是四名灰衣教士。

然后依次向下，从山巅传至山脚，再从山脚传至城市的每个角落。

整座城都在吟诵理教的经文：三位一体的神啊……

身旁关晨将锋利的刀入鞘，一颗颗压音弹装入弹仓。

看她，就像看到晓菲。

灯是暖色的，将她冷峻的脸映得有了些许温度。

倪烽有些出神，呆坐着。

“怎么了？”她问。

“没什么，”片刻后，倪烽摇头，嘱咐她，“后面如果发生意外，你的任务是拯救世界，不要管我。”将威尔森史密斯插进枪套，倪烽又把惯用的战术笔放进袖口。

“怎么？是不是想起什么了？”关晨问。

“没，”倪烽摇摇头，“行动没有情谊，只有成功。”

“希望没有纰漏，”她说，脸上闪过一丝失落，“你杀过自己的朋友吗？”

“我是杀手啊……”倪烽简单回道，可怕的记忆被他死死摁住，他告诉自己，关键时刻决不能动摇。

“他是我唯一的朋友了。”关晨叹了口气，很犹豫。

倪烽耸耸肩，最后给 M27 装上弹鼓，又把 surefire 的消音器装上。

他们走出门。祷告声环绕全城。

新闻上说，系统管理员出现后，可以让死人复活、瞎子复明、瘸子走路、傻子变聪明、穷人得到财产、富人得到真爱。

关晨感慨："总有人喜欢把命运交给神佛。"

观测机有点像激光观测仪和大型强子对撞机的结合，先通过制造微型数据虫洞，向外发射可观测的信号，其他宇宙在接收到光电信号后，从外部进行干涉观测。

相当于把这个宇宙当成装薛定谔猫的那个毒气箱。倪烽粗糙地总结。

卫星是这个计划的核心区，德山和腾飞公司，实际是基地的臂展，不仅为光电信号提供稳定传输能量，同时也是光电信号接收和发出的重要回路。

他们曾想过炸毁其臂展，但后来发现这并不可行。

于是只有这一个办法……

飞行器超低空掠过荒漠，引擎轰鸣，惊起隐藏荒原的动物，跳动跑开。

黑暗包裹着他们。只能依靠夜视仪辨认前方图景，他把 M27 调节到连发。

弹头经过关晨改造，用的是禁用的传染性病毒——阿海。

若方块头中弹，要联网报警，病毒便会顺着警报的数据包把防御系统搞瘫痪。

强光从卫星城发出，他们听到轰隆声，接着暗黑的天空划出一道白色印迹，一枚火箭被发射出去，外表裹着蓝色光膜，"怎么回事？"倪烽抬头向上，看天空被强光瞬间照亮，随后又暗下来。

"肯定是为召唤做的准备，"关晨说，再给滕泰拨电话，还是没人接，"× 的！浑蛋！"她怒骂起来，滕泰终于激怒了她。

适当的怨恨是好事，倪烽沉默。

继续看着那枚火箭上升。

身旁关晨，腰间挂着霰弹枪，这次是 M870 breacher，虽然一次只能装三发子弹，但威力巨大。她告诉倪烽，自己喜欢那种爆裂的愤怒，像挣扎的怒吼。

她还选了涂毒液的狼蛛，只要在皮肤上稍微划个小口，便能瞬间致命。

“一点不痛。”她解释。

“就像我们在火星用的斯科默毒液。”倪烽点头。

“尽量温柔。”她忽然问，“你杀人是什么感觉？”

“谁知道呢，反正这就是个任务。”倪烽无所谓地耸耸肩。

莫名想起杨悬。想起他每次杀完人都会跪地祷告，有时向上帝，有时向佛祖。

前方就是卫星城的警戒区了。

驾驶舱传来急促的警报声，空气中弹出提示框：已被导弹锁定。

雷达边界线有三枚红点，移动速度很快。

关晨忙调整角度，但飞行器反应很慢，它的操纵感与空气动力学，简直是空战的噩梦。眼见导弹掠过荒原，拖曳的风痕越来越明显。

飞行器这才扬起身，弹仓射出诱导弹。

两枚导弹被骗，瞬间爆炸。

但还有一枚，提示器不断报警。从雷达上看，它马上就到。

“坐好了！”关晨大吼，猛拉机头，发动机发出轰鸣，几乎变音。

暗黑色天空飞在视野中，迅速放大。

导弹与他们擦身而过，呼啸着在远处兜了个圈子，又回来。

飞行器此时已调整好。机炮喷出子弹，又一枚诱导弹射出，在空中开花。

接着是刺眼的火光，爆炸声随后传来。

飞行器穿过去，视野中忽然出现无数方块头，密密麻麻，从房顶到地面。

关晨扣动扳机，机炮作响。方块头一个接一个倒下，流出液态代码。

跟着又一个个来，像游戏中注定要重复出现的 NPC。

通讯器响了，滕泰的脸出现在空气中。“毛毛，你知道自己在做什么吗？你在阻止我给所有人自由！”他大声说。

地面方块头，竟以叠罗汉的办法，冲向半空的飞行器。

“王近思是在利用你，滕泰，快停下！”关晨大声解释，“他真实目的，是想格式化整个世界，重置全部数据。”

滕泰的影像中传来声音：物理封装，完成百分之九十。

此时方块头叠至半空，最顶端的家伙，朝他们跳来。

子弹立刻击穿它的身子，令它滞空片刻，跟着坠向地面。

枪膛传来咔嗒咔嗒的空响，没子弹了。

又一名方块头扑来，飞行器撞上它，隔着舷窗，倪烽扣动扳机。

“利用？毛毛，你真什么都不明白啊。”滕泰很认真，“你难道不觉得，我们活得可悲吗？一生都被造物主、被系统管理员控制管理着。人之所以遭受不公，并不能归罪于命运分配机制，而是根本就不该有系统。”

2

“你这个浑蛋！”

关晨调整机身俯冲，弹仓的最后两枚导弹投射出去。

爆炸为他们清开一条血路，但转瞬又被其余的方块头堵住。飞行器没减速，冲下去，撞开它们。

滑行片刻，飞行器撞倒街角的灯杆，扬起一片尘土。

侧滑的尾巴把旁边大楼的楼角扫出个缺口，这才停下来。

关晨和倪烽同时掀开舱门，跳出飞行器。

虽然给 M27 装了弹鼓，但根本没用，那些方块头不停地从高楼跳下、从大门冲出。

眼见入口近在咫尺，却无法到达，子弹一颗颗被打光。正感到绝望时，阿海病毒却忽然有了效果。

不断出现的方块头突然僵住，几发子弹打上去，它们倒在地上，再无跟进。

关晨踹开门。

倪烽跑进去前，抬头望天空。

忽然发现火箭在远空爆炸，暗黑色的天空，出现个方正窗口。

倪烽总觉得眼熟和危险，和关晨走进长廊。

按记忆重回之前的大厅，图纸说这里是数据的交会口，再往前便是操作中心了。

原来的脚架已经拆除。

设备发出嗡嗡声，明显是在预热。贴着金属管道走，不远处又见柜式的服务器。

几名武装守卫出现，关晨扣动扳机，霰弹枪在封闭的空间效果很好，但噪声也大得惊人。

推开操作中心大门，视野豁然开朗。

倪烽一怔，仿佛置身在苍穹，星光伴身，脚下是第二世界全景图。

像站在太空俯瞰地球。空气中除了各式各样变动的数据，还有重要街口影像的投射：祈祷的人，不时仰望缥缈中的德山，他们还没察觉出危险，依旧虔诚。

操作中心内，有人抬头看他们。这里工程师很多，都穿着腾飞公司的制服。

设备是那种老式的，军用绿铁皮外壳，旋钮都是机械的。

倪烽注意到，它们似乎正遥控操作什么，在第二世界全景图上方，出现了一张透明的膜。

工程师说："物理封装已完成百分之九十七……"

"物理封装？"倪烽一怔，想起什么。

有人从另外的门扇跑进来，急促地说："他们进来了，病毒入侵安全中心。"

"没事，我知道。"

听到滕泰得意的笑，他们在一组数据后面，找到他。

低头发现自己胸口有激光束，滕泰并不慌张，"我早就对王近思说，你是个艺术家，迟早会找到真相……"

"我对你说了！王近思在利用你，根本不会发生你说的那种事。"关晨朝天鸣枪，"所有人双手抱头，停下你们的动作，否则……"影像中的数据继续跳动，物理封装完成：百分之九十八，没人服从命令，所有人像看怪物一样看他们。

倪烽立刻扣动扳机，杀死一名工作人员。

杀手的准则之一，用暴力告诉他人自己的决心。

“关掉它，我没耐心……”将枪口对准了滕泰，倪烽喊，“只有三秒！”

“你根本什么都不懂。”滕泰话没说完，手伸向口袋。

“停止你的动作！”倪烽大吼命令。

“别拿这套吓唬我。”滕泰冷笑，手已经伸进口袋。

倪烽毫不犹豫，扣动扳机，但关晨及时拨开他的枪口。

子弹擦身而过，关晨脸色发白，但滕泰却满不在乎。

他从口袋掏出烟，在倪烽眼前晃晃，“胆这么小啊！”说着，向关晨走，“知道你会紧张，特地给你准备的。”

关晨随即往后退了一步，刻意和他保持距离：“滕泰，关掉机器！”她一字一顿，“收手吧！这是最后的机会！”

“不可能了，毛毛，”滕泰摆摆手，“我造的一切都是底层代码驱动的，系统层级的代码一旦启动，包括数据炸弹的攻击，都是毫无意义的，”他骄傲地说，“刚才你说什么？王近思利用我？这话只说对了一半……”

“一半？”关晨很惊讶。

“另外一半是我愿意的啊，愿意被他利用，愿意相信这世界真有造物主，有系统管理员，”像小孩在做内心独白，滕泰深情地说，“你能理解吗？当你努力去让世界接受你时，全世界的人却都在排斥你。这时有人愿意接受你、相信你说的，并愿意成就你，这怎么能算利用呢？”

“你真的愿意这样做？”关晨的瞳孔骤然一缩，身子僵住。

“这不重要，”滕泰说，“当我提出世界是虚幻的、提出造物主与外空间时，父母亲戚当我是疯子，辱骂我，说我不孝。同学认为我是魔鬼，排挤我，殴打我。只有王近思接近我，相信我，是他告诉我，要让这世界相信自己，就得有手段……”

“所以发现世界本质的是你，而不是你父亲？”倪烽大惊，回想起每次说到滕泰父亲，便会被转移话题，他还故意装出公子哥模样。

“我父亲是个无耻的恶棍，每天就知道酗酒，打我和我妈妈，他哪里关心什么世界！世界也不关心他！”滕泰搓搓手，猛然发狠地盯视他们，“我杀了他！不只他，还有我那受气的妈妈！但不是用数据炸弹，而是用刀！”

说起被自己杀死的父亲，滕泰满脸得意。

倪烽察觉出这其中的蹊跷。

关晨这时终于恍然大悟：“然后你用数据炸弹炸毁一切，再重塑所有人的记忆？”她惊得目瞪口呆，“你利用了所有人，包括我……”

“不……不……毛毛，不要激动，没那么夸张，”滕泰无所谓地摆摆手，“至少我和你第一次相识没有任何变化。还是那个雪天，在幼儿园，只有你和我没家人接……”他说，“我只在那后面，添了我父亲，让所有人相信，他是个富豪，是个科学家。”

“所以你这么做，是要向世人证明自己。”关晨声音瞬间低沉下来，看起来无比失望，“你宁肯毁掉这世界。”她终于知晓了结局。

“不会死多少人的，至少我们的人不会，”滕泰指指空气中的影像，物理封装进度条，“一个小改动，还记得数据炸弹被二维化吗？”

他说着，脚下第二世界的全景图上，凭空出现一张巨大的膜。

它越来越大，在太空中将光吞噬掉，变成一道平面的印迹。

倪烽想起天空中的窗口，回忆起滕泰实验室吞噬掉数据炸弹的整张二维薄膜。

“你想把系统二维化，这样它就无法干涉三维世界了。”倪烽说。

“不错的方案，但不是最优解，”滕泰走上前，“别忘了这世界最需要的是自由，只要系统还在，难题就不可能解开，所以还可以再完美，”他得意地笑，“这张薄膜，将打开通向现实世界的数据出口，”指指正灼烧空气的薄膜，有信徒已抬头看到它，“我给他们机会，让他们去现实，做个自由人……”

“你想入侵现实世界人的肉体？”

“这个主意如何？”滕泰笑出声，“你可以回到自己的肉身了，重获自由，怎么样？”他的脸上写满得意，“记得去自由世界后，感谢我！”

3

意识到二维化薄膜打开的数据出口会成为观测通道。观测产生坍缩，宇宙一旦不再是量子态，系统管理员格式化它，将不可逆转，不可恢复，一切都将毁灭。

倪烽说：“但你把这个宇宙毁了！”

“可我们自由了。”滕泰冷笑。

“也许是死亡。”想起父亲的遗物，一个可怕的推断涌上心头，倪烽不寒而栗，“你的一切建立在有真正现实的基础上，但如果现实也是虚幻的，没肉体供你们寄存，这些人最后都会成为虚无空间中的孤魂野鬼，直到粒子携载的记忆彻底消失。”

“这重要吗？”滕泰咬着嘴唇，“连自由都没有，还不如死了呢！”

“为了你的理想，要杀死这么多人？”关晨瞪大眼睛问，“你真想这样吗？”

“他们也配做人吗？”滕泰喊起来，手指空气中投射的画面，王近思盘坐正中，白雾缭绕，他的左侧是教士，右侧是信徒，这就是关晨说的隐形的他们。

从山巅至山下，从山脚至整座城，祷告声轰鸣震颤整个世界，“你看看这些人，他们口口声声抱怨命运不公，转回头来，就给命运下跪，与系统媾和，就为了那么丁点儿的好处。如果真如你所说的那样，成了孤魂野鬼，那也是活该！”

滕泰说完，将目光投向倪烽，“你说，我说的是吗？艺术家先生。”

“我不关心……”倪烽下意识的冷漠，但注意到关晨惊讶地望向自己。

滕泰笑出声，“你说得对，即使这里的人都死了，我也不在乎！”

“但我答应过毛毛，帮她完成她要完成的，坚持她所坚持的！人生不就是这样吗，要么学着那些浑蛋下跪，要么就和你一样，踏向也许是死亡的未来，你想让我在两个浑蛋之间做选择，我只能说，还有一个选择，就是和毛毛站在一起……”

“结局不都一样？世间万物，甚至包括历史的发展都是底层程序决定的，像你这样的人能阻止什么呢？”滕泰冷笑讽刺。

“你说得对……”关晨终于说话了，眼眶红着，“倪先生，我们走吧。”她语气中满是失望。

滕泰在后面追道：“毛毛，难道你选择相信这样的人和你站在一起吗？”

“我选择相信身边的人，可身边的人却改了我的记忆，修改众人的历史，为了自己的理想，宁肯杀死无辜者，逼我到绝路……”关晨忍住抽泣，“这使我明白，我该选择和我站在一起的人，不管他们来自哪里，曾做过什么。”

她语毕，毫不犹豫地离开。

倪烽跟上。

身后的画面，世界正陷入混乱，可他却不合时宜地笑起来。阳光灿烂。

他们离开时，天空那张二维化的薄膜泛起如火的涟漪，向四面扩散。

原有的飞行器已不能继续，只好根据上次的记忆，找了架运输飞行器。舷窗外，天空亮起，远端却无初升的太阳。原本的残月也未出现。

一架飞行器高速掠过二维化的薄膜，倪烽眼见它穿行过去，先被拉伸，而后变成张平面图像。

真希望这是脑机游戏，他尝试放空身心抽离意识，想逃离。

王近思故意放纵滕泰制造这个出口，导致危机无可挽回。

想起东明会，还是做杀手简单，只需杀人。

此时，倪烽惊愕地发现，即使杀光所有人也难以阻止灾难。

他意识到，有些毁灭是必然的，底层代码决定了一切，无可更改。

城市中的摩天大楼爬满方块头，它们从各个角度投射出滕泰的影像。

他宣称，命运之所以不公，在于不该有造物主，现在他给了人们机会逃离这里，去往现实世界，成为真正的人，从此不再有系统分配命运……

讲话声破坏了抑扬顿挫的祷告，但人们依旧继续，甚至不抬头看一眼天空。

再度想起父亲的遗留资料，现实难道也是虚幻吗？他突然想探知父亲所有的秘密。

飞行器在这时向西转，运输飞行器很笨重，转弯很慢。

“顽石让我们牺牲自己，拯救世界……”关晨无力地说，“可现在我们就算牺牲，也没法拯救什么，”她用手背抹去眼泪，“刚才，我真该杀了他。”

“杀人不能解决问题。”倪烽很惊讶，自己会这么说话。

“很高兴，和你站在一起……”关晨朝他投来微笑。

倪烽猛然重新串联线索，“卫星城的三个创始人，关海来自外部世界，滕泰在这个世界，会不会王近思也一样来自外部世界呢？比如来自我们那里……”他再度想起，自己怎么看王近思都觉得眼熟，“王近思虽然是个浑蛋，但他不可能眼看着格式化，自己做牺牲品。”

“所以他制造了灾难，然后逃走。”

“第二世界所有人都被他们当成了试验品，实验他们的猜测，证明他们是正确的，不惜牺牲所有人，”倪烽说，“顽石以为有一两个人，做出自我牺牲，就能拯救世界了，但他根本不知道从自己戴上 AR 眼镜那一刻便注定被控制。他不明白牺牲和杀戮不能解决底层代码的危机。”

“我以为自己可以拯救和我站在一起的人，可结果，”关晨望着他，“对不起，连累你了。”

“毛毛……”倪烽说出自己的判断，“你该离开这里……”

“离开？”关晨露出惊讶，她错愕不已。

“对，我们可以找到王近思离开的通道……”倪烽说，低头看表，毁灭正在迅速接近世界，“时间是不会等人的，任何个体妄图以牺牲或者杀戮，拯救世界，都是无足轻重的。”

“难道我们眼睁睁看着这世界毁灭吗？”关晨喊起来。

“这才是现实啊，”倪烽说，“我们经常以为美好生活会继续，根本不知一些人、一些事、一个世界会突兀地死去。但不要因此背负愧疚，便跟着毁灭一起。”舷窗外二维化薄膜，正将天空撕扯成正方形，“毛毛，去到其他虚幻，告诉他们这世界是怎么灭亡的，找到和你站在一起的人，这才是你现在应该做的……”

他语毕，盯着关晨，等她回答。

“你去吗？”关晨忽然问。

倪烽耸耸肩，问她：“有烟吗？”

第十八章　下一个世界

天空中的二维化薄膜，将白云与飞鸟拉伸成平面，又继续向下，吞噬远端山巅。他们不得不把飞行器向下推，让笨拙的机身在城市的楼群中穿梭。

祈祷声依旧，犹如歌唱，匍匐的人群一动不动，等待系统管理员降临。

距离召唤只有不到十分钟了，电话还是没人接。关晨猛拍操作面板，她想带母亲离开。倪烽望向窗外，恍若身在《焰火冷战》的布拉格，逃离故土的人想带走唯一在乎的亲人，但亲人却虔诚地向系统匍匐祷告。

时间一点点过去，大型运输器无法在住宅密集的楼间穿行，只好略微升高。空气中有刺眼的电流闪过，击中不远处的高层。像数据炸弹爆炸，楼体瞬间成烟尘，却悄无声息，如一部默片。烟尘顷刻又化成二进制代码，被薄膜吸收，成了平面画作，然后不断拉伸，轮廓印迹持续扩散，颜色淡去，下一时刻，竟消失了……

电流不断出现，令不坚定的信徒尖叫起身，寻找躲藏地。祷告声在空气中传播，像魔鬼在歌唱：世间无常，四大皆空，生灭变异，神念在上，吾念在下，吾为吾神，叩身为命。

电话在这时响起，关晨接起来，那头传来母亲的哭声。来不及多说，电流乍现，击中前方高楼。倪烽忙推动沉重的操纵杆，向左侧偏倾，但左侧又一道电流闪现，他忙向右转，擦着那道电流飞过。

“妈，你在哪？”关晨焦急地喊，“我去接你！”

“别管……别管我……”电话断断续续，加上运输器驾驶舱的噪声本来就大，关晨不断喊，“妈，你听到了吗？”过了一会儿，母亲声音才再度传出，“你要活下去，找到你父亲，告诉他，我相信他，我一直在等他……”

“妈！我们一起离开”关晨大喊，“一起……”

电话忽然中断。空气中闪现数十道电流，击穿楼群，低矮的丘陵，路上狂奔的信徒瞬间成烟尘，一阵风吹过，二进制代码飘向半空，被薄膜吸收拉伸，很快消失。

关晨重新拨出，但电话已不能使用。

只剩不到五分钟。

倪烽沉默，等她决断，就像当年在《焰火冷战》杨悬从南越的丛林撤出，身后是疯狂的追兵，子弹打在直升机上噼啪作响。

两侧电流不断闪过，倪烽操纵着笨重的机身左躲右闪。

片刻，关晨看向他，目光坚定。只有不到两分钟了。

德山钟声不断敲响，一下比一下急促。城市爆发出巨大的欢呼声，白色光波从那出现，如水中涟漪向外扩散，穿过世间万物。

倪烽知道，这是外部观测者的观测启动了，量子态世界终于被改变。

运输飞行器关键时候显得速度很慢，时间到了。

祷告声依旧，钟声继续，倪烽竭力拉动操纵杆，却见七色光点从德山的山腰中闪现，如涟漪般向外扩散，穿过空气中的电流，电流随即顿住，像被按了暂停，画面还有残留的二进制代码。祷告声与钟声亦卡住，发出诡异的长音。

飞行器忽然失去动力，向前滑行，眼见就要栽进德山山腰，却忽然顿住。机头前倾向下，尾部高高翘起，像在急刹车。面板上数据表全部卡住，下方祷告的人群也顿住。就连山腰中泛起波澜的湖水，竟也变成静止的画面。全世界似乎都死机了。

“召唤造物主了，还是二维化？”关晨问。

“应该是在召唤……”

耳旁祷告声和钟声，拉长尾音，令人烦躁。倪烽抬头，看到二维化薄膜也停住，正拉伸的二进制代码形状扭曲一动不动。他和关晨想跳出飞行器，但舱门被卡死，玻璃无法敲碎，几枪下来依然如此。

一时间，他们像被封禁在凝固的时间中。

碎裂声传来，仓壁忽现裂痕，接着门扇与舷窗也如此。他立刻猛飞起一脚，舷窗终成碎片，化成烟尘，又变成二进制代码。他和关晨忙从中跳出，下方是隔开无面神和信徒的湖水。没想到它也凝固了，落地瞬间，像在冰面硬邦邦的。

接着湖面开裂，倪烽大吼一声，“快跑！”

身后飞行器轰的一声崩裂成碎片。

刚翻身至小径，湖面便彻底崩塌，冲过祷告的人群，脚下地面、路过的山石植物与连根的泥土也都爆裂成碎片，滞在半空化为烟尘，又变成二进制代码。

他们向上狂奔，突觉脚下虚悬晃动，这才发现山路已裂成碎片。天空中，那张吞噬一切的二维化薄膜，亦出现裂痕，发出轰鸣，接着无数碎片散落，耳畔依旧响着祷告声，扩散的音波和祷告的人群，同时崩裂，轰然间碎片化成烟尘。

“为什么只有我们能动？”关晨大喊。

倪烽无法回答，短暂立于山巅，他发现整个世界都在崩裂。礼教大殿的左右信徒均已僵住，像一尊尊雕像。想来他们祈祷时，不知会有这样的局面。视野中没王近思，再往前跑，忽觉一阵光波的涟漪袭来，他看到大殿中的万佛像，正泛出光波，王近思匍匐于前，正说些什么。

他们刚要追过去，天光便消失，黑暗袭来。世界忽然消失了，如身处黑暗的宇宙，近端是无光的暗月，远端是发光的太阳，七彩的星云，擦肩而过的彗星。那万神殿的庙宇忽地崩裂成碎片，王近思转回头来看他们，露出阴森森的笑。倪烽毫不犹豫立刻扣动扳机。

子弹迸出枪口瞬间，万神像发出白色光波，光波顺涟漪扩散，子弹顿时止住，悬于半空，裂成碎片，又成烟尘，化为二进制代码。

王近思向倪烽大喊：“你以为自己能拯救世界吗？像你父亲那样？”

语毕他转身离开。

倪烽和关晨忙追过去，万神像再度发出光波，向四面扩散，宇宙近端月忽然僵住，远端星光不再闪烁，一切变成静止的图像。只觉万神的目光均在己身，看到上次来没进入的门扇，如今孤立山巅，两侧不再有墙壁，前后空荡荡的像是只有一扇门，王近思跑进去却消失了。

大门正关闭，顾不上多想，他们冲了进去。

忽觉身后有刀子样的目光。转头再看，发现是那万神像，它们竟转头盯视他们。

一道道白光从中泻出，接着神像崩裂，刺眼白光冲出碎片。

倪烽忙以手臂遮眼。

刹那间，数不清的白光，向暗黑的宇宙奔去。

身后王近思声音传来：“若非召唤，系统便不存在，若非观测，众神也不会降临，现在我们把该做的都做了，格式化已经开始，感觉怎么样？”他得意扬扬，立于操作台前，敲击键盘，空气中不断浮现一组组代码数据，身后那部巨大的金属圆环，发出蓝色电流。

一个广播音出现：观测传输器启动中……

“我的确认识你，见过你……”现在倪烽越来越确认了，“你和我父亲认识对吗？或者说，你来自现实……”

“不，没有所谓的现实，一切皆为虚幻，”王近思压低嗓音，神神秘秘，“你六岁时，我刚发现真相。你父亲曾带你来看过我。那时全世界都在嘲笑我，我还以为他是相信我、愿意帮助我，但没想到，他只是想窃取我的成果，据为己有！”他忽然提高嗓门，攥起拳头。

“也就是说，我父亲现在也在观测这一切？”

“说得对，这就是为什么我让叶克辉发出邀请，把你召唤进来的原因，”王近思继续操作机器，身后巨大的金属圆环，不断释放电流，“我就是要让倪兵看着自己的儿子，在不该在的世界中生不如死，我要让他为自己做的一切付出代价……”

虽然早意识到现实即虚幻，也将父亲的遗留资料回忆过，但从未想父亲竟还活着，倪烽一时怔住，记忆猛然浮现在脑海，他想起当年王近思拼命给其他人讲述自己的设想，却没得到任何尊重，相反嘲弄和反对声此起彼伏。

关晨这时毫不犹豫地扣动扳机，子弹射出枪口的瞬间突然顿住，而后崩裂成碎片。王近思嘿嘿笑出声来："亲爱的小姐，你以为我不知道你身上有枪吗？你们还能在这里，还能移动身体，是因为你们的数据类型不属于这个世界，系统只能将你们永远地丢进垃圾隔离区……"

他说着，迅速转动操纵台旋钮，空气中出现一组组二进制代码，身后的金属圆环发出白色光波，产生阵阵涟漪。王近思开始一步步后退，站在圆环之前，倪烽和关晨匆忙上前，四周墙壁发出碎裂声，脚下地面开始崩塌。

王近思一条腿已经迈进金属圆环产生的波光中，他笑出声："你们的父亲以为自己可以平白无故地看着别人的世界死去来证明自己的推断。现在，当他们看到自己的孩子时，嘿嘿……他们又会怎么想呢？"王近思语毕，瞬间消失。

他们刚要追上去，金属圆环中的光波却蓦地消失，脚下的地面颤动起来。

倪烽回头去看设备，设备此时炸裂开来。

一时间他们几乎悬空，关晨看向他："我从来没想到世界会以这样的方式结束……"她对倪烽露出失望的笑容，"但好在有人和我站在一起……"

她话音未落，倪烽忽见金属圆环闪现几道电流，光波重新亮起，涟漪瞬间覆盖圆环，如发光的水面。

他忙拽起关晨，将她推向其中。

圆环晃动了一下，正在碎裂。

没时间了！倪烽刚要发力，但脚下地板，却忽然崩塌。

他身子一歪，差点儿坠入深渊，这时关晨忙探身拽他。

转瞬，他们冲进泛起光波的涟漪，去往不知道哪里的世界……

关晨问：“我们去那里做什么？”

倪烽回：“找到和我们站在一起的人……”

他微笑，光波刺眼。

他告诉自己，放空肉身，沉下心……念头还未完成，却意识到根本没有肉身，一切皆为虚幻。

不知该如何应对，但想到还有毛毛，坚硬的内心泛起一丝柔软。

下个瞬间，未知世界已迎面冲来。

图书在版编目（CIP）数据

矩阵之下：真相 / 樊迦著. —北京：中国工人出版社，2022.4
ISBN 978-7-5008-7815-5

Ⅰ. ①矩… Ⅱ. ①樊… Ⅲ. ①幻想小说－中国－当代 Ⅳ. ①I247.5

中国版本图书馆CIP数据核字（2022）第036211号

矩阵之下：真相

出 版 人　王娇萍
责任编辑　宋 杨 严 春
责任印制　黄 丽
出版发行　中国工人出版社
地　　址　北京市东城区鼓楼外大街45号　邮编：100120
网　　址　http://www.wp-china.com
电　　话　（010）62005043（总编室）
　　　　　（010）62005039（印制管理中心）
　　　　　（010）62379038（社科文艺分社）
发行热线　（010）82029051　62383056
经　　销　各地书店
印　　刷　北京市密东印刷有限公司
开　　本　880毫米×1230毫米　1/32
印　　张　9.25
字　　数　204千字
版　　次　2022年4月第1版　2022年4月第1次印刷
定　　价　48.00元